Lieblings
MÖRDER

TOD ZWISCHEN PELZEN

EIN COSIKRIMI VON ANDREA BECKER

Bibliografische Information der Deutschen Nationalbibliothek:

Die Deutsche Nationalbibliothek verzeichnet diese Publikation in der Deutschen Nationalbibliografie; detaillierte bibliografische Daten sind im Internet über http://dnb.dnb.de abrufbar.

© 2020 Andrea Becker

www.becker-books.com

Lektorat: Hans-Peter Roentgen

Cover: Kurt & Andrea Becker

Herstellung und Verlag: BoD – Books on Demand, Norderstedt

Bilder: Andrea Becker, 123rf, Adobe Stockphotos

ISBN: 978 375 196 8591

1.

„Bitte versprechen Sie mir, nicht gleich zu explodieren. Wir haben einen neuen, hochinteressanten und vor allem lukrativen Fall, der nur einen klitzekleinen Haken hat."

Die Detektivin Mathilda sah ihren Kollegen Sam alarmiert an und ließ langsam die Speisekarte sinken. „Dann erzählen Sie mal."

Es war das erste Mal seit Wochen, dass die beiden Detektive Sam Schulz und Mathilda Rosenbaum mal wieder Zeit gefunden hatten, zusammen essen zu gehen.

„Eine hochinteressante Angelegenheit wartet auf uns. Kennen Sie den Anwalt Robert Gernsheimer?"

„Ja, ich glaub schon. Er vertritt die reichen Schnösel, wenn sie sich scheiden lassen wollen, ohne zu viele Federn zu verlieren."

„Ja, man könnte auch sagen, er beschäftigt sich vorrangig mit Fällen aus den Kreisen, aus denen auch unsere Kunden stammen. Er hat von unserem Erfolg bei der Suche nach Onkel Walthers Mörder in der Zeitung gelesen und schien beeindruckt. Jetzt will er mit uns kooperieren und einen ersten Auftrag mit uns bearbeiten."

Onkel Walther oder besser gesagt Walther Schulz war der ursprüngliche Besitzer und Betreiber des Detektivbüros.

Mathilda war bis zu seinem Tod seine Sekretärin gewesen und Sam Schulz sein Neffe und alleiniger Erbe. Eher unwillig nahm sie hin, dass der Prinz auf der Erbse Sam, sich ihr anschloss und mit ihr gemeinsam das Büro als Geschäftspartner weiterführte.

„Dann lassen Sie mal hören, vor allem der Haken interessiert mich." Mathilda trank einen Schluck von ihrem Bier. Der Tisch wurde abgeräumt, sie waren fertig mit dem Essen.

„Eine Dame der gehobenen Kreise hat bei ihrer Scheidung ihr Geschäft an ihren Ex-Mann verloren. Er zahlte sie prompt aus und sie fragt sich nun, woher er das Geld dafür hatte." Sam leerte sein Weinglas.

Mathilda lümmelte sich gelangweilt auf ihrem Stuhl und warf Papierkügelchen nach dem Glas. „Ist das nicht eher was für einen Steuerberater oder eine Bankauskunft?"

„Diese Möglichkeiten hat sie schon alle ausgeschöpft. Dann hat sie ihren Liebhaber in das Geschäft geschickt, um nachzuforschen."

„Und ihr Ex-Mann hat den reingelassen und ihm alles erzählt?" Mathilda bestellte sich einen Espresso zum Nachtisch.

„Da fangen jetzt die Rätsel an und wir kommen ins Spiel. Der Liebhaber ist nie wieder aufgetaucht. Angeblich ist er nicht im Geschäft angekommen und keiner hat ihn gesehen.

Er ist ein ehemaliger Türsteher und Boxer, also niemand, den man so einfach abweist. Er sollte sich wohl auch notfalls mit Gewalt Zutritt verschaffen, das Lager fotografieren und die Ordner der Buchhaltung mitbringen.

Die Dame versprach ihm einen BMW Sportwagen, sollte seine Mithilfe zum Erfolg führen. Er war entsprechend hochmotiviert."

Mathilda zog eine Augenbraue hoch. „Und jetzt sollen wir den Liebhaber suchen?"

„Ja, aber vor allem das, was er vermutlich gefunden hat. Sie will immer noch vorrangig das Geschäft, an dem Mann ist sie nicht mehr ganz so interessiert. Er ist erheblich jünger als sie und nicht der hellste Stern am Firmament, verfügte aber über einen beeindruckenden Körperbau. Ich habe ein Bild gesehen."

„Ist das schon der Haken, oder kommt der noch?"

„Das ist noch nicht der Haken."

Mathilda setzte sich auf und strich sich über die kurzen, wasserstoffblond gefärbten Haare. „Ok, dann fass ich mal zusammen. Wir, also ich, sollen in einem Geschäft Informationen sammeln, die anscheinend so brisant sind, dass man dafür einen Schrank von einem Mann verschwinden ließ."

„Damit die Dame ihr Geschäft bekommt, damit wir mit Herrn Gernsheimer einen lukrativen Dauerkunden bekommen, damit Sie mal was anderes zu tun haben, als untreue Ehegatten zu beschatten und nicht zuletzt, damit wir unserem guten Ruf gerecht werden. Und wenn Sie noch einen Grund brauchen, dann um den verschwundenen Mann zu finden."

„Und jetzt der Haken." Sie stellte die Ellenbogen auf den Tisch und legte die Fingerspitzen aneinander. Auf ihrem rechten Unterarm bewegten die Muskeln unter ihrer Haut das Tattoo eines Blauwals so lebensecht, dass Sam zweimal hinsehen musste. Auf ihrem linken saß ein Tiger auf dem Sprung, ein Bild, dass sie sich erst vor kurzem hatte stechen lassen.

Sam räusperte sich nervös. „Der Haken ist, dass es sich bei dem Geschäft um ein Pelzgeschäft handelt und ja ..." Er hob abwehrend die Hand, als er sah, dass die Augen seines Gegenübers kugelrund wurden. „... ich bin mir dessen bewusst, dass Sie als Tierschützerin den Pelzhandel aus tiefster Seele verachten. An dem Punkt bin ich ganz bei Ihnen. Es handelt sich um das Pelzgeschäft Funkel. Die Auftraggeberin ist Inge Funkel."

Mathilda erstarrte. „Das ist nicht ihr Ernst. Warum nicht gleich als Kükenschredderer arbeiten? Geht's noch? Hat man Ihnen ins Hirn ..."

„Stop, Moment, sagen Sie nichts, was Sie später bereuen. Denken Sie erst nach. Geben Sie der Vernunft eine Chance."

Bedächtig rührte sie drei Löffel Zucker in ihren Espresso und ließ sich Zeit. Ganze zehn Minuten.

Vor Jahren hatte sie vor Pelzgeschäften demonstriert, bis fast keins mehr übrig war. Was Mitleid und abschreckende Bilder allein nicht geschafft hatten, erledigte die Modebranche viel wirkungsvoller. Pelz war irgendwo in den Siebzigern stecken geblieben, zwischen Mett-Igel, Kosakenkaffee und Opel Kapitän.

Aber einige wenige Geschäfte hielten sich hartnäckig. Vielleicht bot sich ja die Chance, eins davon von innen zu sabotieren. Der Gedanke gefiel ihr, sie behielt ihn aber für sich und nickte. „Sie wollen den Auftrag unbedingt annehmen und nicht, damit Inge Funkel bekommt, was sie will, sondern damit Gernsheimer uns lieb hat."

„Sie haben die Situation begriffen. Die Kooperation mit ihm verspricht viele interessante und lukrative Aufträge. Nebenbei bemerkt ist er ein äußerst angenehmer Zeitgenosse. Sehr unterhaltsam. Sie werden ihn mögen." Sam nickte eifrig.

„Sie wollen und können das aber nicht selbst erledigen, weil vermutlich die eine oder andere Gefahr lauert, daher soll ich die Hauptarbeit im Pelzgeschäft übernehmen."

Sam sah auf seine gepflegten Fingernägel. „Ja, so, wie wir sonst auch arbeiten. Schließlich sind Sie der Kampfsport-Profi, was mir so gar nicht liegt. Ist das ein Problem?"

„Prinzipiell nicht. Das entspricht ja unserer ursprünglichen Vereinbarung. Ich bin fürs Grobe und Sie fürs Zivilisierte zuständig. Aber ..."

„Aber?"

„Aber ich würde so einen Auftrag immer ausschlagen. Alles was gegen den Tierschutz verstößt, lehne ich ab. Ohne Ausnahme. Also was ist es Ihnen wert, dass ich doch zustimme?" Mathilda lehnte sich zufrieden zurück und leckte die kleine Tasse aus.

„Wie meinen? Der Erfolg unseres Unternehmens und die rosigen Zukunftsaussichten sollten Ihnen Lohn genug sein!"

„Nicht ganz. Ich bringe ein Opfer, das über das Geschäftliche hinaus geht. Ich schlage vor, Sie bringen auch eins. Wie wäre das?"

Sam sah sie an, als ob sie ihm ein unsittliches Angebot gemacht hätte. „Und was schlagen Sie vor? Soll ich im Häschenkostüm Tampons auf dem Weihnachtsmarkt verkaufen?"

„Nein. Ich will ein Opfer, nicht, dass Sie sich lächerlich machen. Ich hätte da eine Idee: Wenn ich mich mit einem Pelzgeschäft beschäftigen muss, möchte ich, dass Sie aufhören, Fleisch zu essen." Sie stellte vorsichtig die kleine Tasse ab, verschränkte die Arme und sah ihn zufrieden an.

„Ich soll kein ..." Sam winkte nervös dem Kellner und bestellte sich einen Cognac. „Hören Sie, ich respektiere Ihre Entscheidung, sich vegetarisch zu ernähren. Aber bitte versuchen Sie nicht, mich davon zu überzeugen."

„Tu ich doch gar nicht. Ich nötige Sie."

Sam verdrehte die Augen. „Gut, aber nur für drei Wochen. Sie wissen, dass ich eine anfällige Konstitution habe. Ich brauche tierisches Eiweiß, um auf den Beinen zu bleiben. Meine Güte, wie soll ich das Cornelia beibringen? Wir sind am Wochenende bei ihrer Cousine eingeladen."

Mathilda schüttelte den Kopf und schraubte den Deckel des gläsernen Salzstreuers ab. „Mindestens drei Monate. Das ist mein letztes Wort. Das rettet ungefähr einem Schwein, einem Rind und einem Stall Hühner das Leben. Essen Sie Reis, Eier, Brot und Hülsenfrüchte. Das ist die Nahrungsgrundlage in ganz Indien. Da werden Sie das auch schaffen.

Und was Sie Ihrer Liebsten erzählen, überlasse ich Ihnen und Ihrer Fantasie. Schützen Sie Angst vor Folgeerkrankungen vor. Irgendwas wird Ihnen doch aus Ihrem Medizinstudium im Hirn hängen geblieben sein, um das zu begründen."

„Das ist Erpressung und das wissen Sie."

Mathilda nickte und legte den Deckel lose auf das Glas. „Tun Sie nicht so, als müssten Sie sich von ihren Fußnägeln ernähren. Millionen Menschen leben ohne Fleisch."

„Schön, dann haben wir das jetzt geklärt. Morgen sollten wir dann eine gemeinsame Meinung vertreten. Ich verlass mich also auf Sie."

„Herr Schulz ich gebe Ihnen mein Wort, dass ich den Fall übernehme. Ich werde mein Bestes tun und das Wohl des Büros und unseren guten Ruf im Auge behalten." Und sie würde ihre eigenen Pläne machen.

„Sie machen mir Angst, wenn Sie so reden, aber schön. Und Sie sind sich wirklich sicher?"

„Ja. Solange Sie sich an unsere Vereinbarung halten, halte ich mich ebenfalls daran."

2.

Sam Schulz rannte trotz seiner Körperfülle und entgegen seiner sonstigen Gewohnheit, nervös im Büro herum, stellte Gläser auf den Besprechungstisch, richtete alle Geräte gerade an der Kante des Untergrunds aus und legte Stifte und Blöcke bereit. Ebenfalls an der Tischkante ausgerichtet. Mathilda begrüßte währenddessen seinen Dobermann Willi, der sie begeistert ansprang und versuchte, ihr Make-up vom Gesicht und das Abdeckpuder von ihren Armen abzuschlecken, das die Tattoos verbarg.

„Willi lass das bitte, leg dich sofort wieder unter den Tisch. Willi! Komm jetzt bitte her!" Sam sah den Hund noch nicht einmal an und Willi ignorierte sein Herrchen vollkommen.

„Sie müssen ihm kurz und knapp sagen, was er tun soll." Mathilda sah den Hund an, der aufmerksam zu ihr aufschaute. „Willi! Platz! Da!" Sie zeigte auf den Tisch, Willi drehte ab und ließ sich wohlig schnaufend nieder. „Bitte und Danke sind überflüssig."

„Ja, ich weiß, dass Sie das für überflüssig halten. Aber ich lege Wert auf Umgangsformen."

„Ich meinte, für den Hund ist das überflüssig … ach egal."

Willi war vor einigen Monaten von Mathilda mitgenommen worden, als sie ihn im Garten eines Mordverdächtigen entdeckte. Sam hatte schlagartig seine Hundehaarallergie verloren und ihn bei sich aufgenommen. Dafür hatte er viele Bonuspunkte von seiner Geschäftspartnerin bekommen, von denen er heute einen großen Teil verbrauchen würde. Dessen war er sich bewusst.

„Und Sie haben es sich über Nacht nicht anders überlegt?" Er ließ sich auf den exorbitant bequemen Chefsessel sinken, der seinen verstorbenen Onkel seinerzeit über 5000 Euro gekostet hatte und das merkte man mit jeder Faser des Gesäßmuskels, wenn man drauf saß.

„Nein, wie versprochen. Sie verhandeln und ich übernehme. Warum so misstrauisch? Wäre es Ihnen lieber, wenn ich absage?" Mathilda machte sich einen Espresso mit drei Löffeln Zucker und für den laktoseintoleranten Sam einen Kaffee mit Milchersatz.

Sie bemerkte, dass er offensichtlich die Kuhmilch versteckt hatte, damit sie sie nicht heimlich hinzufügen konnte, was eine Stunde später für äußerst peinliche Momente sorgen würde. Schade, er kannte sie zu gut.

Sam hob abwehrend die Hände. „Auf keinen Fall. Ich bin nur neugierig. Und vorsichtig. Und ein wenig alarmiert. Eine letzte Frage sei mir erlaubt. Haben Sie eine Wette verloren?"

„Herrgott nochmal, jetzt reicht's aber! Ich will meinen Job machen. Von Ihnen kommt ja im Moment nicht viel."

Das war ein Seitenhieb auf Sams Hauptprojekt, die vergebliche Suche nach einem seit langer Zeit verschollenen Bild von Jackson Pollock. Der Auftrag stammte noch aus den Anfängen ihrer Zusammenarbeit.

Die Auftraggeberin, Cornelia Hut, war inzwischen Sams Freundin. Seinerzeit stellte sie dem Büro als Erfolgshonorar eine halbe Million Euro in Aussicht, wenn sie das Bild wiederfinden würden. Es gehörte zu Lebzeiten ihrer Mutter und sie vermutete, dass ihr Bruder es hatte verschwinden lassen.

Um seiner Geliebten wieder zum einstigen Wohlstand zu verhelfen, legte Sam sich ins Zeug und übernahm nur wenige andere Aufgaben. Entsprechend verletzt schaute er nun Mathilda an.

Die senkte den Blick. „Sorry. Das war unangebracht. Sie machen ja hier genug und haben jetzt den Anwalt angeschleppt. Das ist genauso viel wert wie stundenlang im Auto zu hocken und zu warten, dass man jemanden in flagranti fotografieren kann."

Es klingelte und Sam rannte zur Flurtür. Mathilda bequemte sich dann doch, aufzustehen. Neugierig war sie schon, keine Frage, das war ihr Hauptantrieb.

Die Frau, die auf knorrigen langen Beinen ins Büro stöckelte, hätte die Rolle der Hexe aus Hänsel und Gretel ohne Maske spielen können. Ihre Nase und ihr Kinn ragten deutlich hervor, schmale Augen und ein noch schmalerer Mund, in dessen Falten sich blutroter Lippenstift abgesetzt hatte, machten das Bild perfekt.

Ein brauner Pelzanhänger in Form eines Fuchsschwanzes an ihrer geräumigen Handtasche sorgte dafür, dass niemand im Raum vergessen konnte, um welche Branche es ging. Unter ihrem anderen Arm klemmte ein Yorkshire-Terrier und es sah aus, als ob sie sein Brüderchen als Perücke auf dem Kopf trug.

Willi schoss unter dem Tisch hervor und wollte sich auf den Winzling stürzen. Frau und Hund schrien gemeinsam auf, aber Mathilda warf sich schnell genug dazwischen, um das Hundchen vor einer stürmischen Begrüßung durch den Dobermann zu retten. Entschlossen zog sie Willi in den Nebenraum und schloss die Tür.

Frau Funkel wurde von Sam umschwirrt und mit Cappuccino versorgt. Er redete wie ein Wasserfall auf sie ein, und versuchte den hysterischen Hund beruhigend zu streicheln, der erst still wurde, nachdem er nach seiner Hand geschnappt hatte.

In dem ganzen Durcheinander hatte Mathilda nicht bemerkt, dass noch jemand den Raum betreten hatte. Ein attraktiver Mann um die fünfzig mit wuscheligen dunklen Haaren, einem gepflegten Vollbart und kantigem Gesicht. Braune Augen unter dichten Brauen lächelten Mathilda an und blickten bittend zur Kaffeemaschine.

Sie nahm eine Tasse, hielt irritiert inne und drehte sich dann noch einmal zu ihm. Es sah aus, als würde er sitzen, aber er stand neben dem Tisch. Das blieb ihm nicht verborgen und er legte den Kopf schief, erwartungsvoll, welche Peinlichkeit sie wohl zu seiner Kleinwüchsigkeit äußern würde.

„Sie haben schon mit Walther gearbeitet, aber Sie waren nie hier, oder?" Sie war mit sich zufrieden. Das konnte als zulässige Frage durchgehen.

„Doch, aber immer spät abends oder wir trafen uns auf dem Golfplatz. Woher wissen Sie das?" Was für eine Stimme! Tief wie die Bassglocke eines Doms kraulte sie das Trommelfell.

„Ich war damals seine Mitarbeiterin und kenne Sie nur von den Rechnungen, die ich geschrieben habe."

Sams Blick traf sie wie ein Knüppelschlag. „Frau Rosenbaum war seine Assistentin und hat nur in Ausnahmefällen die Büroarbeit erledigt. Sie ist eine erfahrene Detektivin, die von meinem Onkel das Handwerk von der Pike auf gelernt hat."

Frau Funkel steckte ihren Hund in die Handtasche, lächelte Sam an und musterte Mathilda eingehend, ohne ihr in die Augen zu sehen. „Robert, mein Lieber, du hast mir versichert, dass wir hier richtig sind. Ich verlass mich auf dich."

Der Anwalt nickte und ging nicht weiter darauf ein. „Lassen Sie uns zur Sache kommen. Herr Schulz, ich habe Ihnen ja schon grob geschildert, worum es geht. Ich fasse noch einmal konkret den Auftrag zusammen. Der Ex-Mann meiner Klientin …"

„Der Blindgänger …"

„… bekam vor Gericht das gemeinsame Geschäft zugesprochen …"

„Das wir mit meinem Geld aufgebaut haben. Der Loser hatte ja nichts."

„Inge, ich kann deinen Groll ja verstehen, aber bitte lass mich doch aussprechen." Der Anwalt sah seine Klientin solange an, bis sie widerstrebend nickte und aus dem Fenster sah.

„Vor einer Woche ist der Bekannte von Frau Funkel …"

„Noch ein Loser."

„Inge! Bitte! Vor einer Woche also ist der Bekannte von Frau Funkel zum Geschäft gegangen, um die Buchhaltung mitzubringen und das Büro und das Lager genauer anzusehen."

„War doch klar, dass der das nicht hinbekommt. Nicht mal für einen BMW."

„Hat er sich denn irgendwie legitimiert, um an diese Dinge zu gelangen? Ich mein, da könnte ja jeder kommen." Sam richtete die Frage an Gernsheimer, aber dessen Klientin antwortete.

„Er hatte ein saftiges Schreiben von mir dabei, das er übergeben sollte. In dem stand, dass ich die Bücher haben will. Außerdem hatte er als Argument seine Fäuste. Ich hatte ihn gebeten, mit meinem Ex nicht zu zimperlich zu sein und dafür zu sorgen, dass ich eine Antwort bekomme. Irgendwo musste die Kohle schließlich herkommen."

Der Anwalt verdrehte nur noch die Augen. „Jedenfalls tauchte er nicht mehr auf und wir befürchten das Schlimmste."

Inge Funkel schüttelte den Kopf und sah weiter aus dem Fenster.

Mathilda beugte sich interessiert vor. „Was befürchten Sie denn?"

Der Anwalt sah Frau Funkel an und dann wieder Mathilda. „Wir haben alle Möglichkeiten ausgeschöpft, um ihn zu finden. Selbst die Polizei war im Geschäft, dort behauptete der Verkäufer, Herr Knötel, an besagtem Tag sei niemand dort gewesen."

„Knötel. Pah! Als ob der jemals was anderes gesehen hätte als seine Weiber-Magazine. Der steckt doch mit Heribert unter einer Decke." Frau Funkel schien auch den Mitarbeiter nicht ins Herz geschlossen zu haben.

„Eine weitere Mitarbeiterin, die Kürschnerin Frau von Hasenbruch, hatte an diesem Tag frei und wusste ebenfalls von keinem Besucher. Das habe ich in Erfahrung bringen können." Eine Handbewegung hinderte Inge Funkel daran, auch das zu kommentieren. „Er war nicht im Zimmer seiner Wohngemeinschaft, sein Handy ist ausgeschaltet, sein Arbeitgeber sagt, er sei nicht mehr aufgetaucht. Frau Funkel hat mit beiden telefoniert."

„Der liegt irgendwo mit einem Flittchen rum und schläft seinen Rausch aus, der faule Hund."

„Wir waren uns doch schon einig, dass das nicht sehr wahrscheinlich ist. Alles deutet darauf hin, dass er das Geschäft betreten, aber nicht mehr verlassen hat. Die Polizei sucht so schnell keine vermissten Erwachsenen, da jeder das Recht hat unterzutauchen."

Mathilda schaltete sich ein. „Trauen Sie ihrem Ex-Mann denn ein Verbrechen zu? Mord? Entführung? Was in der Art?"

„Ich trau Heribert überhaupt nichts zu, nicht mal allein aufs Klo zu gehen. Aber wenn es um das Geschäft geht, würde ich nicht die Hand für ihn ins Feuer legen. Er hat darum wie eine Hyäne gekämpft. Selbst wird er ihm nichts angetan haben. Schließlich war Alex Boxer und er hätte gegen ihn nicht die geringste Chance gehabt. Aber man kann natürlich jemanden bezahlen, der das Problem erledigt."

„Ihr Freund ist aber doch unangemeldet dort aufgetaucht. Jemand, der ihm gewachsen war, muss bereits vor Ort gewesen sein, um ihn zu empfangen."

Jetzt schlug Inge Funkel mit der flachen Hand auf den Tisch und wandte sich wieder den Detektiven zu. „Ist mir egal. Wir sollten mit ihm keine weitere Zeit verplempern. Ich will wissen, was da im Geschäft los ist. Mein Ex hat erstaunlich schnell meinen Anteil bezahlt, und das kann nicht sein. Ich kenne seine finanziellen Verhältnisse. Die sind nicht rosig und wir reden hier über eine halbe Million Euro. Schauen Sie nicht so. Beste Innenstadtlage, mit dem Lager und dem Atelier, modernste Ausstattung. Ich darf gar nicht daran denken." Sie rieb sich die Schläfen.

Sam kam mit einem frischen Kaffee. „Keine Sorge, wir werden uns schon darum kümmern, dass Sie zu ihrem Recht kommen. Es ist furchtbar, was Sie gerade durchmachen."

Mathilda sah erst ihren Partner dann Frau Funkel irritiert an. „Moment, ich dachte, wir sollen den Mann suchen. Er ist doch verschwunden. Was wissen wir denn noch von ihm?"

Der Anwalt blätterte in seinen Akten. „Er heißt Alexander Hampel, ist 32 Jahre alt und war zuletzt Securitymitarbeiter bei der Spielbank. Dort hat ihn auch meine Klientin kennen gelernt."

Die Klientin winkte ungeduldig ab. „Das tut doch jetzt nichts zur Sache. Sie müssen herausfinden, wie mein Ex zu Geld gekommen ist und wie viel er noch hat. Entweder er hat gelogen, als das Vermögen geteilt wurde oder da stimmt was anderes nicht. Aber egal wie, ich will mein Geschäft zurück."

Robert Gernsheimers Kiefermuskeln arbeiteten und Mathilda erwartete, seine Zähne knirschen zu hören. „Ja. Natürlich. Die Idee ist, dass Sie beide das Geschäft von Grund auf durchleuchten, mit allen Mitteln, die Ihnen zur Verfügung stehen. Inge, du hattest da eine Idee."

Inge Funkel sah Mathilda jetzt direkt an. „Sie müssen sich dort anstellen lassen. Gutes Personal ist schwer zu finden. Und wenn wir dann mal eine annehmbare Mitarbeiterin hatten, hat Heribert sich dran gehängt wie eine sabbernde Klette, bis sie wieder weg war. Er wird von Ihnen begeistert sein, der alte Bock. Sie sind jung und einigermaßen schlank, zeigen Sie Interesse an den Pelzen und wackeln Sie ein bisschen mit dem Hintern. Vor allem aber müssen Sie High Heels tragen. Je höher, desto besser. Heribert steht darauf, dann wird er Sie sofort einstellen. Zumindest ein paar Stunden in der Woche.

Aber wir werden Sie von Grund auf umgestalten müssen. So passen Sie nicht ins Ambiente. Ach ja, ich geh mal davon aus, dass Sie Englisch sprechen. Unsere Kunden sind international."

Mathilda blieb der Mund offen stehen und sie lief dunkelrot an. Sam sprang sofort ein. „Ganz hervorragende Idee! Sie glauben ja nicht, wie wandlungsfähig meine Kollegin ist. Wie ein Chamäleon. Das ist ihre größte Stärke. Nicht wahr?" Er sah sie an und Mathilda bemühte sich, professionelle Zustimmung zur Schau zu stellen und ruhig zu atmen.

Sam redete weiter auf die Dame ein, die immer angetaner von ihm zu sein schien. Währenddessen zwinkerte Gernsheimer Mathilda zu. „Und natürlich suchen Sie auch den Mann, keine Frage."

Das beruhigte sie ein wenig. Im Gegensatz zu seiner Klientin schien er noch menschliche Regungen in sich zu haben.

Kurz darauf verabschiedete sich Inge Funkel, mit einem Nicken von Mathilda, mit einem Schultertätscheln von ihrem Anwalt und lachend und gurrend von Sam, der sie zur Tür begleitete.

Gernsheimer ließ sich aufatmend auf seinem Stuhl zurückfallen und schloss für einen Moment die Augen. Sam kam zurück und setzte sich ebenfalls. „Robert, du hast nicht übertrieben. Die Dame ist anstrengend."

Mathilda wollte gerade das Fenster öffnen, um den aufdringlichen Parfumgeruch herauszulassen, verharrte aber in der Bewegung. „Wie bitte? Ist das nicht die geschätzte neue Kundin, die uns Herr Gernsheimer freundlicherweise zuführt? Hab ich da was nicht mitbekommen?"

Sam bemerkte ihre Irritation. „Oh, ich habe glatt vergessen Ihnen zu erzählen, dass ich ein wunderbares Wochenende auf Roberts Anwesen verbracht habe. Habt nochmals Dank für die Ehre, Euer Gast gewesen zu sein und in euren Hallen nächtigen zu dürfen, my Lord. Ich habe übrigens Rüdiger an ihn verkauft."

Gernsheimer nickte zufrieden.

Jetzt sah sie ihn etwas freundlicher an. „Echt? Ihr Pferd?"

„Robert ist ein Freund der mittelalterlichen Lebensart. Rüdiger wird sein nächstes Turnierpferd. Dafür nimmt man wohl gern Rappen. Ich hab ihn bereits Freitag hingebracht. Er hat das Paradies auf Erden, riesige Weiden, noch ein paar andere Pferde als Gesellschaft."

„Ich freu mich für Rüdi."

„Ja, ich verspreche, er wird es gut haben und es war mir eine Ehre, Euch zu begrüßen und zu bewirten. Nur schade, dass die werte Gemahlin nicht zugegen war. Mit Freuden hätten wir zu Gesang und Tanz aufgespielt. Bei nächster Gelegenheit freue ich mich, wenn auch Ihr mir die Ehre gebt, Jungfer Mathilda." Robert legte die Fingerspitzen aneinander und lächelte versonnen.

Mathilda sah stirnrunzelnd vom einen zum anderen. „Jungfer was bitte? Ist alles ok mit Ihnen? War was mit dem Kaffee?"

Sam kicherte in sich hinein. „Robert bewohnt die Burg seiner Vorfahren, derer von Gernsheim, und veranstaltet regelmäßig Mittelalterfeste. Und am Wochenende war ich dort Gast. Cornelia wollte leider nicht. Ohne Strom und fließendes Wasser kann sie keinen Tag auskommen."

Mathilda nickte bedächtig. „Klar, aber Ihnen macht das ja nichts. Mittelalterlicher Alltag ist Ihr Ding. Ohne Toiletten und Duschen, so ganz ohne Desinfektion, schlafen auf einem verlausten Strohsack. Waren Sie verkleidet?"

„Gewandet." Robert schüttelte tadelnd den Kopf. „Wir sagen gewandet. Ja, Sam war ein Bader. Er hat sogar leidlich meine Wunde nach dem Schwertkampf versorgt. Aber lassen wir das. Sam, du musst aufpassen. Inge steht auf jüngere Männer und ich glaube, sie hat schon ein Auge auf dich geworfen."

Mathilda verschluckte sich an ihrem kalten Espresso. Was zu viel war, war zu viel. Sie stellte sich vor das Flipchart neben dem Besprechungstisch. „Können wir jetzt wieder auf den Plan zurückkommen, dass ich dort arbeiten soll? Ich hätte dazu gern noch ein paar Informationen. Schließlich pass ich ja laut Frau Funkel so nicht in den Laden. Also, Vorschläge?"

„Entschuldigen Sie bitte." Robert wandte sich ihr zu. „Nur unter uns, nehmen Sie es als Kompliment, wenn jemand sagt, Sie passen nicht in ein Pelzgeschäft. Auch wenn Inge das sicher nicht so meinte."

Mathilda konnte sich dem Charme des Anwalts nur schwer entziehen. Die Natürlichkeit, mit der er das sagte, und der direkte Blick waren ihr sympathisch.

„Warum hat ihr Ex-Mann eigentlich das Geschäft zugesprochen bekommen? Wenn es mit ihrem Geld aufgebaut wurde, hätte es doch ihr zugestanden, oder nicht?"

Robert nickte. „Ja und es ist gut, dass Sie das nicht in ihrem Beisein fragen. Die Wahrheit ist nämlich, dass der Laden längst pleite wäre, wie die meisten anderen Pelzgeschäfte, wenn Heribert Funkel nicht diese stylischen Muffs entworfen hätte, nach denen alle verrückt sind. Die haben ihn vor dem Konkurs gerettet. Aber das würde Inge nicht mal unter Folter zugeben."

„Ich verstehe. Gut, was muss ich machen?" Sie spielte verlegen mit dem Marker, den ihr Sam schließlich aus der Hand nahm. Er schrieb die ersten Stichworte aufs Flipchart. „Wie gehabt Kleidung. Wir werden mal wieder einkaufen gehen und aus Ihnen eine elegante Dame machen. Zumindest rein äußerlich. High Heels vor allem.

Auf denen müssen Sie auch laufen lernen. Das kann Ulla Ihnen sicherlich beibringen."

Ulla war Mathildas Mitbewohnerin, eine begeisterte Anhängerin der Queen und hochkompetent in allem, was höhere Lebensart anging.

Robert nickte erneut. „Inge wird Ihnen noch ein bisschen was über ihren Mann erzählen müssen und auf welche Stichworte er gut reagiert. Und ich werde mit Ihnen die Rolle durchspielen, die Sie übernehmen. Sie sollen auf keinen Fall so unvorbereitet wie Alex dorthin gehen. Den Rest überlassen wir Ihrer Improvisationsgabe. Sam sagte mir, Sie seien wirklich gut, solange es keine Tiere gibt, die befreit werden müssen und das hat sich dort ja leider schon erledigt."

3.

Die Shoppingtour stand noch am gleichen Tag an und gestaltete sich als Herausforderung. Sie mussten die Balance finden zwischen elegant, aber nicht zu teuer und ein bisschen sexy, aber alltagstauglich.

Sam ging in seiner Rolle als Einkaufsberater völlig auf, während Mathilda ihm stoisch folgte und nach nur wenigen halbherzigen Versuchen es aufgab, ihre Meinung einzubringen. Es hätte nur zu endlosen Auseinandersetzungen geführt und sie wollte so schnell wie möglich fertig werden.

Die vielen Menschen, die langen Schlangen vor den Umkleidekabinen und den Kassen, das Geschnatter der Verkäuferinnen und nicht zuletzt die allgegenwärtigen Panflötenspieler machten sie mürbe.

Als dann noch das Anprobieren der Schuhe anstand, hätte sie es sich beinah anders überlegt. Mühsam stöckelte sie durch den Laden und fragte sich, warum ein Großteil ihrer Geschlechtsgenossinnen, Ulla inklusive, sich das antat. Wieso nicht gleich ein Korsett aus Walknochen tragen?

„Umwerfend, liebe Frau Rosenbaum, einfach umwerfend. Sie sind ein ganz neuer Mensch mit diesen

Schuhen, ach was sag' ich, mit diesen Kunstwerken an den Füßen."

„Ich bin behindert mit diesen Kunstwerken. Gehbehindert. Das ist echt so krank." Sie schüttelte die Pumps von den Füßen und zog ihre Turnschuhe wieder an.

„Ulla und Frau Funkel werden Ihnen schon beibringen, sich damit wie auf Wolken zu bewegen."

„Ulla ja, aber warum das Furunkel?"

„Lassen Sie das. Sie ist eine gut zahlende Kundin wegen der ich auf mein geliebtes Steak verzichte. Ulla bringt Ihnen bei, darauf zu laufen, Frau Funkel lehrt Sie, damit zu schweben, wie ein Model auf dem Laufsteg."

Als Mathilda nach Hause kam und im Flur versuchte ihre Schuhe auszuziehen, ohne über eine Katze zu stolpern, knallte in der oberen Etage eine Tür zu.

Gleich darauf rumpelte ein Mann die Treppe hinunter, den sie nie zuvor gesehen hatte. Er war um die sechzig und sah gut erhalten aus, beweglich und mit Lachfalten ausgestattet. Allerdings rauschte er mit starrem Blick an ihr vorbei, die Schuhe offen, die Krawatte baumelte aus dem Jackett, das Hemd schief geknöpft. Es sah ganz nach einem überstürzten Aufbruch aus.

Die Haustür fiel krachend ins Schloss und Mathilda sah erwartungsvoll zur Treppe, auf der ihre Freundin Ulla im seidenen Bademantel herunter schritt.

„Wer war das denn? Sah nicht so aus, als ob ich mir seinen Namen merken müsste."

Ulla seufzte. „Nein musst du nicht. Nett, aber langweilig. Reine Zeitverschwendung."

Mathilda sah besorgt hinter ihr her, als sie in der Küche nach etwas Essbarem suchte. Ulla trauerte noch ihrer letzten Liebe nach. Der Mann, dem sie gegolten hatte, hatte

Walther, Sams Onkel und Mathildas Chef, ertränkt und beinahe Mathilda und Sam umgebracht. Ulla fühlte sich immer noch schuldig, missbraucht und zutiefst verletzt, da er sie ausgehorcht und sich ihr Vertrauen erschlichen hatte.

Jetzt brach sie aus Rache die Herzen aller attraktiven Männer, derer sie habhaft werden konnte, um ihr angekratztes Ego wieder zu heilen. Mathilda hoffte nur, dass diese Phase bald ein Ende fand. Nie war sie sicher, wer sich im Haus befand. Was, wenn Ulla an einen geriet, der ihre Tour nicht einfach hinnahm und so klaglos verschwand, wie das letzte Opfer?

„Und? Wie hat dir die liebe Inge gefallen? Hat sie immer noch so ein sonniges Wesen?" Sie setzte sich neben Mathilda.

„Engelsgleich und herzerwärmend. Dagegen ist eine Vogelspinne ein Kuscheltier."

Sie erzählte von dem Zusammentreffen und dem Einkauf. Ulla begutachtete fachmännisch die neuen Stücke. „Wunderbar, ich werde dir ein Make-up zaubern, das den guten Heribert vom Sockel hauen wird."

„Wer ist denn der gute Heribert?"

„Heribert Funkel, der frühere Fußabtreter von Inge. Ich kenn' die beiden noch von früher."

Früher hieß in dem Fall, als Ullas Mann noch lebte, der ihr ein beträchtliches Vermögen und das wundervolle Fachwerkhaus mitsamt großem Garten im Villenviertel hinterlassen hatte. Dies bewohnte sie jetzt mit ihrem Hund Charles, einem Corgi aus der Zucht der englischen Königin, Mathilda und deren griechischen Straßenkatern Ben und Eddi.

Über all dem schwebte die Flagge des Hauses Windsor im Vorgarten. Auch im Haus fanden sich zahllose Devotionalien, die sowohl die Verehrung Englands, speziell aber die Ergebenheit zum britischen Königshaus illustrierten.

Es war Ullas Leidenschaft, die hier ihren Ausdruck fand und den Mathilda hinnahm, solang sie die Nationalhymne nicht mitsingen musste und niemand erwartete, dass sie am Todestag von Queen-Mum schwarz trug.

„Er könnte auch beim Teleshopping Küchenhelfer und Strickpullover verkaufen. In der gleichen Sendung. Trägt immer noch einen Schnurrbart zum Keramiklächeln und ein Toupet mit Seitenscheitel.

Vor allem ältere Frauen liegen ihm zu Füßen und denen verkauft er den ganzen Pelzplunder. Inzwischen ist der Lack ein bisschen ab und sein Fanclub längst unter der Erde. Wie er es geschafft hat, als einziger im Umkreis nicht pleite zu gehen, ist mir ein Rätsel.

Und warum Inge den Laden haben will, kann ich mir auch nicht vorstellen. Wow, die Schuhe sind ja ein Traum. Leihst du mir die mal?"

„Ich schenk sie dir, wenn der Auftrag vorbei ist."

Der Tag fing grauenvoll an und steigerte sich dann. Direkt nach dem Frühstück malte Ulla eine Kreidelinie auf den Terrassenboden und schritt mit schwingenden Hüften auf neun Zentimeter hohen dunkelroten Stilettos mit goldenem Absatz hin und her. Wie eine Seiltänzerin verfehlte sie nicht ein einziges Mal die Linie, sah locker und entspannt aus und wirbelte am Ende auf den winzigen Stöckeln herum. „Jetzt Du."

Mathilda stemmte sich wie eine Schwangere kurz vor der Geburt aus ihrem Stuhl, suchte schwankend Halt und machte ein paar zaghafte Schritte.

„Erst mit dem Absatz auftreten, nicht mit der Spitze. Gewöhn Dir das erst gar nicht an. Und streck die Knie durch. Nicht nachfedern, das sieht aus wie Camilla, wenn sie vor der Queen den Hofknicks andeutet. Soll ich Dir von den Nachbarn einen Rollator holen? Und knick bloß nicht um, dann bist du geliefert. Kapselriss, Ende, aus, glaub mir, ich hab das schon gesehen. War nicht schön."

„Kannst du mal die Klappe halten? Wie soll ich mich denn da konzentrieren? Wie wär's, wenn du einfach mal meine Hand nimmst. Hab ich schließlich auch gemacht, als du unbedingt Inliner fahren lernen musstest."

„Ja und du hast sie gehalten bis der Krankenwagen bei der Unfallklinik ankam. Bring mich nicht auf falsche Ideen."

Sie übten zwei Stunden. „Weißt du, wie sich das anfühlt? Wie diese eingebundenen Füße der reichen Chinesinnen vor hundert Jahren."

Ulla nickte nachsichtig. „Ganz bestimmt. Aber du machst das schon ganz gut. In einer Woche kannst du unter Leute, wenn du täglich übst. Dann bilden sich auch langsam die nötigen Muskeln."

„In einer Woche? Die fiese Inge kommt morgen zum Training, bis dahin muss ich das können. So, jetzt das Makeup. Was stimmt eigentlich nicht daran, wenn ich mich schminke?"

„Daran stimmt alles, Liebes. Aber wir wollen doch, dass Heribert dir verfällt und nicht vor dir wegrennt. Also komm jetzt, morgen Nachmittag hab ich keine Zeit dazu."

„Was hast du denn vor?"

„Der Club kommt, wir feiern den Geburtstag von Prinz Harry. Sogar Moni hat sich angekündigt. Sie hat ihm endlich die Partie Stripbillard in Las Vegas verziehen. Nach nur acht Jahren. Ich glaube, sie war einfach nur sauer, dass sie damals nicht dabei war. Da fällt mir ein, ich muss die Flaggen noch bügeln."

Der Club war eine Runde von acht Damen, die die britischen Royals zutiefst verehrten und gern gesehen hätten, wenn Deutschland zum Commonwealth gehörte. Themen wie Brexit, Labour Party und Camilla, Duchesse of Cornwall, vermied man in ihrer Gegenwart besser, vor allem zur vorgerückten Stunde, wenn der Whiskey seine Spuren in den Umgangsformen der Damen hinterlassen hatte.

Zeitgleich mit dem Pizzaboten am Abend kam überraschend Sam zusammmen mit Robert Gernsheimer, einem klirrenden Beutel und zwei riesigen Kleidersäcken bei Ulla und Mathilda an. Mathilda bezahlte die Pizza und zögerte, nur ungern bereit, die beiden einzulassen, da sie befürchtete, mit ihnen teilen zu müssen.

„Bemüht euch nicht, wir kommen gerade vom Essen." Sam verstand sofort, was das Problem war.

„Wir wollten uns nicht bemühen." Mathilda stand barfuß in der Küche und sah Sam erstaunt an. „Sie können sich einen Kaffee mit raus nehmen. Wir essen draußen."

Der Anwalt grinste leise vor sich hin und dann kam Ulla von der Terrasse rein. Sie trug immer noch ihre Stilettos zu einer engen Jeans, die ihre ausladenden Hüften perfekt in Szene setzten und einer weißen weiten Bluse, unter der ihre Oberweite sich abzeichnete. Seine Augenbrauen hüpften beinahe über den Haaransatz und der Mund blieb dem Anwalt offen stehen.

Als Sam ihn förmlich vorstellte, ging er wortlos auf sie zu, nahm ihre Hand und hauchte einen angedeuteten Kuss darauf. Ulla wirkte irritiert und zog die Hand schnell weg. Wurde sie sich ihrer schmutzigen Fingernägel von der Gartenarbeit bewusst? „Kommt doch rein, raus. Raus wollte ich sagen. Kommt doch ..."

Mathilda nahm die Pizzakartons und zog mit der anderen Hand Ulla hinter sich her.

„Du hast mir nicht gesagt, wie er aussieht." Ulla flüsterte leise, nachdem sie sich vergewissert hatte, dass sie außer Hörweite waren.

„Ist das wichtig? Er ist halt klein. Na und?"

„Das mein ich nicht. Du hast nicht gesagt, dass er umwerfend gut aussieht!"

„Auch das ist nicht wichtig. Er ist Inges Anwalt und Herrn Schulzes neuer best friend. Guck dir die beiden mal an."

„Ist er verheiratet?"

„Was? Das weiß ich doch nicht. Hörst du mir überhaupt zu? Wolltest du nicht mal irgendwann mit Yoga oder so was gegen deine niederen Triebe anfangen? Also halt dein Ying und dein Yang bei dir und iss Pizza."

Ulla hörte nicht zu, sondern war damit beschäftigt, so elegant wie möglich die Stücke aus der Schachtel zu essen, als die beiden Herren sich zu ihnen setzten.

„Wir wollten sehen, wie weit ihr zwei seid und ob wir beratend zur Seite stehen können." Sam versuchte, den Blick nicht zu lang auf die offenen duftenden Schachteln zu richten.

Mathilda bemerkte es und zog ihre von ihm weg. „Gibt nichts zu sehen. Ich kann in den Dingern laufen und das muss reichen."

Der Anwalt setzte sich neben Ulla. „Lassen Sie sich von Frau Funkel nicht aus dem Konzept bringen. Sie meint es nicht persönlich und wenn doch, kann Ihnen das egal sein. Aber wir haben was für die nächsten Tage mitgebracht."

Er und Sam öffneten die Kleidersäcke und zogen zwei lange, seidig schimmernde Pelzjacken heraus, in Weiß und Dunkelbraun.

Sam strich zart darüber. „Nerz und Polarfuchs. Leihgaben von Frau Funkel. Sie sollten sich an den Anblick gewöhnen, ohne eine Rede zur Käfighaltung zu Gehör zu bringen. Versuchen Sie, zu abstrahieren. Das sind ab jetzt nur Jacken, aus Jackenmaterial genäht. Kunstfell, Polyester, ethisch einwandfrei wie Baumwolle. Biobaumwolle. Ohne Pestizide und von angemessen bezahlten Pflückern geerntet."

Robert legte seine Jacke über die Bank und schwang sich daneben. „Bevor Sie die Sachen kommentieren, lassen Sie uns eins ein für alle Mal festhalten: Wir alle hier am Tisch lehnen die Pelztierhaltung und das Tragen von Pelzen ab. Das müssen wir nicht weiter diskutieren. Wir alle werden die Funkels nicht umstimmen. Und wir haben einen Auftrag übernommen, der mit dem Tierschutz nichts zu tun hat.

Wir müssen uns bemühen, eine professionelle Distanz zu den Dingen zu entwickeln und den Ursprung zu verdrängen, bis der Auftrag erledigt ist. Können wir uns darauf einigen?"

Mathildas Kiefer bewegten sich, als ob sie dabei wäre, ein Stück Leder zu zerkauen. Sie würde keine Diskussionen mehr führen, aber auch ganz sicher keine professionelle Distanz entwickeln. Doch das war ganz allein ihre Sache. Deshalb nickte sie schweigend. Auch Ulla stimmte seufzend zu.

„Gut, diese Debatte jetzt jedes Mal zu führen, wäre fruchtlos und energieraubend. Sie müssen sich außerdem überwinden, die Jacken anzufassen, anzuziehen und zu tragen, als ob es das Einzige auf Erden wäre, was Sie tragen wollen. Muss nicht sofort sein. Aber ab morgen sollten Sie damit anfangen."

Er zog eine Flasche Champagner aus dem Beutel. „Jetzt lasst uns darauf anstoßen! Auf gutes Gelingen, auf Rüdiger und auf alles, was die Welt an Schönem für uns bereit hält." Bei dem letzten Teil zwinkerte er Ulla zu.

„Ach du meine Güte, das wird doch nichts. Kopf hoch, Schultern zurück, Hüfte vor, Füße in einer Linie! Eins zwei, eins zwei, eins zwei. Vorwärts! Nicht so kleine Trippelschritte! Die Knie, DIE KNIE!" Inge Funkels durchdringende Stimme hallte durch das turnhallengroße Büro von Gernsheimer, während sie lässig in einem Ledersessel von der Größe einer Eckbadewanne lag.

Für die Vervollständigung von Mathildas Fähigkeiten, den letzten Schliff, für den allerdings ein Meißel notwendig war, hatten sie sich im Büro des Anwalts getroffen. Hier war genug Platz, und außerdem befürchtete Gernsheimer, dass ein Treffen der beiden Frauen, wenn man sie allein ließe, ein unerquickliches Ende nehmen würde. Mathildas Schuhe klackten auf dem Fliesenboden und sie entwickelte abscheuliche Fantasien von spitzen Absätzen, die sich in Inges welkes Fleisch bohrten.

„Hüfte schwingen. Na was denn? Sie sind doch nicht erst seit gestern eine Frau, das werden Sie ja wohl können! Nur die Hüften. Hab ich was von Kopf wackeln gesagt?" Ihre Fußspitze wippte im Takt mit Mathildas Schritten, während sie sich eine Zigarette anzündete und dem kleinen Hund auf ihrem Schoß Rauch ins Gesicht blies.

„Robert! Robert komm doch mal."

„Mach bitte die Zigarette aus!" Gernsheimer kam rein, hustete demonstrativ und wedelte mit der Hand.

Funkel verdrehte die Augen und ersäufte den Glimmstängel in ihrer Kaffeetasse. „Mein Lieber, mit dem Material kann ich nicht arbeiten. Das klappt ja nicht mal ansatzweise. Ich hab mich geirrt. Heribert wird sich niemals für sie interessieren. Wenn er schon sonst nichts hat, Geschmack hat er."

Sie machte eine kokette Bewegung mit Kopf und Hand, um anzudeuten, dass er sich ja schließlich einst für sie entschieden hatte. „Vielleicht sollten wir Sie doch lieber als Putzhilfe einschleusen. Auch wenn Sie dann nicht viel zu sehen bekommen. Nein, das bringt nichts. Ach ich bin schon ganz erschöpft. Robert, sei ein Schatz und bring mir doch einen Prosecco."

Das Material stand dabei und bohrte sich die von Ulla frisch aufgeklebten Fingernägel in die Hand, um nicht die Beherrschung zu verlieren.

„Kommt, wir sehen uns mal die Pläne an." Gernsheimer brachte Wasser, legte eine Zeichnung des Ladens auf seinen Schreibtisch und stellte sich zwischen die beiden. Inge, die schon wieder vergessen hatte, wie unbrauchbar Mathilda war, erklärte, wo was zu finden war.

Sie deutete auf den Bereich hinterm Haus, wo für gewöhnlich die Autos parkten, dann auf das Büro, die Kühlschränke für die Pelze im Sommer, das Lager, das Atelier.

„Hier im Bad sind die Putzutensilien, die Putzfrau kommt dreimal die Woche. Zumindest war das so, solange ich da war. Eine alte Frau, die nicht viel mitbekommt. Sie können ja trotzdem mal mit ihr reden."

Sie hielt dem kleinen Hund das Wasserglas hin und ließ ihn trinken.

„Hattet ihr eigentlich einen Tresor?" Robert nahm ihr das teure Glas ab und stellte es auf den Tisch.

„Ja, hier hinterm Schreibtisch, in die Wand eingelassen und von einem Porträt in Öl von mir verdeckt. Die

Kombination ändert Heribert aber jeden Freitagabend. Und an der Wand gegenüber hängt seine Waffensammlung."

Mathilda, die schon fast abgeschaltet hatte, erstarrte. Gernsheimer drehte sich in Zeitlupe zu Inge Funkel um. „Wie bitte?"

„Heribert sammelt historische Waffen. Nichts Gefährliches. Ach Gott, jetzt guck mich doch nicht so an. Man kann mit denen nicht schießen. Hat er mir mal gesagt."

Gernsheimer rieb sich die Augen. „Du willst damit sagen, dass dein Exmann einen Waffenschein besitzt und wir nicht wissen, ob eine funktionsfähige Waffe darunter ist?"

„Keine Ahnung. Waffenschein? Weiß ich nicht. Jetzt hab dich nicht so. Was soll denn passieren?" Inge suchte nervös nach einer Zigarette, steckte das Päckchen aber wieder in die Tasche, als sie Gernsheimers Blick sah.

„Was passieren soll? Das gleiche wie mit Alex, verdammt nochmal!" Er konnte sich nur noch mühsam beherrschen. Seine Brauen hingen wie dunkle Gewitterwolken über den Augen und die Knöchel seiner Fäuste auf dem Tisch waren weiß. „Das hättest du mir schon vor Wochen sagen müssen! Was sind das für Waffen?"

„Was weiß denn ich? Waffen eben. Schießprügel, wie in einem Western. Lang, verrostet. Man kann damit jemanden erschlagen, aber nicht erschießen. Was ist? Wollen Sie mehr Geld?" Sie sah Mathilda angriffslustig an, aber bevor diese reagieren konnte, schaltete Gernsheimer sich wieder ein.

„Ich hätte größte Lust, das Mandat niederzulegen. Aber dann sucht niemand deinen Ex-Lover. Frau Rosenbaum ..." Er sah zu Mathilda und nahm ihre Hand. „... wie sehen Sie das? Sie sind der Profi und müssen da rein. Ist Ihnen das Risiko zu groß? Wenn ja, könnte ich es gut verstehen." Er warf einen bitterbösen Blick auf Inge, die an dem kleinen Hund zupfte, bis er jaulte.

„Hm, nein, geht, glaub ich. Ich schau mir das Ganze einfach an und entscheide dann."

Gernsheimer nickte und alle drei beugten sich wieder über den Tisch mit dem Plan.

Mathilda prägte sich die Räume und deren Inhalt ein, zog dabei klammheimlich die Schuhe aus und dachte über ihre eigenen Pläne nach. Von denen sie aber Sam vorläufig nichts erzählen würde. Nur Ulla. Ein bisschen Hilfe brauchte sie bestimmt.

4.

Nach nur einem weiteren Tag Üben, Beschimpfungen von Inge Funkel, Lachanfällen von Ulla, Tonnen an Ratschlägen von Sam und Rollenspielen mit dem Anwalt, war Mathilda mit den Nerven am Ende. Sie betrat jetzt sogar lieber das Pelzgeschäft, als weiter gecoacht zu werden.

Sam wollte sie zwar erst nicht gehen lassen und das Projekt abblasen, als er von Heribert Funkels Hobby hörte, aber sie setzte sich durch. Jetzt wollte sie es durchziehen, den Türsteher finden und die Idee, dafür zu sorgen, dass der Laden für alle Ewigkeit schloss, faszinierte sie immer mehr.

Sie hatte neue Kleidung, neue Schuhe und einen neuen Namen: Mia Rose. Nah genug an ihrem richtigen Namen, um ihn sich merken zu können.

Das Geschäft sah von außen wie eine beliebige Edelboutique in der Innenstadt aus. Nur die Schaufensterscheiben waren ein bisschen dicker und die Puppen trugen Jacken, die für den spätsommerlichen September definitiv zu warm waren.

Nachdem sie sich bei der Anfahrt vergewissert hatte, dass Funkels Auto im Hof stand, stöckelte Mathilda entschlossen darauf zu und verdrängte, dass sie nur einen Versuch hatte, den Inhaber von ihren Qualitäten zu überzeugen.

Tapfer schritt sie an dem Straßencafé mit dem duftenden Espresso vorbei, den Stühlen in der Sonne und den irischen Strassenmusikern. Sie wollte jetzt Pelzmäntel anprobieren, das war ihr innigster Wunsch und der Sinn ihres Daseins. Was konnten schon warme Croissants und die Chance, die Schuhe kurz auszuziehen gegen Fellkragen und ein Blick in Heribert Funkels Waffenschrank ausrichten?

Kaum fiel die Ladentür hinter ihr zu, klangen alle Geräusche der Straße wie von einer dicken Decke erstickt und leiser Smooth Jazz schmeichelte sich in ihre Ohren. Es war wie ein Schritt in ein Paralleluniversum.

In der Luft hing ein dezenter Duft nach Leder und eine Klimaanlage hielt die Temperatur angenehm frisch, so dass der Wunsch nach einem dicken Mantel plötzlich gar nicht mehr so abwegig schien.

Mathilda ging langsam durch den Raum, an zwei Kleiderständern vorbei, an denen leichte Jacken mit bonbonfarbenem Pelzfutter hingen. Sie sah sich aufmerksam um und verglich ihren Eindruck mit den Beschreibungen von Inge Funkel. Es hatte sich einiges geändert. Der von ihr beschriebene Teppich war matten grauen Fliesen gewichen.

Spots hoben ausgesuchte Stücke hervor. Ansonsten war der Raum indirekt beleuchtet, ein opulentes, mitternachtsblaues Sofa stand in der Mitte, mit einem Tischchen davor und einigen Modezeitschriften darauf.

Leicht getönte Spiegel, die sich mit Kleiderständern abwechselten, ließen den Raum größer erscheinen und verliehen Mathilda einen gesunden Hautton, obwohl sie schlecht geschlafen hatte und in Wirklichkeit blass wie ein Mozzarella war.

An den cremefarbenen Wänden hingen Fotos der aktuellen Kollektion auf Leinwand, getragen von namhaften Models vor unterschiedlichen Großstadtkulissen oder atemberaubender Natur.

Im hinteren Teil des Geschäfts öffnete sich ein Samtvorhang und wie in einem Varieté der zwanziger Jahre sprang ein Mann im knapp sitzenden Anzug mit einer einladenden Handbewegung heraus und kam strahlend auf sie zu. „Definitiv Silberfuchs. Das seh ich sofort! Guten Morgen!" Ohne in der Bewegung innezuhalten nahm er eine hellgraue langhaarige Jacke vom Ständer und hielt sie ihr entgegen.

Mathilda musste erst mal die Energie verarbeiten, die er verbreitete, dann schlüpfte sie in die Ärmel und drehte sich, wie Inge Funkel es ihr beigebracht hatte, vor dem Spiegel. „Phantastisch."

Sie strich über den Pelz und hielt die Jacke vor der Brust zusammen. Das Energiebündel war vermutlich Guido Knötel, die Beschreibung passte auf ihn. Er nannte sich allerdings Guido Schmelz, sein Künstlername. Knötel harmonierte nicht ganz mit dem Glamour, den er verbreiten wollte.

Mathilda griff nach einem Nerzcape und probierte es ebenfalls, spreizte die eine Hand ab, legte die andere auf das vorstehende Becken, blieb mit vorgeschobener Hüfte vor dem Spiegel stehen. Sie erkannte sich selbst kaum wieder und seufzte hingerissen. „Wunderbar, haben Sie auch Zobel?"

„Ah die Dame kennt sich aus! Natürlich haben wir Zobel. Hier, ganz neu, ganz aktuell. Wenn Sie mich fragen, ein bisschen zu lang für Ihre Figur. Probieren Sie lieber das Bolero-Jäckchen hier. Mit dem Modell hat unsere Kürschnerin erst vor drei Wochen einen Design-Preis gewonnen. Können wir Ihnen, wie alles hier, in der Pelzart Ihrer Wahl anbieten. Ich bin ja immer noch für Silberfuchs.

Der Dialog mit Ihrem Haar ist einzigartig." Schmelz redete sich in Rage, er wirbelte um sie herum, strich über den Pelz, zeichnete in der Luft die Kontur ihres Körpers nach und betete sie an. Sie fühlte sich wie eine Königin. Ja, er beherrschte sein Handwerk.

Mathilda seufzte. „Wenn ich mir das doch bloß leisten könnte."

Mit diesen Worten hatte sie die Luft aus ihm herausgelassen. Er sackte in sich zusammen und es erschienen Gewitterwolken unter Guidos welliger gesträhnter Haartolle. „Wir haben günstige Muffs im Angebot. Wenn Sie dort mal schauen wollen."

Sichtlich enttäuscht keine sündhaft teure Jacke verkaufen zu können und seinen Auftritt umsonst hingelegt zu haben, deutete er auf ein Regal mit den trendigen Pelzrollen an bunten Bändern. Die konnte jeder verkaufen, dazu brauchte es keinen Künstler, der aus dem Rohstoff Frau eine Komposition aus Dame und Tier herausarbeitete.

Mathilda befürchtet schon, dass Funkel nicht da wäre oder sie es nicht geschafft hatte, sein Interesse zu wecken, obwohl sein Auto auf dem Hof stand. Aber dann ließ er es sich doch nicht nehmen, ins Geschehen einzugreifen, und kam aus seinem Büro.

Sie wusste, dass er durch einen der Spiegel sehen konnte, was im Verkaufsraum vor sich ging. Genau vor diesem hatte sie sich extra oft gedreht und ihre gequälten Füße mit den hohen Absätzen nach vorne gereckt.

Mit einem lässigen Wink bedeutete er Guido, sich zurückzuziehen, und schwänzelte auf Mathilda zu. Eine Wolke James Bond Aftershave waberte um ihn und überdeckte den muffigen Geruch aus zu lang getragenen

Socken und Achselschweiß des Vortags nur unzureichend. Die fleckigen Lippen verrieten den Rotweintrinker und sein leicht gebeugter Gang wirkte wie ein Dauerbückling.

„Wunderbar, Gnädigste, einfach wunderbar, wie für Sie gemacht, wenn ich das mal so sagen darf. Entschuldigen Sie vielmals, dass ich mitgehört habe. Für Damen, die momentan finanziell nicht ganz auf der Höhe sind, bieten wir auch Finanzierungen an. Sie sind doch sicherlich berufstätig, oder?" Seine leicht vorstehenden Augen quollen fast aus den Höhlen. Sein Lächeln entblößte große, gelbe Schneidezähne.

Mathilda lächelte zurück, drehte sich dann wieder vor dem Spiegel und reckte ihm dann einen Fuß entgegen, obwohl sich ein Krampf ankündigte. „Im Moment suche ich ehrlich gesagt eine neue Aufgabe, die mehr meinen Fähigkeiten entspricht. Aber wenn ich eine neue Stelle habe, komme ich ganz bestimmt wieder."

Aus tiefster Seele aufseufzend zog sie das Cape aus, streichelte noch einmal über den seidigen Pelz und legte es zurück. Dann neigte sie den Kopf und schaute Funkel von unten her erneut mit einem leichten Lächeln und einem Zucken der Augenbrauen an, drehte sich mit einem Hüftschwung um und ging mit schwingendem Gesäß Richtung Tür.

„Moment!" Funkel lief hinter ihr her, die langen Beine energisch nach vorn werfend. „Was suchen Sie denn für eine Stelle?"

„Hach, ich weiß nicht. Ich hab mich bei mehreren Agenturen als Model beworben. Ich bin mir aber noch nicht sicher."

Funkel räusperte sich und kratzte sich dezent am Kopf, dabei rutschte sein Toupet hin und her. „Haben Sie schon mal Damen-Oberbekleidung verkauft? Und sprechen

Sie Englisch? Wir suchen gerade eine stilvolle Dame für unser Geschäft, mit unserer internationalen Kundschaft. Sie wären hervorragend geeignet, um die Kollektionen auch vorzuführen. Setzen Sie sich doch."

Er führte sie zu dem nachtblauen Sofa und setzte sich zu nah neben sie, schlang seine Beine übereinander und verschränkte einen Fuß hinter der Wade des anderen Beins.

Mathilda sah sich mit leicht geöffnetem Mund um. Auch sie schlug die Beine übereinander, obwohl ihre Spiegelneuronen sich dafür nicht zuständig fühlten. Dazu schenkte sie ihm dann ein strahlendes Lächeln. „Hier arbeiten zu dürfen? Oh das wäre mein Traum! Die ganze Zeit zwischen diesen wundervollen Stücken! Ich habe bis jetzt vormittags in einem Immobilienbüro als Sekretärin gearbeitet. Nachmittags muss ich mich meistens um meine kranke Mutter kümmern."

„Wie selbstlos von Ihnen. Dann schicken Sie mir doch ihre Bewerbungsunterlagen und wir probieren es mal. Halbtags käme uns sehr entgegen." Vertraulich tätschelte er mit seinen langen, weißen Fingern ihre Hand und beugte sich noch weiter vor. „Ich habe da ein gutes Gefühl und meine Menschenkenntnis hat mich noch nie getäuscht."

5.

Mathilda ließ sich im Café zwei Straßen weiter in den Korbsessel fallen, nachdem sie sich gründlich die Hände gewaschen hatte, und rief Sam an. „Ich komme gerade von Funkel."

„Und? Wie war es?"

„Gut." Sie bestellte einen Espresso bei der Bedienung und dachte über Kuchen nach.

„Wie gut? Nun reden Sie schon!"

„Ich hab ihn kennengelernt und auch seinen Schnösel Guido. Ich hätte gern den Apfelkuchen mit Sahne."

„Sie hätten gern was?" Sam hörte sich nach Schnappatmung an.

„Ich hab mir Apfelkuchen bestellt. Sie waren nicht gemeint." Mathilda streckte sich und zog unter dem Tisch die Pumps aus.

„Frau Rosenbaum, würden Sie mir bitte sagen, wie der Kontakt verlaufen ist! Und essen Sie nicht so viel Kuchen, das schadet ihrem Blutzuckerspiegel."

„Ist ja schon gut. Ich soll meine Bewerbungsunterlagen schicken. Der Job ist so gut wie sicher. Aber bestellen Sie dem Gernsheimer einen schönen Gruß, wenn er nicht ..."

„Frau Rosenbaum ..."

„Ich bin noch nicht fertig. Bestellen Sie dem Typ ...“

„Frau Rosenbaum, Herrn Gernsheimer ...“

„Ok, dann bestellen Sie Herrn Gernsheimer, dass er mich mal gern haben kann, wenn er uns beim nächsten Mal wieder so eine Trulla anschleppt.“

Sam atmete geräuschvoll aus.

„Frau Rosenbaum, Herr Gernsheimer sitzt neben mir und hört mit.“

Mathilda hört Geraschel.

„Gratuliere! Ich wusste, dass Sie das können.“ Die tiefe Stimme gehörte nicht Sam, sondern Robert Gernsheimer, der das Telefon übernommen hatte.

„Oh, wenn ich gewusst hätte, dass Sie da sind, hätte ich ein bisschen schneller Vollzug gemeldet.“ Mathilda biss sich auf die Lippen.

„Schon ok. Wir bereiten dann die Bewerbung vor. Irgendwelche speziellen Wünsche für die Vergangenheit?“

„Ja, schreiben Sie rein, dass ich lesbisch bin und den schwarzen Gürtel in Kickboxen habe.“

„Das geht leider nicht. Sie müssen ihn noch ein bisschen anheizen. Aber ich könnte Ihnen eine glückliche Kindheit mit reichen Eltern in einem schlossähnlichen Park und einer Pferdezucht andichten.“ Mathilda hörte das Lächeln in seiner Stimme.

„Wie Sie meinen. Und sorry wegen eben.“

„Schon gut, ich denke, wir werden gut zusammenarbeiten.“

Sie fuhr zurück ins Büro, in dem sie Gernsheimer nicht mehr antraf, dafür aber Inge Funkel, die sich sichtlich von Mathildas Auftauchen gestört fühlte. Sam sah so erleichtert aus, sie zu sehen, wie sie es selten zuvor wahrgenommen hatte.

„Frau Funkel, wie schön! Was führt Sie zu uns?" Das falsche Lächeln fiel ihr nicht schwer, da sie es schon den ganzen Vormittag über im Gesicht kleben hatte.

„Frau Rosenbaum. Ja, also ich hörte von Ihrem kleinen Erfolg und da ich in der Nähe war, bin ich gleich mal reingeschneit, um mich mit Herrn Schulz darüber auszutauschen. Mein Kompliment, das war ja schon ganz nett." Das sagte ihr Mund.

Ihr Gesicht sagte etwas ganz anderes. Mehr in Richtung „Du blöde kleine Schnepfe störst mich beim Baggern, und dass du den Job bekommst, hab ich dir nicht zugetraut, ich wollte dich eigentlich versagen sehen." Die Falten um ihren Mund herum bildeten den Satz deutlich lesbar.

„Danke, ich hab mich auch gleich wohl gefühlt. Ihr Mann ist ja ganz charmant und Herr Schmelz wird ein guter Kollege sein. Eine angenehme Aufgabe in dieser exklusiven Umgebung." Das sagte Mathildas Mund und lächelte immer noch. Ihre Augen sagten nichts. Dazu war das Stundenhonorar zu hoch.

Da sie keine Anstalten machte, das Feld zu räumen, verabschiedete Inge Funkel sich und ging. Mathilda sprang auf und trug ihr noch den kleinen Hund hinterher, den sie unterm Tisch vergessen hatte.

Dann ließ sie Willi aus dem Nebenzimmer, der dort warten musste, da Sam Angst hatte, er würde den Kleinen versehentlich einatmen.

„Lassen Sie Willi doch draußen. Dazu haben Sie ihn schließlich. Er soll auf Sie aufpassen, wenn ich nicht da bin." Mathilda kraulte den Dobermann, der seinen Kopf auf ihre Knie gelegt hatte.

„Sie haben recht, ich muss aufpassen, keine Soziophobie zu entwickeln. Das wäre fatal. Gut, dass Sie reingekommen sind."

„Um Sie von der Klette zu erlösen? War mir ein Vergnügen."

„Naja, nicht nur. Stellen Sie sich mal vor, Cornelia hätte mich spontan besucht. Nicht auszudenken." Er fing an zu schwitzen.

Ulla begrüßte Mathilda mit einem Glas ihres besten Rotweins und Schnittchen auf dem zerkratzten Chesterfieldsofa vor dem Fernseher.

Es war Krimiabend, die Kater Ben und Eddi lagen bereit, gekrault zu werden, der Dresscode schrieb ausgeleierte Leggins vor und Charles wartete auf dem Teppich auf herunterfallende Käsestücke, weil er sich nicht aufs Sofa traute. Mathilda umarmte ihre Freundin gerührt. „Du bist die Beste! Genau das brauch ich jetzt."

„Das glaub ich dir gerne. Wie war es denn?"

Mathilda ließ sich in die Kissen fallen und zog Ben auf ihren Schoß, bis er wie ein nasser Sack ausgestreckt auf ihr lag.

„Ich wäre lieber in einer Kläranlage schwimmen gegangen. Aber jetzt weiß ich wenigstens, dass ich ein Silberfuchstyp bin."

Sie nippte an dem Wein und schnurrte lauter als die Katze. „Das sagt zumindest Guido Schmelz."

Noch ein Schluck. „Und Heribert Funkel will, dass ich dort arbeite. AUA!" Sie hatte wohl etwas zu unkonzentriert gekrault und dafür die Quittung in Form eines Bisses bekommen.

„Na, da gratulier ich doch. Riecht er immer noch nach seinen Socken? Pass auf, dass du nie dabei bist, wenn er seine Schuhe auszieht. Das überlebst du nicht!" Ulla hob Charles zu sich, was Eddi mit Fauchen quittierte, aber hinnehmen musste. Ulla war leider stärker als er. Das hatte sie letztens erst bewiesen, als sie ihn vor die Tür setzte, nur weil er den Hund verprügelt hatte. Eine Demütigung, die er ihr bei Gelegenheit heimzahlen würde.

„Woher kennst du die beiden eigentlich so gut?" Mathilda hatte die Fernbedienung schon in der Hand, wartete aber noch einen Moment.

„In meinem früheren Leben hab ich mit meinem Mann und den beiden im selben Verein getanzt. Standard und Lateinamerikanisch. Ich kann dir sagen, wie die sich auf der Tanzfläche gezofft haben, das hätte beinahe die Kronleuchter von der Decke geholt. Und wenn er sich dort die Tanzschuhe auszog, war der Raum ganz schnell leer.

Ein Jahr haben die beiden durchgehalten, sie wollten wohl zum Wiener Opernball, danach haben sie zum Glück aufgegeben. Die hätten sich sonst umgebracht. Nach dem Training haben wir immer einen Wein zusammen getrunken. Eigentlich mit einem anderen Paar, aber die Funkels haben sich einfach dazu gesetzt." Sie seufzte beim Gedanken an ihren verstorbenen Mann.

„Ach so." Sie tätschelte Ullas Arm. „Dann lass uns mal sehen, was Special Agent Gibbs heute für einen Fall zu lösen hat. Der muss nicht mit dem Hintern wackeln, um ein Verbrechen aufzuklären." Mathilda zog auch noch den beleidigten Eddi zu sich. „Und wenn, dann täte er es mit Würde."

„Die Bewerbung ist verschickt. Mal sehen, wann er sich meldet. Frau Funkel sagt, sie brauchen dringend jemanden, weil ihr Ex-Mann demnächst zu einer Messe fährt und Herrn Schmelz nicht gern den ganzen Tag allein im Geschäft lässt. Die Kürschnerin ist ja meistens im Atelier."

Sam saß hinter dem Schreibtisch seines verstorbenen Onkels und starrte den Kaffeeautomaten an. Wenn er jetzt aufstehen würde, um sich einen laktosefreien Latte macchiato zu brühen, würde sich Mathilda sofort in den riesigen Chefsessel setzen.

Noch vor wenigen Wochen hatte sie ausprobiert, ob er wirklich laktoseintolerant war und ihm heimlich Kuhmilch verabreicht. Die Folgen trieben ihm immer noch die Schamesröte ins Gesicht, da er sich kurz darauf mit seiner Freundin zu einem romantischen Dinner getroffen hatte und die Laktose an dem Abend seinen Darm wie einen Luftballon aufgepustet hatte. Seitdem hatte er die Milch zwar versteckt, aber wirklich sicher fühlte er sich nicht.

Mathilda stand vor der Wandtafel mit den Aufzeichnungen der aktuellen Fälle. „Was drängt am meisten? Was kann ich heute und morgen noch abarbeiten? Ich denke, wir sollten ..."

Sam seufzte tief und unterbrach sie. „Ich komm mit diesem Bild, diesem Pollock, einfach nicht weiter. Egal wen ich frage, Sammler, Händler, Galeristen, Museen auf der ganzen Welt, keiner hat auch nur den Hauch einer Ahnung, wo es sein könnte. Man ist sich einige, dass es nie auf dem freien Markt angeboten worden ist. Also kann es nur in irgendeinem Keller hängen oder Tresor liegen. Ach verflixt, das macht mich noch ganz krank!" Er zog eine der Schreibtischschubladen auf, nahm eine kleine Dose heraus und schüttelte sich ein paar Pillen auf die Hand. Dann fuhr er sich mit der Hand durchs Haar, bis es endgültig verstrubbelt war.

„Vielleicht hat's ja jemand verbrannt. Ich hab noch nie etwas so Teures gesehen, was so hässlich ist." Sie nahm sich eine Fotografie des Bildes und sah es angewidert an. „Es sieht aus, als ob der Meister nach einer ausgiebigen

Labskausmahlzeit auf die Leinwand gereihert hätte. Wer hängt sich denn so was ins Wohnzimmer?"

Sam verdrehte die Augen und warf sich die Pillen in den Mund. „Es gibt auch noch Kunst jenseits des Dekorativen. Bitte tragen Sie ihre Unwissenheit nicht so offen zur Schau. Das hilft uns nicht weiter. Niemand verbrennt ein solches Meisterwerk."

Mathilda wischte die Tafeln frei und nahm einen der dicken Stifte. „Ich fass mal zusammen. Es gab ein Bild von Jeffrey Prollock ..."

„Jackson Pollock, aber Sie sind auf einem guten Weg."

„Es gab ein Bild von Jackson Pollock, das gehörte Mutter Hut. Mutter Hut starb vor drei Jahren und hat all ihre Dinge ihren beiden Kindern Cornelia und Christian hinterlassen. Aber bis auf ein bisschen Schmuck und ein paar tausend Euro Bargeld hat die arme Cornelia nichts geerbt."

Sam nickte bedächtig. „Ja, laut Nachlassverwalter gab es keinen Pollock und auch sonst keine Gemälde oder nennenswerten Werte im Haus. Cornelia ist aber vollkommen sicher, dass ihre Mutter Kunstwerke sammelte und den Pollock von ihrer Tante geerbt hat. Er ist auch auf alten Familienfotos zu sehen. Er hing im Esszimmer."

Mathilda drehte sich zu ihm um. „Vielleicht ist sie deswegen so dünn. Bei dem Anblick am Tisch muss man ja eine Essstörung bekommen."

Sam ließ nur ein genervtes Grunzen hören.

Sie drehte sich wieder zurück und schrieb weitere Stichworte auf. „Ist ja schon gut. Also weder Mutter Hut noch die Geschwister haben irgendwann das Ding verkauft, angeboten oder einen Betrag auf dem Konto gehabt, der dem Wert entsprach und nicht aus einer anderen Quelle stammte."

„Richtig." Sam pochte mit seinem Füller auf die Tischplatte. „Ich kann gar nicht mehr zählen, wie viele Gesetze ich übertreten habe, um an die ganzen Informationen zu kommen."

Mathilda runzelte die Stirn. „Wenn Sie meine Meinung hören wollen: Der Bruder hat das Ding im Keller liegen oder es ist geklaut worden. Sie müssen aber vor allem entscheiden, wann Sie die Suche aufgeben wollen und wie Sie das Ihrer Liebsten schonend beibringen. Das macht Sie ja ganz fertig."

„Nicht so fertig, wie ihr meine Niederlage eingestehen zu müssen. Sie verlässt sich auf mich."

Erst jetzt fielen Mathilda die dunklen Ringe unter seinen Augen auf. „Na, dann schieben Sie meinetwegen die Schuld auf mich. Sie hasst mich ja sowieso schon. Wenn ich demnächst halbtags in diesem Pelzgrab bin und den verschwundenen Typ suche, haben Sie einiges zu tun. Wir haben noch ein paar andere Fälle, die wir nicht vernachlässigen dürfen."

„Ja, Sie haben ja Recht. Ich werde die Suche ein wenig hinten anstellen. Wir haben schon wieder zwei Anfragen zur Beschattung untreuer Ehegatten. Das werd' ich dann wohl übernehmen müssen." Seufzend blätterte er die Ausdrucke auf dem Schreibtisch durch. „Wenigstens muss ich dafür keine Gesetze brechen."

„Ist doch toll, der Laden läuft. Ich mach mich mal auf die Suche nach dem Türsteher. Den scheinen ja irgendwie alle zu vergessen."

Sam nickte zerstreut. Seine Freundin hielt Mathilda tatsächlich für ordinär und ungehobelt. Mathilda hielt Cornelia für snobistisch und überdreht. Sam hatte gehofft, dass die Dame seines Herzens sich ein bisschen beruhigen würde, wenn er das Bild finden würde.

Gedankenverloren stand er nun doch auf und ging zur Kaffeemaschine, was Mathilda augenblicklich zum Anlass nahm, sich auf den Chefsessel zu setzen.

„Ich such mal seine letzte Adresse raus und schau, ob er irgendwo im Internet in einem Netzwerk war. Die Funkel war zwar mit ihm im Bett, konnte aber nichts weiter zu ihm sagen. Unglaublich."

Sam stellte ihr einen Espresso neben die Tastatur und nahm einen dünnen Ordner aus dem Regal. „Brauchen Sie nicht, ich hab schon alles zusammengestellt. Zusammen mit Robert, ich meine Herrn Gernsheimer. Adressen, Telefonnummern, Eltern, Freunde, Arbeitgeber. Viel war das nicht, aber es ist ein Anfang." Dann setzte er sich auf den Stuhl vor dem Schreibtisch und schlürfte seinen Kaffee.

„Können wir das mit dem Schlürfen mal thematisieren? Ich find das eklig." Mathilda sah am Monitor vorbei und verzog das Gesicht.

„Nein können wir nicht. Durch das Schlürfen verbindet sich Luft mit dem Getränk und das Aromaprofil kann retronasal wahrgenommen werden."

Mathilda drückte Luft in ihren Magen und ließ sie als gewaltigen Rülpser wieder entweichen. Dabei sah sie ihn interessiert an. Sam verdrehte die Augen, nahm einen geräuschlosen Schluck von seinem Getränk und verbrannte sich prompt die Zunge.

„Und was hast du rausbekommen? Hat jemand den Türsteher gesehen?", Ulla stellte Salat, Grillkäse und Brot auf den Tisch.

„Keine Ahnung. Ich bin dann doch nicht mehr dazu gekommen, nach ihm zu suchen. Ein anderer Fall kam mir dazwischen und ich musste schnell los." Mathilda stocherte nachdenklich in ihrem Abendessen herum. „Ich hoffe, Herr Schulz wird mal wieder aktiv. So langsam geht mir seine Schnalle auf den Senkel. Nicht nur, dass sie ihn mit dem Bild nervt, sie blockiert ihn total. Er macht kaum mehr was anderes."

Ulla schob die Kater zur Seite, die schon mit wackelnden Hintern Anlauf nahmen, um auf den Tisch zu springen. Ein weiterer Minuspunkt auf ihrem Konto. Die Rache würde grausam sein.

„Er ist halt verliebt in sie und kann ihr das nicht abschlagen. Sie wäre enttäuscht von ihm und das will er nicht."

Mathilda hob die Kater vom Stuhl neben sich und ließ sie auf den Boden fallen. „Irgendwie ist es nervig, mit Verliebten zu tun zu haben. Das ist wie als Einzige immer nüchtern unter lauter Betrunkenen auf der Party zu sein."

Ulla schwieg pikiert. Sie wurde unterbrochen von Charles' Jaulen, da die Kater ihren Frust an ihm ausließen und versuchten, ihn zu zwingen, eine Nacktschnecke zu fressen.

„Gibt es eigentlich auch Kampfsporttraining für Hunde? Das geht doch so nicht weiter." Ulla rannte zu ihm auf die Terrasse, warf die Schnecke über den Zaun zu den Nachbarn und nahm Charles auf den Arm.

„Eddi und Ben waren zuerst da. Das ist das Problem. Vielleicht sollte ich einen der beiden mal ne Woche woanders wohnen lassen, damit Charles sich nur mit einem von ihnen rumschlagen muss."

Ulla klemmte den Hund unter den Arm und streckte die andere Hand nach Eddi aus, um ihn zu streicheln. Ein Fehler, den sie sofort bereute und der von Mathilda verarztet werden musste.

„Morgen trifft sich der Tierschutzverein hier. Ich frag mal, wer einen deiner Kater für ein paar Tage nimmt."

Sie nahm den Hund mit aufs Sofa, während Mathilda die Küche aufräumte.

6.

Der erste Arbeitstag im Pelzgeschäft begann. Sie suchte eine Leiche, eine Chance, den Laden zu schließen, und ganz nebenbei die Geldquelle von Herrn Funkel, an der Frau Funkel besonders interessiert war. Und das, ohne der Waffensammlung in die Quere zu kommen.

Sam hatte sie bestens instruiert, worauf sie besonders achten sollte: Kampfspuren in Form von beschädigten Wänden, Türen und Möbeln, braune oder schwarze Flecken, da Blut nach dieser Zeit nicht mehr rot war, Alex' Kleidung und Besitz, den er bei dem Besuch bei sich trug. Außerdem alles, was ihrer Meinung nach nicht in ein Modegeschäft gehörte und fehl am Platz wirkte. Sie sollte möglichst viel fotografieren, damit Frau Funkel die Bilder überprüfen konnte.

„Herzlich willkommen zu Ihrem ersten Arbeitstag. Kommen Sie rein, kommen Sie rein. Haben Sie sich schon mit Herrn Schmelz bekannt gemacht? Herr Schmelz ist meine rechte Hand sozusagen, er genießt mein vollstes Vertrauen und wird Ihnen zur Seite stehen, wenn ich ab Freitag auf der Messe bin." Schmelz nickte huldvoll und versuchte, sein Gesicht zu einem Lächeln zu bewegen.

„Bis dahin können Sie sich in allen Belangen an mich wenden. Gut sehen Sie aus, wenn ich das mal so sagen darf. Sie passen ganz hervorragend zu unserem jüngeren Publikum. Ganz hervorragend!" Heribert Funkels von Rotwein gefärbte Lippen glänzten feucht und sein muffiger Atem schlug ihr entgegen. Er griff nach ihrem Arm und zog sie mit sich.

Mathilda schob sich ihre Sonnenbrille ins Haar und lächelte die Herren an, so, wie sie es morgens noch vor dem Spiegel geprobt hatte.

Schmelz entschuldigte sich und verschwand im hinteren Teil des Verkaufsraums, während der Chef sie einmal durch den ganzen Laden führte und ihr zeigte, wo sie ihre Jacke ablegen konnte. Eine verborgene Tür hinter einem Samtvorhang führte in den Mitarbeiterbereich mit Flur, Bad und Aufenthaltsraum, einem schlichten Zimmer, mit dem Charme einer in die Jahre gekommenen Fitnessumkleide.

Sie öffnete beiläufig den Hängeschrank mit Tassen und den Kühlschrank mit abgelaufenen Joghurts, einer geöffneten Milchpackung und mehreren Feinripp-Slips mit Eingriff.

Mathilda sah Funkel irritiert mit hochgezogenen Augenbrauen an und deutete wortlos auf die Unterwäsche.

Funkel lachte. „Herr Schmelz wechselt hier manchmal den Slip, wenn er sich erhitzt hat. Er ist Verkäufer mit ganzer Seele. Ich hoffe, das stört Sie nicht." Er zwinkerte ihr zu.

Jedenfalls fanden sich keine Leichenteile, keine verspiegelte Sonnenbrille und auch keine Quelle für Reichtümer. Nur eine Pinnwand mit Telefonnummern, Zeitungsartikeln und vergilbten Postkarten. An den Wänden hingen Bilder an Stecknadeln mit äußerst spärlich bekleidete Frauen aus Kalendern und Magazinen mit Pelzbikinis.

Durch ein vergittertes Fenster sah man auf eine Laderampe mit einer verschlossenen Stahltür direkt zum Flur und einen kleinen Innenhof. Dort parkten ein eckiger weißer Mercedes und ein grauer BMW, der sich nicht entscheiden konnte, alt oder ein Oldtimer zu sein.

„Das sind unsere Parkplätze, wollen Sie Ihr Auto auch dort abstellen? Dann gebe ich Ihnen eine Anfahrtskizze zur Zufahrt."

Und ob Mathilda dort parken wollte! Die beste Gelegenheit, die Tracker an die Fahrzeuge zu kleben, um zu verfolgen, was Schmelz und Funkel außerhalb der Geschäftszeiten so trieben.

Sie gingen zurück in den kleinen Flur zu einer Holztreppe, die nach unten führte.

„Gut, gehen wir weiter. Hier geht es in den Keller, ich darf mal vorgehen." Er schaltete ein kaltes Neonlicht ein und stieg die Treppe hinab, dabei zog er den Kopf zwischen die Schultern, um nicht an die niedrige Decke zu stoßen. Mathilda folgte ihm vorsichtig. Jetzt zeigte sich, dass ihre Vorbereitungsphase doch etwas kurz gewesen war.

Mit den hohen Absätzen auf den ausgetretenen Stufen drohte sie immer wieder ins Schlingern zu geraten. Sie trat seitlich auf, klammerte sich am Handlauf fest und betrat nach dem erfolgreichen Abstieg einen Raum, an dessen Rückseite zwei deckenhohe Schränke standen, die große Digitalanzeigen an der Seite hatten.

„Unsere Kühlschränke. Hier lagern wir Pelze ein, die zur Zeit nicht getragen werden. Im Sommer beispielsweise, oder wenn die Damen sich länger in warmen Gefilden aufhalten. So trocknet die Haut nicht aus. Ich meine die der Pelze, nicht der Damen." Er lachte meckernd. „Auf den

Anzeigen sehen Sie die Temperatur und die Luftfeuchte. Das sollte immer mal kontrolliert werden. Herr Schmelz und ich wechseln uns damit ab."

Kühlschränke mit dem Fassungsvermögen eines Dorffriedhofs. „Darf ich mal reinschauen? Wie kalt wird es denn darin?" Mathilda griff nach einer der Türen. Als ihre Auftraggeberin von Kühlschränken geredet hatte, hatte sie sich welche vorgestellt, wie sie im Aufenthaltsraum standen.

„Bis zu -23 Grad, aber nur kurz, um das Ungeziefer abzutöten, sollte dieses vorhanden sein. Danach wird sie wieder auf acht Grad erhöht. Wäre ja auf Dauer zu teuer. Ich freue mich über Ihr Interesse, muss ich schon sagen." Funkel strahlte sie an und öffnete den Kühlschrank. Ohne sich zu berühren, hingen mehrere Mäntel und Jacken in verschiedenen Farben nebeneinander.

„Passen Sie auf, dass Sie da nie drin sind und die Tür schließen. Von innen kann man sie nicht öffnen und niemand kann sie schreien hören."

Mathilda schluckte und bekam plötzlich schlecht Luft. Sie bemühte sich, ausreichend Platz zwischen sich und Funkel zu halten.

„Und der andere?"

„Da sieht es genauso aus. Kommen Sie, meine Liebe, hier ist unser Lager mit fertig gelieferten Produkten wie Bommel, Kissenbezüge und Rauchwaretafeln, die noch verarbeitet werden."

Rauchwaretafeln? Mathilda dachte an Marihuana in Schokoladentafelform. Aber es handelte sich um Pelze, die zu Rechtecken aneinandergenäht waren. Schade, das hätte den Job erträglicher gemacht. Dann dachte sie an ihr Ziel und lächelte wieder.

Wie konnte sie unauffällig in den anderen Kühlschrank sehen? Er schien nicht abgeschlossen zu sein, also brauchte sie nur einen Vorwand, um allein in den Keller zu gehen. Unauffällig ließ sie ihre Sonnenbrille auf einen Tisch neben ein ausgebreitetes kleines Fell gleiten.

Weiter ging die Besichtigungstour nach oben in die Werkstatt der Kürschnerin, die laut Funkel heute frei hatte. Ein großer heller Raum, in dessen Zentrum ein U-förmiger Tisch stand, der ihr bis zur Hüfte ging. Darunter beschriftete Pappkartons mit Fellresten.

An den freien Wänden hingen schwarzweiße Fotos von Grace Kelly, Marilyn Monroe und Elizabeth Taylor, die Pelzmäntel, -jacken und -kragen trugen.

In den Ecken stapelten sich Felle, Schwänze und Lederstücke. Mathilda blieb fast das Herz stehen, als sich eines der Felle erhob, in Form einer Siamkatze über den Tisch schritt und durch ein geöffnetes Fenster verschwand.

„Das sollte natürlich nicht passieren!" Heribert schloss es schnell und wischte hektisch die Arbeitsfläche ab. „Die Katze gehört eigentlich ins Altersheim nebenan, aber die wollen sie nicht mehr. Die Alten glauben, dass der, zu dem sie sich legt, als nächster unter der Erde ist. So ein Unsinn, und jetzt haben wir sie am Hals. Eines Tages mach ich einen Kragen aus ihr. Hahaha."

Mathilda dachte an Ben und Eddi, biss die Zähne zusammen und sah sich weiter um. Auch die Regale standen voller beschrifteter Kisten mit Nähmaterial und farblich sortierten Abschnitten, aber auch Stoffe in den unterschiedlichsten Farben und Arten. Eine der Nähmaschinen erinnerte sie entfernt an einen vorsintflutlichen kleinen Filmprojektor.

Jacken in den verschiedensten Stadien der Fertigstellung hingen auf breiten runden Bügeln, notdürftig zusammengesteckt an den beiden hölzernen Schneiderpuppen, außerdem gab es auffällig viele sehr schmale lange Westen.

An einer Wand waren Hunderte kleine Kisten gestapelt. Hier lagerten also die Muffs, für die das Geschäft bekannt war und die es vor dem Konkurs retteten.

„Werden die Muffs auch hier genäht?" Sie stellte sich vor die Kisten und las die Aufschriften.

„Nein, das wäre zu teuer. Ich lasse sie in einem eigenen Betrieb in Rumänien fertigen. Die Pelze stammen ebenfalls von dort, die Lohnkosten sind niedriger und es wird nicht ganz so viel reguliert und verboten wie hier. Sie wissen schon."

Mathilda wusste nicht, aber er winkte ab. Sie dachte sich ihren Teil.

„Ein schönes Land mit wenigen Arbeitsplätzen. So kann man dort was Gutes tun. Und das Färben und Gerben ist einfacher, die Mitarbeiter sind motivierter. Es gibt Zuschüsse. Aber was langweile ich Sie mit dem kaufmännischen Kram, das interessiert junge Damen doch gar nicht."

Wie fand man Dinge, die nicht in die Umgebung passen, wenn man noch nie in einer Kürschnerwerkstatt war? Hier stach alles heraus. Werkzeuge, von denen ihr nur eine überdimensionierte Schere bekannt vorkam, Maschinen, an dicken Kabeln hängende Geräte – so kam sie nicht weiter. Sie ließ sich von Funkel genaustens erläutern, was wozu gebraucht wurde und beobachtete ihn scharf dabei. Solange er nicht nervös wurde und die Erklärungen plausibel klangen, war alles in Ordnung.

Was nicht in Ordnung war, war, dass er beim Erzählen immer näher rückte und sie hier allein herumstanden. Sie nahm die schwere Schneiderschere und spielte beiläufig damit. Das reichte, um ihn zum Rückzug zu bewegen.

Heribert schwänzelte wieder in den Geschäftsraum zum Kassenbereich, hinter dem ein Gestell stand, über dem verschiedene Pelze hingen, und ließ sie jeden einzelnen anfassen. „Hier nehmen Sie mal, das ist Chinchilla, sehr teuer und von einmaliger Qualität."

Der graue Pelz war so weich, dass Mathildas Hand in ihm versank, ohne ihn zu spüren, und sie ihn unwillkürlich an ihr Gesicht hielt. „Unglaublich, wie eine Nebelwolke."

„Das haben Sie aber schön gesagt." Sein Kopf wackelte leicht, als er sie anlächelte und sich dann räusperte.

In sein Büro, dem vermutlich interessantesten Raum für den Auftrag, warfen sie nur einen kurzen Blick. Ein opulenter antiker Schreibtisch mit einem ebenso alt wirkenden Laptop, lederner Schreibtischgarnitur und betagten Ledersessel zeugten vom Erfolg vergangener Zeiten.

Ganz rechts eine schwere Tür, die nach draußen auf die Laderampe führte und die wie alle Türen von innen mit einem Alarmsystem gesichert war. An den Wänden Bilder von Herrn und auch Frau Funkel mit Prominenten aus allen Bereichen des öffentlichen Lebens.

Vor allem aber hingen dort Gewehre und Pistolen verschiedener Bauart. Robert Gernsheimer hatte ihr zwar einiges über antike Waffen erzählt, aber sie konnte kein einziges Stück zuordnen, geschweige denn erkennen, ob es schussbereit war. Eine Gänsehaut wanderte über den Nacken bis zum Haaransatz.

„Hier können Sie mich finden, aber für Sie ist es dort nur langweilig. Bürokram, Sie wissen schon. Wirklich spannend ist es nur in unserem Verkaufsraum. Die Menschen, die bei uns kaufen, das ist es, was unseren Beruf ausmacht. Ein solches Stück …" Er ging zurück in den Verkaufsraum und zog eine dicke Jacke mit braunen Tupfen vom Bügel. „ … das ist nicht für die Putzfrau bestimmt, das kauft der Herr des Hauses für die Dame seines Herzens. Wer das bezahlen kann, hat eine Geschichte zu erzählen, der hat was erlebt. Der hat Stil und das nicht nur bei der Wahl der Kleidung." Funkel geriet immer mehr ins Schwärmen, er wedelte mit den langen Armen und wanderte bei seinen Ausführungen hin und her.

Guido Schmelz tauchte auf, stellte sich in die Nähe seines Chefs und nickte zustimmend und mit schwärmerisch halb geschlossenen Augen. „Ich hatte schon das Vergnügen einen russischen Oligarchen bedienen zu dürfen. Er ließ erst seine Frau und eine Stunde später seine Freundin bei uns für den russischen Winter einkleiden. Ohne Limit! Und sie haben unser ganzes Lager an Muffs geleert, als Geschenke für die lieben Daheimgebliebenen. Ein echtes Erlebnis!"

Funkel lachte begeistert. „Herr Schmelz teilt meine Leidenschaft für interessante Menschen. Aber jetzt schauen Sie sich ein bisschen um, meine Liebe, machen Sie sich mit der Ware vertraut und beobachten Sie Herrn Schmelz im Verkaufsgespräch, dabei lernen Sie am meisten."

Dann legte Schmelz Mathildas Sonnenbrille auf den Tisch. „Hier, die haben Sie unten vergessen."

Mathilda dankte ihm äußerlich strahlend und innerlich grummelnd.

7.

Um Punkt ein Uhr verließ sie aufatmend das Geschäft und suchte das nächstgelegene Bistro auf, das Tischchen draußen stehen hatte. Sie brauchte Sonne, frische Luft und einen Espresso aus einem italienischen Espressokocher.

In einem mitgebrachten Notizbuch hielt sie alle Eindrücke des Vormittags fest, schrieb sich Fragen auf, ging in Gedanken noch einmal alle Räume durch. Der Verkaufsraum hatte hinten einen Bereich, der durch einen schweren Vorhang geschlossen werden konnte, wenn Kunden zur Anprobe kamen. Dort glaubte sie, dass die Fugen zwischen den Steinfliesen am Boden der linken Seite dunkler waren als an anderen Stellen. Aber was sollte sie jetzt machen? Sam rief an und teilte ihr mit, dass man sich bei ihr zu Hause im Garten treffen würde. Sie fuhr so nachdenklich los, dass sie sich über den Treffpunkt noch nicht einmal wunderte.

Sam und der Anwalt saßen bereits auf der Terrasse, während Ulla um sie herum lief und Tee einschenkte. Angeblich war Gernsheimer allergisch auf irgendwas im Büro der Detektive und brauchte dringend frische Luft. Mathilda sah ihn skeptisch an und er zuckte nur entschuldigend mit den Schultern. Sie glaubte eher, dass er einen Grund brauchte, um in Ullas Nähe zu sein.

„Und dann?" Sam beugte sich vor, während Gernsheimer sich in seinem Stuhl zurücksinken ließ.

„Nicht viel, ich habe Herrn Schmelz beobachtet und Herr Schmelz hat mich beobachtet. Er hat sehr darauf geachtet, dass ich mich an meinem ersten Tag nicht langweile. Also hat er mir die Kasse erklärt und wo man die Mülleimer leert, wie man Kaffee kocht und den Kundinnen anbietet und wie man Zeitschriften stapelt, wenn ein Kunde sie durcheinander geworfen hat. Und er hat mich in die Wissenschaft eingeweiht, wie man fachgerecht einen Pelzmantel auf einen Bügel hängt.

Wahnsinn. Davon werd ich mein Leben lang zehren. Ich habe Schmelz dabei beobachtet, wie er Anlauf nimmt, bevor er sich an die Kundin ran wirft und was lila oder rosa gefärbtes Kaninchenfell aus einem Menschen machen kann."

„Ist Ihnen denn noch was anderes aufgefallen? Was Verdächtiges? Außer rosa Kaninchenfell."

Mathilda seufzte. „Nicht viel. Auf dem Boden in den Fugen waren jede Menge Flecken, aber ob das Kaffee war, Kirschsaft oder Ochsenschwanzsuppe kann ich beim besten Willen nicht sagen. An einer Stelle fiel es mir aber besonders auf."

Sam kramte in seiner Tasche. „Hier, nehmen Sie das morgen mit. Das ist Luminol, ein Spray, das kleinste Blutspuren sichtbar macht. Selbst wenn schon geputzt wurde. Ich hab Ihnen eine Bedienungsanleitung dazu gelegt."

„Und wenn ich Blutspuren finde?"

„Dann müssen Sie eine Probe nehmen. Hiermit." Er reichte ihr eine Tüte mit Wattestäbchen, einer kleinen Flasche und mehreren Einwegtüten.

Mathilda überflog den Zettel mit der Beschreibung. „Dazu muss es restlos dunkel sein. Wie soll ich das denn machen? Die haben eine Fensterfront nach Süden. Und wenn ich den Vorhang zuziehe, fragen die sich auch, ob ich noch alle Tassen im Schrank hab. Das funktioniert nicht. Haben Sie noch was anderes? Etwas Alltagstauglicheres? In den Krimiserien geht das auch bei Tageslicht."

„Deswegen sind das ja auch nur Krimiserien. Nein, es gibt zwar Neuentwicklungen von Lampen, aber die stehen uns nicht zur Verfügung und wären für unsere Zwecke viel zu auffällig. Sie müssen sich was einfallen lassen. Wir sollten später darüber reden." Sam sah erst sie an, dann warf er einen Seitenblick auf Gernsheimer.

Der schaltete sich jetzt auch ein. „War denn was los im Geschäft? Ist ja noch nicht die richtige Jahreszeit."

„Es waren ein paar Kundinnen da, die sich hauptsächlich für Kleinkram interessierten. Eine holte einen aufbewahrten Pelzmantel ab und eine andere fragte nach der Kürschnerin.

Ich hab ein paar Bilder mit dem Handy gemacht, die schick ich Ihnen noch, die können Sie an Ihre Klientin weiterleiten. Vielleicht sieht sie ja was. Ach ja und morgen nehm ich eine Wanze mit. Mal sehen, ob ich die im Büro platzieren kann. Und zwei Sender für Funkels und Schmelz' Autos."

Gernsheimer nickte anerkennend. „Sie sind wirklich gut. Toll, was Sie in den paar Stunden alles erreicht haben."

Mathilda sah ihn erstaunt an. „Meinen Sie das ironisch?"

„Nein, natürlich nicht. Das ist mein Ernst! Mit so viel Information hätte ich am ersten Tag nicht gerechnet. Ich bin sehr zufrieden." Er lächelte sie aufmunternd an und sah zu Sam.

Der räusperte sich. „Ja, dem stimm ich zu. Gute Arbeit."

Mathilda verkniff sich daraufhin zu fragen, was er heute gemacht hatte.

„Ich glaube aber nicht, dass in dem zweiten Kühlschrank Alex Leiche steckt. Dazu ist die Gefahr zu große, dass Sie ihn öffnen. Oder jemand anderer." Sam nahm sich ein Schnittchen mit Tofuwurst, biss hinein und spuckte angewidert den Happen gleich in eine Serviette.

„Oder alle drei stecken unter einer Decke." Ulla sah besorgt aus. „Die haben dir jetzt einmal den einen Kühlschrank gezeigt und wissen alle drei, was in dem anderen ist. Und wenn du ihn öffnest und ein steif gefrorener Mann fällt raus ..." Sie riss die dezent geschminkten Augen auf und formte den Mund zu einer Kirsche.

„Ja toll. Ich sollte in Betracht ziehen, die einzige unter drei psychopathischen Mördern zu sein. Ganz ehrlich? Ich kann mir das nicht vorstellen. Die wirken alle nicht so. Ich trau denen einfach nicht zu, so einen Riesenkerl um die Ecke gebracht zu haben. Das schaffen die nicht. Selbst Funkel mit seinen vorsintflutlichen Knallbüchsen."

Sie verabschiedete sich, ging in ihr Zimmer und zog sich um. Den Rest des Tages wollte sie Alex suchen. Als Erstes stand ein Besuch in seiner Wohnung auf dem Plan. Das ging auch in Jeans und Turnschuhen. Sie hatte schon am Vortag bei seinem Mitbewohner angerufen und sich angekündigt, aber ohne genauer zu sagen, worum es ging.

Die Wohnung, die sich Alex mit einem weiteren Mann teilte, lag im Erdgeschoss eines vergrauten Hauses direkt an einer stark befahrenen Straße in der Innenstadt.

Mathilda klingelte und betrat den düsteren Flur, der nach Essen und Zigaretten roch. Eine Tür mit geriffeltem Glaseinsatz öffnete sich einen Spalt, knallte aber zu, als sie sich näherte.

„Sind Sie die, die angerufen hat? Wegen dem Alex? Dann geht's hier rein."

Die Stimme kam von der anderen Seite, wo jetzt ein kaugummikauender Mann am Türrahmen lehnte, der eine frappierende Ähnlichkeit mit einer englischen Bulldogge hatte. Er kratzte sich den Bauch, der unten aus dem Feinripphemd ragte, drehte sich um und ging wieder zurück in einen schmalen Flur, der von einer nackten Glühbirne beleuchtet wurde. Mathilda folgte ihm, nicht ohne kurz die Glieder zu dehnen und die Gelenke knacken zu lassen.

„Da ist sein Zimmer." Er deutete auf eine der Türen und lehnte sich lässig gegen die gegenüberliegende Wand.

„Sie sind vermutlich Rocki. Wollen Sie denn gar nicht wissen, wer ich bin?" Sie sah den Mann erstaunt an.

„Und? Wer sind sie?" Gelangweiltes Kaugummikauen.

„Ich bin Privatdetektivin und suche Ihren Mitbewohner. Ist Ihnen gar nicht aufgefallen, dass er verschwunden ist? Wann war er denn das letzte Mal hier?"

Blick zur Decke und zurück. „Hab ich doch schon seiner Schnalle gesagt, als sie angerufen hat. Ist seitdem nicht wieder aufgetaucht."

„Haben Sie ihn mal gesucht oder eine Idee, wo er sein könnte?"

Kopfschütteln. „Wenn er weg ist, kann ich auf n Pott, wann ich will und er frisst den Kühlschrank nicht leer. Also soll er wegbleiben, solang er die Miete abdrückt."

„Hatte er Freunde, die ihn manchmal besucht haben oder mit denen er verabredet war? Irgendjemand, bei dem er jetzt sein könnte?"

Kopfschütteln. „Keine Ahnung. Ist mir auch egal." Er drehte sich um und betrat einen Raum, aus dem man das Geplärr eines Fernsehers hören könnte.

Mathilda drückte herzklopfend die Klinke von Alex Zimmer herunter, während sie sich fragte, was sie dahinter erwartete.

Abgestandene, stinkende Luft schlug ihr entgegen und sie durchquerte als erstes den Raum, um ein Fenster zum Hinterhof zu öffnen. Dann sah sie sich um.

Ein Zimmer wie ein Sperrmülllager, mit Wäschebergen und einem zerwühlten Bett mit grauem fleckigen Laken. Aus einer offenen Pizzaschachtel am Boden mit schimmelndem Inhalt kam zumindest ein Teil des Gestanks. Daneben lagen ein paar zerfledderte Pornos und Comic-Hefte, leere Bierflaschen und Coladosen. Der andere Teil der schlechten Luft kam von einem kleinen Aquarium, an dessen Wasseroberfläche ein paar tote Goldfische mit den silbrigen Bäuchen nach oben schwammen und einem überquellenden Aschenbecher.

An der Wand stand ein wackeliger Tisch mit Resopalplatte, der bedeckt war mit Post, leeren Zigaretten- und Süßigkeitenverpackungen, noch mehr Bierflaschen und Muskelaufbaupräparaten. Mathilda blätterte mit spitzen Fingern durch die Briefe, fand aber nur Werbung und Rechnungen des Telefonanbieters. Der Mitbewohner erschien wieder im Türrahmen. Mathilda hielt die Post hoch. „Haben Sie die hier hingelegt? "

Nicken. „Klar."

„Und warum haben Sie dann die Fische nicht gefüttert?"

Schulterzucken. „Wozu? Sind nicht meine Fische." Als er Mathildas Blick bemerkte, zog er sich wieder zurück.

Gegenüber dem Bett stand ein Turm, der jedem Naturgesetz widersprach. Die Basis bildete ein Stapel Autozeitschriften, darauf zwei schwarze Ordner auf denen ein dreibeiniger Hocker stand, auf dem wiederum ein viel zu großer Fernseher balancierte. Als Mathilda nach den Ordnern griff und diese aus dem Gebilde herausziehen wollte, stürzte das Ganze in sich zusammen und der Fernseher zerbrach auf dem Boden.

Sofort stand Rocki wieder in der Tür. „Was machen Sie denn da? Das müssen Sie mir ersetzen!"

„Warum, gehört der Fernseher Ihnen?"

„Das ist meine Sicherheit, wenn der Kerl nicht zurückkommt und die Miete nicht abdrückt. Der ist 500 Öcken wert."

Mathilda nickte. „Hier ist meine Karte. Schicken Sie uns eine Rechnung mit einem Beleg, dass der Fernseher als Kaution vereinbart wurde und einer Quittung, die den Wert des Gerätes belegt."

Dann suchte sie weiter und ignorierte Rockis Erwiderung, in der eine sehr kreative Kopulationsaufforderung mit sich selbst vorkam.

Sie fand in einem der Ordner Alex' Geburtsurkunde, Zeugnisse und einen Arztbericht über eine Kieferbehandlung nach einer Schlägerei. Außerdem ein Foto, vermutlich von ihm als Kind mit einer jungen, fülligen Frau, die wahrscheinlich seine Mutter war.

Sonst nichts. Keine Briefe, keine Postkarte, keine weiteren Fotos.

Sie sah in jeden Winkel, jede Schublade, schaute unter die Matratze und hinter den Schrank. Nichts Auffälliges, nichts was einen Hinweis gab, wo er sein könnte, was passiert war und ob er noch lebte.

Seine Sporttasche stand ungeöffnet neben dem Schrank und enthielt ein verschwitztes Hemd, eine streng riechende Hose, Socken, Boxhandschuhe und einen klebrigen Mundschutz.

Sie ließ sich auf den einzigen Stuhl sinken und versuchte sich Alex vorzustellen, wie er hier im Zimmer war. Fotos von ihm hatte sie auf Inge Funkels Handy gesehen. Ein wandelndes Muskelpaket, dessen Figur vom Gesicht so ablenkte, dass man es kaum wahrnahm.

Sie versuchte, sich ihn beim Fischefüttern vorzustellen, beim Essen am Tisch. Aber es wollte sich einfach kein Bild ergeben.

Seufzend stand sie auf und fotografierte alles um sich herum. Dann bemerkte sie bei einem der Fische eine kleine Bewegung. „Rocki! Ein Glas! Sofort! Schnell!" Sie rannte in die Küche, ignorierte die Geschirrberge im Spülbecken, nahm ein leeres Gurkenglas und spülte es sorgfältig aus. Dann füllte sie es halb mit kaltem Wasser, rannte zurück und hob den zuckenden Fisch vorsichtig hinein. Ein Blick auf die anderen sagte ihr, dass er der einzige Überlebende war.

Sie gab noch ein bisschen von dem abgestandenen Aquariumwasser dazu und ließ ein Futterplättchen neben das kleine Tier fallen. Der durch den Schock der Umsiedlung wieder schwimmende Fisch schnappte nach dem Bröckchen und bewege sich langsam. Sie gab ihm ein weiteres und ignorierte dabei den immer näher kommenden Mitbewohner.

„Sag mal Schneckchen, du kommst doch bestimmt nicht nur wegen Alex hierher. Du willst doch noch was anderes, oder?"

Mathilda drehte sich nicht um, sondern konzentrierte sich auf den Fisch, der langsam etwas lebhafter wurde. „Nein, ich wollte nichts anderes. Ich geh jetzt."

Sie spürte, wie er sich von hinten gegen sie drückte. Er roch ähnlich wie die offene Sporttasche von Alex. „Nein, ich glaub nicht, dass du schon gehst. Ich hab dir einen Gefallen getan, jetzt tust du mir einen Gefallen. Außerdem wollen wir die 500 Mäuse doch nicht vergessen."

Sie stellte vorsichtig das Glas ab, so weit nach hinten, dass es nicht versehentlich beschädigt werden konnte, dann nahm sie eine Handvoll von dem stinkenden Auqariumwasser und schleuderte es Rocki blitzschnell ins Gesicht. Als der, nach Luft schnappend einen Schritt zurücksprang, schöpfte sie erneut aus dem Becken Wasser und zwei der toten Fische, die sie ihm mit der hohlen Hand, in den offenen Mund warf. Dann schlängelte sie sich an ihm vorbei und rannte mitsamt dem Gurkenglas aus der Wohnung.

8.

„Hast du was Ekliges angefasst?" Ulla sah Mathilda misstrauisch an, als sie nach Hause kam und sich die Hände mit einem Desinfektionsmittel wusch.

„Aber sowas von. Außerdem hab ich meine Unschuld verteidigt und einen Fisch gerettet. Hier. Du kennst doch sicher jemanden, der einen Teich hat, in dem der Kleine sich wohl fühlen kann. Seine Sippe ist verhungert."

„Och der Arme, er ist bestimmt traumatisiert. Ich bring ihn zu den Nachbarn, bevor die Kater Interesse zeigen. Die werden immer rebellischer." Ulla ging mit dem Glas nach draußen und Mathilda machte sich ein Brot.

Als Ulla wieder kam, saßen sie noch eine Weile am Esszimmertisch und sie erzählte von ihrem Besuch bei Alex. „Ich frag mich echt, wie man so leben kann. Das ist doch widerlich. Und dann auch noch zu zweit. Die Funkel muss ganz schön auf dem Zahnfleisch gehen, dass sie sich mit dem Typ eingelassen hat. Oder sie hat ihn vorher immer gewaschen und nie besucht."

Neben Ulla stand jetzt ein kleines Glas mit einer obskuren Flüssigkeit. Die Farbe und Konsistenz ähnelte keinem Getränk, das sie sonst zu sich nahm.

„Was trinkst Du da?" Mathilda roch an dem Glas.

„Hausgemachten Eierlikör. Hab ich geschenkt bekommen, weil ich einen halbtoten Rosenstrauch gerettet hab."

Mathilda verzog das Gesicht, holte sich aber trotzdem auch ein Glas und nippte. „Irgendwie pervers und dann doch wieder gut. Der hat ganz schön Umdrehung, mein lieber Schwan."

Die Kater kamen herein und ließen sich beiläufig auf dem Sofa nieder, auf dem auch Charles lag, der sich sofort verzog.

Ulla seufzte und hob ihn auf den Schoss. „Ich hab alle gefragt, ob jemand Ben oder Eddi mal für ein oder zwei Wochen nehmen würden. Keine Chance, die kennen die beiden zu gut und wollen das ihren eigenen Tieren nicht antun. Noch nicht mal Hanne, und die hat ein ganzes Rudel Huskies."

Mathilda wurde rot und hatte das Gefühl ihre Kater verteidigen zu müssen. Aber leider fiel ihr nichts ein, was auch nur halbwegs der Wahrheit entsprach. Die beiden waren einfach unerträglich, wenn ein anderes Tier in der Nähe war. Und das, obwohl sie schon seit Jahren mit dem Hund zusammen lebten. Sie seufzte, als Charles plötzlich unruhig zappelte und leise knurrte.

Mathilda und Ulla sahen ihn ungläubig an. Charles hatte noch nie geknurrt. Er fletschte die Zähne Richtung Sofa und ehe sie sich's versahen, sprang er von Ullas Schoss und stand mit hochgezogenen Lefzen und gesträubtem Fell vor den Katern.

Eddi schlug träge mit der Pfote nach dem Hund, während Ben einfach weiterschlief. Steif wie ein Brett stelzte Charles auf ihn zu und schnappte nach dem Katzenbein. Eddi sah aus, als ob er eine Halluzination von zu viel Baldrian hätte. Dann stürzte sich Charles mit gebleckten

Zähnen und laut bellend auf den schlafenden Ben, der vor Schreck hoch in die Luft sprang, was er sonst nur in Anwesenheit von Gurken tat.

„Was passiert da gerade?" Ulla traute sich nur zu flüstern.

„Er hat deinen Eierlikör gesoffen." Mathilda hielt ihr das Glas mit den Spuren der Hundezunge hin.

„Oh verdammt! Hoffentlich hat er jetzt keine Vergiftung."

„Ach was, war ja nur noch ne kleine Pfütze drin. Das wird ihn nicht umbringen."

„Ihn nicht, aber die Kater. Hast du schon mal davon gehört? Ich mein, wie Hunde auf Eierlikör reagieren?"

Mathilda überlegte. „Es gibt Tierärzte, die einen Esslöffel empfehlen, wenn Hunde Angst vor Silvesterböllern haben. Das soll sie entspannen. Charles sieht aber alles andere als entspannt aus. Sollen wir eingreifen?"

„Nein, um Gottes willen!" Ulla hielt sie am Arm, als sie gerade aufstand. „Das wollten wir doch. Er zeigt den beiden jetzt mal richtig, wo der Hammer hängt."

Das tat er in der Tat. Noch bevor die Katzen wussten, wie ihnen geschah, biss er Ben in den Schwanz und Eddi ins Ohr. Die beiden machten, dass sie wegkamen und Charles rannte hinterher. Da die Kater aber Straßenkampferfahrung mitbrachten, hatte er keine Chance. Sie trennten sich, er verfolgte nur einen, währenddessen schlich sich der andere an und sprang ihm ins Genick, wo er sich im Nackenspeck festbiss.

Noch vor einer Stunde hätte Charles winselnd aufgegeben. Jetzt rollte er sich auf den Rücken und kämpfte. An dem Punkt griffen Ulla und Mathilda dann doch ein und trennten sie, was gar nicht so einfach war.

Die Kater, die auf diese Weise so gerade eben noch das Gesicht wahren konnten, stolzierten leicht schwankend in den Garten, während der hechelnde Corgi von Ulla gelobt und belohnt wurde. Kurze Zeit später schlief er auf dem Sofa ein. Ein neues Zeitalter war angebrochen.

„Hast du eine Idee, wie ich den Bereich mit dem Fleck am Boden heute verdunkeln soll?" Mathilda nahm den dritten Scone, den Ulla für das Frühstück gebacken hatte.

„Hm, keine Ahnung. Es müssten alle außer dir im Atelier sein."

Mathilda nickte „Oder draußen." Sie zog stöhnend und jammernd die verhassten Schuhe an. „Alles, was ich bisher gemacht hab, hätte ich auch mit flachen Absätzen tun können."

Dann rief sie Sam an. „Herr Schulz, Sie müssen einen Unfall bauen."

„Natürlich. Wenn Sie mich noch länger im Auto anrufen, werde ich das auch. Kann ich sonst noch was für Sie tun?"

„Nein wirklich. Sie müssen auf den Hinterhof vom Laden fahren und zumindest so tun, als ob Sie die Autos von Funkel und Schmelz angedengelt hätten. Und dann müssen Sie die beiden so lang wie möglich draußen festhalten."

„Sie werden mir bestimmt auch noch mitteilen, warum ich die Fahrzeuge von zwei potenziellen waffentragenden Mördern beschädigen soll, oder?"

„Jetzt übertreiben Sie doch nicht so."

„Der eine sammelt Waffen und der andere wurde von Ihnen als Choleriker beschrieben. Frau Rosenbaum! Ist das wirklich nötig? Ich fühl mich heute nicht so heroisch. Mit fehlt das tierische Eiweiß. Das macht mich schwach und devot. Wer weiß, wie die reagieren, wenn man deren Autos anfährt." Sam klang nicht sehr kooperativ.

„Herr Schulz! Wenn ich die Autos selbst anfahren könnte, würde ich es machen, aber ich muss … ach egal, das erklär ich Ihnen später. Ich verlass mich auf Sie. Die Adresse haben Sie ja und Sie können im Rechner sehen, wann beide da sind. Ich schick Ihnen eine Nachricht, wenn es günstig ist." Sie legte auf. Er würde kommen.

Sie war sehr früh im Geschäft und hoffte auf eine Chance, die Putzfrau kennen zu lernen. Funkel öffnete ihr strahlend und telefonierend die Tür und verzog sich wieder in sein Büro.

Die Reinigungskraft war ganz offensichtlich ausgetauscht worden. Es war keine alte Frau, die den Lappen schwang, sondern eine junge Frau Anfang zwanzig, mit Kopfhörern in den Ohren, die laut singend zwischen den Kleiderständern den Boden bearbeitete und von ihrer Umgebung ansonsten nichts mitbekam.

Mathilda kochte eine Kanne Kaffee und brachte ihr einen. „Hi, ich bin Mia, die neue Verkäuferin."

„Ich bin Angela. Wie die aus American Beauty. Ich trinke keinen Kaffee. Haste ne Coke für mich?"

Mathilda schüttelte bedauernd den Kopf. „Arbeitest du schon lange hier?"

„N paar Monate. Ich brauch die Kohle für meine Gesangsstunden und so."

„Wie ist es hier so? Ich bin noch neu. Wie sind der Chef und der Verkäufer drauf, sind die nett?"

„Keine Ahnung. Ich putz, krieg mein Geld und geh. Ich red hier mit keinem. Der Alte zieht mich immer mit den Augen aus und der Junge guckt mich nicht an. Die Tussi, die hier näht, nickt nur. Is egal, Hauptsache ich kann hier singen."

„Du singst toll, ich hab's eben gehört." Für diese Lüge würde sie in die Hölle kommen, aber Angela lächelte geschmeichelt. „Gibt es hier noch was Besonderes?"

„Nein, immer das Gleiche. Ich muss weitermachen, sonst komm ich zu meinem nächsten Job zu spät. Ist ne Zahnarztpraxis. Da sind schon mal Blutspritzer zu wischen. Das ist vielleicht eklig." Sie setzte die Kopfhörer wieder auf, nahm den Mopp und trällerte weiter.

Mathilda ging zurück in den Aufenthaltsraum und verteilte die Wanze, die Wattestäbchen und das Spray in ihren Taschen, um sie später parat zu haben.

Die Tür ging auf und herein kam eine Dame, deren kurze graue Haare wie vom Sturm auf eine Seite geweht und dort festgefroren waren. Alles an ihr war ein Statement, nicht nur der opulente Schmuck, auch der Lippenstift, die Strümpfe mit Naht hinten und ihre Präsenz, die jeden Zirkusdirektor in den Schatten gestellt hätte.

Sie musterte Mathilda von oben bis unten, lächelte dann und kam auf sie zu. Freundlich tätschelte sie ihren Arm. „Guten Morgen, Irene von Hasenbruch. Irene reicht und du musst Mia sein. Schön, dass du Kaffee gekocht hast oder zumindest das, was diese Maschine zustande bringt."

Damit hatte sie Mathilda gleich für sich eingenommen, die ebenfalls unter dem Gebräu litt und ihren Vollautomaten vermisste.

„Hi. Du bist die Kürschnerin? Herr Funkel hat mir gestern deine Werkstatt gezeigt. War ziemlich cool."

„Ja, die Bedingungen hier sind gut. Vor allem wenn man die Tür hinter sich schließt."

„Bist du schon lange hier?"

„Seit knapp einem Jahr. Funkel hat mich eingestellt, nachdem seine Frau ihn verlassen hat. Die hat meinen Job vorher gemacht." Sie hob geringschätzig die Augenbrauen, sagte aber nichts mehr dazu. „Und du? Guido meinte, Funkel hätte dich hier im Laden entdeckt."

„Ja, ich hatte mich umgesehen und wollte sowieso mal was Neues machen. Hat ganz gut gepasst und ..." Mathilda schluckte. „... und ich liebe Pelze."

„Ja wirklich?" Irene sah sie prüfend an. „Ist nicht mehr so verbreitet. Egal, du hast jedenfalls die Figur dazu, in einem Luchsmantel nicht wie ein haariges Fass mit Beinen auszusehen."

Mathilda bemühte sich, geschmeichelt zu lächeln.

Irene nahm ihren Kaffee. „Oh Gott, schon so spät, wenn ich jetzt nicht anfang, werd ich nicht fertig."

Damit verschwand sie schnell in der Werkstatt.

Für den späteren Vormittag hatten sich Kunden für eine Anprobe angekündigt. Sofort schrieb Mathilda Sam die SMS, dass es jetzt günstig sei.

Nur einige Minuten später klopfte es an der Hintertür. Schmelz öffnete und sie hörte Sams Stimme, mindestens eine Oktave höher als sonst und atemlos, als ob er hierher gelaufen wäre. Ob er das spielte oder wirklich Angst hatte, konnte sie nicht erkennen.

Auch Funkel hatte mitgehört und öffnete die Tür, die von seinem Büro auf die Rampe führte. „Was ist denn da los? Unsere Autos? Und das ausgerechnet heute? Muss das denn sein! Herr Schmelz, lassen Sie doch bitte den Mann los, wir sehen uns das erstmal an."

Mathilda nahm die Gelegenheit wahr, zog sofort den schweren bodenlangen Samtvorhang zu und schlich schnell in Funkels Büro. Ohne lange zu überlegen ließ sie die Wanze in eine leere Vase fallen, die auf einem Sideboard neben dem Schreibtisch stand. Dann huschte sie zurück und sprühte das vorbereitete Luminol auf die dunklen Fugen. Nur Sekunden später leuchteten die Ritzen schwach. Treffer. Schnell tupfte sie mit einem Wattestäbchen die Fugen ab.

„Was machst du denn da?" Irene von Hasenbruch lugte durch den Vorhang und sah sehr erstaunt auf die am Boden kniende Mathilda.

„Lass ihn zu, bitte! Es geht gleich wieder." Sie hielt sich eine Hand vor die Augen und eine andere an die Schläfe. Sie atmete schwer, um Zeit zu gewinnen und eine Idee zu entwickeln.

Irene schlüpfte rein und kniete sich neben sie. „Mensch, Mia, was ist denn passiert?"

„Nichts, schon gut. Ich dachte, wir werden überfallen, als die da draußen so laut wurden und von dem Stress hab ich Migräne bekommen. Wenn ich es dann ganz schnell dunkel mach, geht es manchmal wieder weg. Aber dann ist mir schlecht geworden." Auf die Schnelle war ihr nichts Besseres eingefallen, als das, was sie als Kind jahrelang bei ihrer Mutter erlebt hatte, die unter echter Migräne litt.

„Ja was machen wir denn jetzt mit dir? Ich hätte ein Aspirin dabei."

„Danke, das nutzt leider nichts. Es geht auch schon besser. Sag bitte dem Chef nichts davon. Ist doch noch meine Probezeit." Sie stand langsam auf, lächelte und zog den Vorhang wieder auf. Das hätte ihre Mutter frühestens am folgenden Tag gekonnt.

Irene sah sie zweifelnd an. „Überleg dir, ob du nicht doch lieber nach Hause willst. Gesundheit geht immer vor."

„Nein, nein, ich geh mal kurz hinten raus und schnapp ein bisschen frische Luft, dann geht's wieder." Sie schlüpfte durch die Tür in den Flur und dann nach draußen, wo die drei Männer um die Autos standen und diskutierten.

Einen Moment lang sah sie sich das Schauspiel an. Schmelz rutschte auf Knien an seinem Wagen entlang und untersuchte jeden Quadratzentimeter. Bei jedem Fleck schrie er auf, wie von einem Schlag getroffen und deutete anklagend darauf, fotografierte mit seinem Handy und notierte die Schäden auf einem Zettel.

Sam presste sich mit schreckgeweiteten Augen gegen sein Auto und versuchte Funkel abzuwehren, der sich drohend vor ihm aufgebaut hatte und immer näher rückte.

Er hatte die Hände erhoben und redete auf ihn ein, wie auf einen aus dem Zoo ausgebrochenen Bären und stürzte fast, als Schmelz nach seinem Bein griff und zu sich zog. Als er zufällig in ihre Richtung sah, nickte sie Sam zu, und er änderte den Ton.

Sie ging wieder hinein und ein paar Minuten später kam Funkel kopfschüttelnd rein und wusch sich im Bad die Hände. „Das wird noch ein Nachspiel haben. Was bildet sich dieser Mensch ein? Fährt unsere Fahrzeuge zu Schrott und behauptet dann, alles sei ein Missverständnis gewesen. Der wird mich kennenlernen. So geht man nicht mit Heribert Funkel um! So nicht!"

Schmelz rannte aufgebracht in den Aufenthaltsraum. „Mein Oldtimer! Dieser Kretin macht sich ja kein Bild von dem Verlust, den ich durch ihn erlitten habe! Ich besitze den Wagen als Wertanlage. Dafür werden inzwischen Tausende bezahlt unter Sammlern, Tausende!

Erst letztes Wochenende bekam ich ein Angebot für ihn, ach, das darf ich Ihnen gar nicht erzählen. Ist zwischenzeitlich ein Kunde reingekommen? Übernehmen Sie Frau Rose, ich hab mich ja so erhitzt!"

„Beruhig dich, Knötelchen, ist doch nichts passiert. Du hast ein altes Auto, das wissen wir und jetzt hat es eine Schramme mehr." Irene sah erneut auf ihre Uhr und ignorierte dabei Schmelz, der mit Schnappatmung auf einen Stuhl sank. „Ach du liebe Zeit. Das wird jetzt knapp."

„Und was soll ich machen, wenn jemand kommt?"
Mathildas Mund war staubtrocken. Sie hatte noch nie im
Leben etwas verkauft.

Funkel legte ihr väterlich die Hand auf die Schulter. „Das
Wichtigste ist, immer ehrlich zu sein. Kunden merken,
wenn man sie belügt. Seien Sie authentisch, sagen Sie, was
Sie fühlen. Das kommt an, das wollen die Leute hören."

Kurz darauf kam eine kleine, kurvige Frau in den Laden
gestöckelt, mit einem Gesicht wie aus einer Handvoll
Marshmallows zusammengesetzt.

Mathilda sah kurz in den Aufenthaltsraum, wo Schmelz
gerade mit hochrotem Kopf und baumelndem Gemächt
dabei war seinen Schlüpfer zu wechseln. „Was machen
Sie hier? Raus! Ich hab doch gesagt, dass ich mich erhitzt
habe!"

Zu verstört von dem Anblick, um eine passende
Erwiderung parat zu haben, ging Mathilda zurück in den
Laden zu der Frau, die sich schon bei den Mänteln umsah.

„Kann ich Ihnen helfen? Irgendwie?" Mathilda stellte
sich zu ihr.

„Ich such was für eine Reise nach Kanada. Ich und
mein Mann gehen Ski fahren. Whistler Blackcomb, Sie
wissen schon." Dabei stöberte sie weiter zwischen den
verschiedenen Modellen und zog schließlich eine flauschige
braune Jacke mit langen Haaren hervor. Sie zog sie an und
drehte sich vor dem Spiegel. „Das ist doch schick, meinen
Sie nicht auch? Und für 8200 Euro ja ein Schnäppchen."

Was hatte Funkel gesagt? Ehrlich sein und authentisch!

„Damit sehen Sie aus wie ein Teddyhamster. Ich glaube,
Sie sollten lieber was tragen, das streckt." Mathilda war
stolz sich. Das mit dem Strecken hatte sie von Ulla, die
suchte auch immer Kleider, die streckten.

„Wie bitte was?" Die Frau drehte sich um und sah Mathilda ungläubig an.

„Ja, Sie sind klein und eher rund. Sie sollten etwas wählen, das schlank macht und nicht so aufträgt. Schauen Sie mal hier. Das ist dünner und glatter und kostet auch nicht so viel. Vielleicht nehmen Sie ja beim Skifahren ab und brauchen dann eine Nummer kleiner, dann ärgern Sie sich nicht so."

Weiter kam sie nicht, da sie hinter sich ein ersticktes Geräusch hörte und Schmelz sie energisch beiseiteschob. „Entschuldigen Sie vielmals. Unsere Praktikantin. Sie hat wohl ihre Brille nicht aufgesetzt. Gnä' Frau, Sie sehen hinreißend aus! Der Mantel unterstreicht aufs Eleganteste Ihre Weiblichkeit und Ihren vorzüglichen Geschmack."

Mathilda ging kopfschüttelnd nach hinten und nutzte die Zeit, um das Spray und die Proben in ihrer Handtasche zu verstauen. Dann genehmigte sie sich einen weiteren lausigen Kaffee.

Kurz darauf rauschte Schmelz herein, ein Blick, als ob die Zombie-Apokalypse begonnen hätte. „Sind Sie des Wahnsinns fette Beute? Sie haben der Kundin soeben gesagt, sie sei dick!"

„War sie ja auch. Aber ich sagte nicht dick. Dick ist unfreundlich. Ich sagte rund. Rund ist nett."

„Natürlich war die dick, die war fett, die war hässlich! Aber das sag ich ihr dann doch nicht!"

Leider hatte er die Tür nicht geschlossen, und die Marshmallow-Frau stand im Türrahmen hinter ihm, da sie offensichtlich noch eine Frage hatte.

Mathilda versuchte vergeblich, ihn darauf aufmerksam zu machen, während er sich den Schweiß von der Stirn tupfte und nachsah, ob er noch einen weiteren Slip im Kühlschrank hatte.

Von Schmelz Schreierei angelockt kam Funkel aus seinem Büro und sah die Kundin vor dem Mitarbeiter-Bereich. „Habe die Ehre, kann ich Ihnen zu Diensten sein?"

Aber der Frau stand nur der Mund offen, sie schüttelte den Kopf und rannte raus.

„Was hat sie denn nur? Ist eine ganz treue Kundin, schon ihre Mutter hat hier gekauft. Ich werd sie beim nächsten Mal zu einem Kaffee einladen." Er sah ihr nachdenklich hinterher. „Ganz bezaubernde Person, aber sie fühlte sich, glaub ich, nicht wohl."

Schmelz und Mathilda warfen sich einen Blick zu. Wenn einer jetzt beim Chef etwas sagte, würde auch der andere auspacken, also hielten sie beide den Mund.

„Kommen Sie Schmelz, ich muss Ihnen was zeigen." Funkel zog ihn hinter sich her und Mathilda setzte sich. So viel zum Thema Ehrlichkeit. Aber sie hatte eine Spur. In dem Laden war irgendetwas passiert und sie musste herausbekommen, was.

Sie nahm sich eine Tasse und betrat Irenes Reich. Dort setzte sie sich auf einen Drehhocker. „Stör ich dich?"

„Nicht, wenn du da sitzen bleibst. Wie geht es dir denn jetzt? Gib mir mal die Schere." Irene schnitt einen Faden ab und tackerte eine der grauen Westen auf den Tisch.

„Wieder besser, war wohl nur ein kurzer Anfall. Warum nennst du Herrn Schmelz Knötelchen?"

„Der Mann heißt Knötel, nicht Schmelz. Ich find das albern von ihm. Ich will auch nicht Knötel heißen, niemand will das. Aber dann soll er sich von mir aus hier im Laden Maier Müller Schulze nennen. Aber Schmelz? Ich bitte dich. Das kann doch keiner ernst nehmen." Irene schnitt in einem Tempo, dem Mathilda nicht folgen konnte. Dann bearbeitete sie das Fell mit der kleinen Nähmaschine, pustete es mit Druckluft durch und nahm das nächste Stück.

„Aber nicht mögen, würde ich nicht sagen. Weißt du, warum er hier ist?"

Mathilda zuckte mit den Schultern. „Um Pelze zu verkaufen?"

„Ja, das auch. Aber vor allem will er eine reiche Frau kennen lernen. Wir hatten mal einen Praktikanten, Mario. Der hat nach nur einer Woche eine an der Angel gehabt und ist mit der abgehauen. Er sah allerdings aus wie ein griechischer Göttersohn." Sie seufzte und hielt kurz inne. „Guido dümpelte bis dahin eigentlich nur vor sich hin und beschäftigte sich hauptsächlich mit seinem Handy und irgendwelchen Dating-Websites. Aber als er das sah, hatte er plötzlich ein Ziel. Er ist aufgeblüht, hat Strategien entwickelt, die aber alle nichts fruchteten. Da muss er noch ein bisschen an sich arbeiten."

„Aber sowas von. Mich kann er wohl nicht leiden. Wahrscheinlich bin ich ihm zu arm."

Sie hielt inne und sah Mathilda alarmiert an. „Bist du dir sicher? Dann pass lieber auf, er ist ein Choleriker wie er im Buche steht. Ich hab mal erlebt, wie seine Mutter ihn hier besucht hat. Das hätte die fast nicht überlebt, die Arme. Vor mir hat er Respekt, aber du bist neu."

„Du meinst, er wird laut, wenn er sauer wird?"

„Wenn es das mal nur wäre. Er wird handgreiflich. Macht deswegen wohl auch eine Therapie, aber was das bringt, weiß ich nicht."

Irene schüttelte die graue Mähne, nahm die nächste der schmalen Chinchillawesten und tackerte sie vor sich auf den Tisch.

„Was wird das eigentlich?" Mathilda speicherte die beunruhigende Info über Schmelz.

Irene sah sie an, als ob sie erst überlegen müsste, was sie sagen soll. Dann holte sie tief Luft. „Das sind ..."

Die Tür ging auf und Funkel kam mit Schwung herein. „Sind Sie fertig, Frau von Hasenbruch? Die Kunden sind zur Anprobe da."

Die Kürschnerin reckte das Kinn, warf einen unergründlichen Seitenblick auf Mathilda und packte dann alle fünf Westen über den Arm. „Hier nimm mal."

Sie gab ihr einen kleinen Korb mit Kreide, großen Nadeln und Maßband. Dann schritt sie voran durch den Verkaufsraum in den hinteren Teil, der wieder mit dem Vorhang geschlossen war. Diesmal war das Licht an.

„Und? Wer war der Kunde? Jetzt sagen Sie es schon! Ist er für uns von Interesse?" Sam beugte sich gespannt vor.

Mathilda machte Pause und trank einen Schluck Espresso aus ihrem geliebten Automaten. „Wollen Sie nicht erst wissen, ob ich Blut gefunden habe?"

„Sofort danach. Also?"

„Holger Brösing, besser bekannt als der Banker. Er war mit fünf Frauen da, die die Westen anprobieren sollten, die gar keine Westen waren."

„Sondern?"

„Bodys. Cinchillabodys mit kleinen Schwänzchen hinten dran für Freier mit besonderen Vorlieben. Laut dem Banker sehr gefragt und gut bezahlt. Er meinte, so ein Kleidungsstück würde mir auch gut stehen und ließ sich nur mit Mühe davon abbringen, mich zu nötigen, so ein Ding anzuziehen."

Sam verschluckte sich an seinem Kaffee, der ihm zu Nase herausschoss und rannte ins Bad. Mathilda machte sich einen neuen Espresso und setzte sich auf den Sessel hinterm Schreibtisch.

Sam kam wieder und tupfte sich immer noch das Gesicht mit einem sauberen Handtuch ab. „Wollen Sie damit sagen, der Mann war, er ist ein … ein …"

„Zuhälter. Ja, das war auf den ersten Blick nicht offensichtlich. Maßanzug, gegelte Haare, Breitling. Deswegen heißt er wohl auch so. Thronte in einem der Sessel, und die Frauen standen oder saßen um ihn herum auf den Sessellehnen und Funkel behandelte ihn wie den Papst persönlich.

Laut Irene war er früher tatsächlich bei einer Bank, verlor seinen Job und machte dann sein Hobby zum Beruf. Die Klamotten und das Gehabe hat er beibehalten."

Sam saß nun auf dem Stuhl vor dem Schreibtisch. „Meinen Sie, das hat irgendwas mit dem vielen Geld zu tun, das Funkel plötzlich hat?"

Mathilda schüttelte langsam den Kopf. „Nein, kann ich mir nicht vorstellen. Ich hab Irene gefragt, die Dinger sind zwar maßangefertigt und die Pelze relativ teuer, aber an den Tanten ist ja außer aufgepusteter Oberweite nix dran. So ein Body kostet ungefähr zweitausend oder zweitausendfünfhundert Euro. So viele brauchen die nicht davon. Zweimal im Jahr bestellt er neue, dann sind die alten so versaut und abgeschubbert, dass man sie nicht mehr aufarbeiten kann."

„Hören Sie auf! Keine Details mehr bitte! Ich bekomm schon vom Zuhören Herpes." Sam griff in seine Tasche, entnahm einem Döschen ein paar Pillen und schluckte sie mit Kaffee runter.

Mathilda sah ihn besorgt an. „Alles ok? Sie müssen die Dinger ja nicht anziehen. Sie nehmen in letzter Zeit noch mehr Pillen als sonst. Was ist denn los?"

„Ach nichts, nichts." Sam winkte ab.

„Er selbst trägt jedenfalls eine schwarze Jacke mit rotgold gefärbtem Waschbärfutter und schenkt seinen Damen manchmal für besondere Leistungen was aus dem Laden. Aber auch das alles zusammen reicht nicht für den wunderbaren Geldsegen. Er ist einfach nur ein Kunde von vielen.

So und jetzt zu Ihrer Vorstellung. Bravo! Keiner hat Verdacht geschöpft, und ich konnte in Ruhe arbeiten. Uns steht zwar noch eine Klage ins Haus, da Sie laut Funkel und Knötel die Autos zu Schrott gefahren haben, aber das setzen wir mit auf die Rechnung als Sonderausgabe."

Sam wurde rot und und schnappte ungläubig nach Luft. „Wie bitte? Ich hab deren Fahrzeuge noch nicht einmal berührt! Das ist doch die Höhe!" Er ein kleines Tütchen aus seiner Schublade und schüttete sich den Inhalt in den Mund. Mit verzerrtem Gesicht schluckte er und schloss kurz die Augen. „Gut, das lassen wir auf uns zukommen. Haben Sie denn Blut gefunden?"

„Ja in der Tat und ich konnte auch eine Probe davon mitbringen. Was passiert denn jetzt damit?"

„Das ist ja großartig! Ich mein, das ist natürlich tragisch für den, dessen Blut dort vergossen wurde." Sam griff schon nach dem Telefon und zog ein zerfleddertes Adressbuch aus der Schublade. „Ich hab da einen früheren Studienkollegen, der das analysieren wird. Sie müssen nur noch Vergleichsmaterial von dem verschwundenen Mann besorgen."

Mathilda ließ den Kopf nach hinten fallen und dachte an ihren Abschied von Rocki. Nein, sie würde ihn definitiv nicht besuchen. Aber es sollte kein Problem darstellen, ein Taschentuch, ein paar Haare oder was auch immer in dem Boxclub oder bei seiner Mutter zu finden und zu seinem letzten Arbeitgeber, der Spielbank, würde sie auch noch gehen.

„Gut und Sie können schon mal anfangen Funkel abzuhören. Der Empfang sollte gut sein. Ich fahr kurz nach Hause und zieh mich um."

Sie hatte mit einem heruntergekommenen Gebäude in einem Gewerbegebiet gerechnet, staubig, düster und voller laut brüllender Trainer und von der Decke hängender Schweinehälften. Stattdessen fand das Boxtraining in einem chromblitzenden Fitnessclub statt und war nur eins zahlreicher Angebote für Menschen, die Energie loswerden mussten.

An der Rezeption empfing sie eine körperfettfreie junge Frau, bei der selbst die Kiefermuskeln definiert waren. Mathilda fragte sie, wer Alexander Hampel kannte, wer sein Trainer war oder ob es jemanden gab, mit dem er öfter zusammen war. Aber weder konnte sie etwas über ihn sagen noch ihr Kollege, der nach Feierabend mit seinem Sixpack bestimmt Nägel in die Wände schlug.

Sie ging in den Trainingsraum. Lautes Zählen, Seile klatschten auf dem Boden und Anweisungen schallten durch den großen Raum. Ihr fiel auf, dass viele der Boxer zwar Oberarme wie Baumstämme, aber Waden wie Schulmädchen hatten. Das Training war wohl ein bisschen einseitig.

Sandsäcke hingen an Ketten von der Decke und obwohl man von dem Boden hätte essen können, lag ein schwerer Schweißgeruch in der Luft, der sich mit den Saunadüften von nebenan mischte.

Auch hier dauerte es etwas, bis sie jemanden fand, der überhaupt wusste, von wem sie redete.

„Ja er hat hier trainiert, drei- viermal die Woche. War aber zu langsam, zu schwerfällig. Kein Ehrgeiz, hat immer nur drauflos geprügelt und sich nicht um die Regeln geschert." Der Mann vor ihr erinnerte an Meister Joda auf einen Meter siebzig gestreckt. „Was ist mit ihm?"

„Er ist verschwunden und ich suche ihn. Ich bin Privatdetektivin. Schön haben Sie es hier."

Der Trainer reckte das Kinn vor und sah sich um. „Ja, aber hat keinen Charakter, kein Flair. Boxer müssen aus der Gosse kommen, die müssen sich hocharbeiten. Hier will sich keiner rausschaffen, sieht doch aus, als ob sie schon alles erreicht hätten."

Mathilda nickte wissend. „Wo halten sich die Leute auf, wenn sie Pause machen oder nach dem Training zusammen sitzen wollen?"

Meister Yoda zeigte auf eine Sitzecke mit niedrigen Tischen, Snackautomaten und einem Wasserspender. „Da vorne, aber er ist nie geblieben. Hatte keine Freunde hier. Ehrlich gesagt, glaube ich, dass er auch zu wenig Geld hatte, um mit den anderen mithalten zu können."

„Und wann war er das letzte Mal hier?"

„Ist bestimmt schon drei Wochen her."

„Hat ihn keiner vermisst?"

Kopfschütteln. „Nein, er hatte keinen festen Partner. Die Jungs hier wollen alle zu Wettkämpfen, das war nicht sein Ding."

„Hat er einen Spind hier oder irgendwelche Sachen? Ich brauche etwas von ihm für eine DNA-Analyse." Mathilda hoffte, den Trainer damit zu beeindrucken, aber der zuckte noch nicht einmal.

„Er hatte keinen Spind. Er war nicht im Verein. Hat nur Trainingsstunden gehabt. Sorry, wir haben nichts von ihm. Handschuhe, Mundschutz, hat er alles immer mitgebracht."

Mathilda bedankte sich und sah noch ein bisschen zu. Wenn er alles mitgebracht hatte, musste sie nochmal zu Rocki. Verdammt. So einfach würde der sie nicht noch einmal reinlassen.

Da es erst Nachmittag war, fuhr sie noch zu Alex' Mutter.

Sie betrieb einen Kiosk, der ein bisschen verloren auf einer freien, geschotterten Fläche an einer stark befahrenen Straße stand und von zwei Männern mit Bierflaschen belagert wurde. Als Mathilda sich näherte, gingen die beiden gerade so weit zur Seite, dass sie in das niedrige Fenster schauen konnte.

„Frau Hampel?"

„Ja? Warum fragen Sie?" Die Frau in dem Kiosk füllte fast den ganzen Raum aus und Mathilda fragte sich kurz, ob sie ihren Sohn wohl verschluckt hatte.

„Mein Name ist Mathilda Rosenbaum. Ich bin Detektivin und suche ihren Sohn."

„Welchen?" Die Frau kam näher, stützte sich auf die Ablage und sah Mathilda ungnädig an.

„Alexander."

„Hab ich seit zwei Jahren nicht gesehen. Hat er was angestellt? Fragen Sie mal im Knast nach."

„Nein, er ist verschwunden und ich ..."

„Ich kann Ihnen nicht helfen."

„Wissen Sie, wo er sein könnte?"

„Als ich ihn das letzte Mal gesehen hab, hat er mir mein ganzes Geld geklaut und mich grün und blau geschlagen. Mir ist egal, wo er steckt." Sie machte eine Handbewegung in Mathildas Richtung, als ob sie eine Fliege verscheuchen wollte.

Die Biertrinker sahen interessiert zu. Endlich passierte mal was, worüber sie sich die nächsten beiden Jahre unterhalten konnten.

„Frau Hampel bitte. Ich brauche DNA Material von ihrem Sohn."

„Was brauchen Sie? Was soll das denn sein? Hat er Ihnen ein Balg angehängt und will nicht zahlen oder was?"

„Nein. Ich brauche Blut, ein benutztes Taschentuch, irgendwas mit Körperzellen von ihm."

„Ich bewahr doch keine vollgerotzten Taschentücher auf. Was sind Sie denn für eine? Los hauen Sie ab, Sie verscheuchen mir noch die Kundschaft." Sie drehte sich um und verschloss mit ihrem Rücken das komplette Fenster.

„Frau Hampel ..."

„Sie haben doch gehört, was die Dame gesagt hat. Sie sollen verschwinden." Einer der Trinker kam einen Schritt auf sie zu.

„Material von Ihnen würde auch gehen, Sie sind doch seine Mutter!"

Die Hintertür des kleinen Häuschens ging auf und Mutter Hampel pellte sich aus der Tür. „Material von mir? Sie wollen Material von mir? Ich geb Ihnen gleich Material von mir!"

Sie walzte mit einem hoch erhobenen Baseballschläger auf Mathilda zu, die sich seufzend zurückzog.

Ihre letzte Chance war die Spielbank. Wenn da auch nichts war, dann musste sie zurück in sein Zimmer und das würde nicht lustig werden.

Obwohl sie in der Nähe wohnte, war sie noch nie in der Spielbank gewesen, wozu auch? Sie hatte kein Geld zum Verlieren und glaubte weder an den Weihnachtsmann, noch an die Chance, gegen die Bank zu gewinnen.

Am Eingangsbereich stand ein Mann, der sie von oben bis unten musterte. Sie war zwar noch geschminkt und ihre Haare lagen ordentlich, aber sie trug wieder Jeans und Turnschuhe. Eindeutig das falsche Outfit für den Zastertempel.

Man kleidete sich gediegen zum Spiel mit dem Geld und oft genug war das, was die Spieler am Leib trugen, ihr einziger Besitz, wenn sie wieder raus gingen.

Sie ging auf ihn zu und fragte nach dem Chef der Security. Nur wenig später kam ein ernst und autoritär dreinblickender Mann im engen schwarzen Anzug zu ihr und bat sie in sein Büro.

Eine ganze Wand aus Monitoren war vor dem Schreibtisch über- und nebeneinander aufgebaut. Von hier konnte er jeden Ausgang, Spieltisch und selbst die Klotüren beobachten. Der Raum mit den Automaten war besonders unübersichtlich, aber hier standen mehrere Wachleute am Rand und ließen die Spieler nicht aus den Augen.

„Was kann ich für Sie tun, Madame?" Er sah sie nur kurz an, lächelte knapp und wandte sich dann wieder den Bildschirmen zu.

„Ich bin Privatdetektivin und suche Alexander Hampel. Soweit ich weiß, hat er hier gearbeitet."

Der Mann lachte mit einem einzigen tonlosen Zucken. „Alex. Ja, der war mal hier. Ist aber irgendwann einfach nicht mehr aufgetaucht. Wir hätten uns sowieso von ihm getrennt, weil er sich mit einem Gast eingelassen hat. Das sehen wir hier nicht so gerne. Die Dame hat auch schon nach ihm gesucht."

Sein Gesichtsausdruck war unergründlich. Vermutlich war er ein guter Pokerspieler.

„Er ist immer noch verschwunden. Haben Sie eine Idee, wo er sein könnte? Hat er mal was erzählt, was uns einen Hinweis geben könnte?" Mathilda musterte neugierig die Bildschirme und versuchte den Pokerspielern in die Karten zu sehen.

Er schüttelte den Kopf. „Nein, nichts. Er war hier auch nicht so beliebt. Nicht gerade der hellste, ziemlich aufbrausend. Unter den Kollegen hatte er keine Freunde. Und ich war sein Chef. Ich führe mit den Mitarbeitern keine Privatgespräche."

Mathilda sah wie gebannt auf den Monitor, wo eine kleine Gruppe von Leuten einen Stapel Plastikscheiben über den Tisch schoben. „Da geht es um richtig viel Geld, oder?"

Er nickte bedächtig. „Ja, sehr viel. Unsere Gäste sind ausgesprochen betucht. Haben Sie sonst noch Fragen?"

Sie räusperte sich und sah ihn wieder an. „Hat er hier einen Schrank oder eine Tasche? Irgendwas Persönliches?"

Der Security-Chef drehte sich auf seinem Stuhl zu ihr um und verschränkte die Arme vor der Brust. „Ja, einen Spind. Aber den darf nur die Polizei öffnen. Es sein denn, Sie haben eine entsprechende Vollmacht von ihm selbst oder seinen Erben, sollte er tot sein. Darin ist sein Eigentum. Sie wissen doch, was der Schutz der Privatsphäre bedeutet, oder?"

Mathilda holte tief Luft. „Das stimmt. Und es ist auch vollkommen richtig, dass Sie seine Rechte wahren. Es ist nur so, dass ich vermute, dass er umgebracht wurde. Um das zu beweisen, brauche ich DNA von ihm. Ein Taschentuch, ein Kaugummi, Haare ... irgendwas."

Ihr Gegenüber sagte nichts, sondern griff nur nach dem Telefon. „Kevin? Ja, komm mal in die Zentrale."

Kevin kam nur Sekunden später und füllte den Türrahmen aus.

„Hier, vertritt mich mal ne Minute." Er ging raus und ließ Mathilda stehen, die weiter fasziniert auf die Monitore starrte. Bei einem der Männer war sie sich nicht sicher, ob sie ihn nicht kannte. Doch bevor ihr es einfiel, kam der Chef wieder und schüttelte bedauernd den Kopf. „In seinem Spind sind nur eine neue Flasche Cola und seine Arbeitskleidung von hier. Frisch gereinigt, also noch nicht mal ein Haar dran. Tut mir leid. Ich hätte Ihnen gern geholfen."

Mathilda seufzte und bedankte sich. Auf dem Rückweg zum Eingang warf sie einen Blick in einen der Säle mit den Spieltischen. Wände in Rot und Gold, Teppiche, über die sie gern einmal barfuß gelaufen wäre. Funkelnde Kronleuchter und eine gut bestückte Bar bildeten eine knisternde Atmosphäre, in der die Spieler in einer eigenartigen Mischung aus Coolness und ernster Konzentration saßen.

Sie hatte das Gefühl, immer wieder gesetzt und verloren zu haben. Das Glück hatte sie für heute verlassen.

9.

„Und haben Sie was bekommen?" Sam druckte einen Text aus und sortierte die Seiten.

„Absolut nichts. Keiner hat was von ihm. Oh Gott, ich muss morgen wieder zu Rocki."

„Wo ist das Problem? Bringen Sie den Mundschutz und seine Zahnbürste mit, da wird was drauf zu finden sein."

„Ich hab seinem Mitbewohner gestern zwei tote Goldfische in den Mund gesteckt. Ich glaube nicht, dass er mich so einfach wieder rein lässt."

Sam sah sie angewidert an. „Haben Sie eigentlich viele Freunde? Können Sie sich nicht mal wie ein normaler Mensch verabschieden?" Er heftete die Ausdrucke zusammen. „Könnten Sie ihn bestechen?"

„Vielleicht, aber er ist mir auf die Pelle gerückt. Probieren Sie es doch mal, ich bleib im Hintergrund und pass auf Sie auf."

Sam sah sie gequält an und schüttelte den Kopf. „Nein, ganz bestimmt nicht."

„Ist ja schon gut, ich geh allein hin. Vielleicht nehm ich Charles mit, der mutiert gerade zum Kampfhund."

„Machen Sie das. Haben Sie sonst noch was über den Verschwundenen erfahren?"

„Nichts. Sein Trainer hat ihn nicht mehr gesehen, seine Mutter hat ihn auch nicht lieb, seinen Arbeitsplatz hat er verloren. Gab es bei Ihnen was Neues?"

Sam schüttelte nur den Kopf und sah zur Seite. „Nein nichts. Ich fahre jetzt zu Cornelia." Ein glücklich Verliebter sah anders aus.

„Haben Sie Funkel abgehört? Kam da überhaupt was außer Schnaufen und Husten?" Mathilda setzte sich an den Besprechungstisch und legte ihre Füße auf den Stuhl daneben.

„Ach so ja. Ja da kam so einiges mehr." Sam, der schon fast zur Tür raus war, kam zurück und setzte sich ihr gegenüber. „Sagt Ihnen der Name Bruno Krapp etwas?"

Mathilda schüttelte den Kopf. „Nein, nie gehört. Wer soll das sein?"

„Das scheint Funkels Bruder im Geiste zu sein. Wenn ich das alles richtig verstanden habe, kam dieser Bruno Krapp heute Nachmittag zu ihm und die beiden haben ein Gläschen zusammen getrunken. Und dabei über alte Zeiten geplaudert. Krapp hatte nicht viel Zeit und blieb trotzdem fast eine Stunde. Sonst scheint er länger zu bleiben."

„Aha. Was haben die sich denn erzählt?"

„Irgend ein alter Bekannter, aus der Zeit, als der Pelzhandel noch blühte, ist wohl verstorben. Verarmt und vergessen, sagte Krapp. Sie wollen einen Kranz spenden."

„Klingt jetzt nicht so spannend. Wir sollten das Furunkel dazu befragen. Die hat mit Sicherheit ein paar Infos zu ihm."

„Sie haben etwas getrunken. Jedenfalls klirrten Gläser und sie sangen zu Ehren des Verblichenen „Alte Kameraden"."

Mathilda musste lachen. „Wenn der das oft genug macht, ist der Laden schneller dicht, als wir irgendwelche Reichtümer finden können. Stellen Sie sich mal vor, Sie probieren Klamotten an und dann hören Sie so was?"

„Da könnten Sie recht haben. Rufen Sie Frau Funkel an? Ich muss los."

Mathilda schnitt eine Grimasse und griff nach dem Telefon, während Sam das Büro verließ.

„Bruno? Natürlich kenn ich Bruno. Ein ganz feiner Mann. Hat einen Pelzimport, der schon seit Generationen in Familienbesitz ist. Er beliefert alle Geschäfte mit eigener Werkstatt im Umkreis von 200 Kilometern und das, obwohl er schon in den Siebzigern ist. Seine Eltern kamen nach dem Krieg aus Leipzig hierher, wie so viele andere." Sie lallte etwas, was auf die gleiche Angewohnheit schließen ließ, wie sie die beiden Herren hatten, nämlich bereits am Nachmittag die Realität mit einem Schnäpschen aufzupeppen. „Das waren noch gute Zeiten. Wir waren alle eine Familie, eine Pelzfamilie. Jeder kannte jeden und wenn wir angegriffen wurden, standen wir zusammen wie ein Mann. Eine Familie."

Mathilda überlegte, was sie damit meinen könnte, kam aber auf nichts als Alk-Phantasien und Wunschdenken.

„Und was ist aus uns geworden? Alte Männer und Frauen, die längst in ihren Villen am Stadtrand den Ruhestand genießen sollten, müssen noch arbeiten. Das ist doch unwürdig! Haben ..." Sie hustete, als ob sie kurz vor dem Ersticken wäre, dann zündete sie sich eine Zigarette an. „Haben Sie ihn kennengelernt?"

„Nein, nur von ihm gehört. Was macht er, wenn er nicht ihren Ex-Gatten besucht?"

„Na, er beliefert immer noch die Geschäfte selbst. Ist ja keiner da, der seinen Laden übernehmen würde. Es ist doch zum Kotzen. So ein traditionsreicher Betrieb und keiner will ihn weiterführen. Alle wollen nur noch Ramsch, Wegwerfware. Aber ich werde dagegenhalten. Darauf können Sie einen ..."

Mathilda verabschiedete sich schnell.

Zu Hause ließ sich Mathilda auf das Sofa fallen und schaltete den Fernseher ein. Von oben aus Ullas Zimmer hörte sie Geräusche, über die sie nicht weiter nachdenken wollte. Ihr geplagtes Hirn konnte sich nicht von den Chinchillabodys lösen, die sie heute bei der Anprobe ansehen musste. Ihr fielen nur wenige entwürdigendere Kleidungsstücke für Frauen ein.

Sie zog die Kater an sich heran und zappte direkt zu einem hinreißenden asiatischen Ermittler, der mit seiner nicht minder attraktiven Kollegin auf einem Rennboot eine palmenbewachsene Küste entlang raste, um Drogenschmuggler zu jagen. Sie würde morgen wieder durch den Laden stöckeln.

Frustriert schaltete sie den Fernseher wieder aus, ließ die Katzen in den Garten und ging ins Bett, nicht ohne sich mit Ohropax gegen die Geräusche im Nachbarzimmer abzuschirmen.

„Wo ist denn der Freudenspender der letzten Nacht?" Mathilda bestrich ihren ofenwarmen Scone mit Marmelade.

Ulla, noch verstrubbelt und in einem seidenen Pyjama, gähnte nur und deutete auf die Haustür. „Schon weg. War ganz ok, aber langsam ist mal gut. Ich hab Roger jetzt verarbeitet und muss mich eine Weile in Enthaltsamkeit üben."

„Echt? Ist was Besonderes passiert?" Sie sah ihre Freundin irritiert an.

„Ich mach jetzt Yoga und die Lehrerin sagt, mein Lebenswandel sei nicht gut für mein Karma. Ich fürchte, sie hat recht. Einen Letzten wollte ich mir aber noch gönnen." Ulla deutete mit dem Kopf zur Tür.

„Ach. Seit wann machst du Yoga?"

„Seit gestern. Aber das ist genau das, was mir gefehlt hat im Leben. Wie geht es bei euch weiter?"

Mathilda berichtete vom Banker und Sams bedenklichem Pillenkonsum. „Hast du irgendwas davon mitbekommen, dass er tatsächlich krank ist?"

„Nein." Ulla dachte nach. „Krank nicht. Aber ich glaube, er hat ziemlich viel Stress. Cornelia setzt ihn wohl mächtig unter Druck. Er soll das Bild finden, einen anderen Job machen, mehr verdienen, sie mehr interessanten Leuten vorstellen und sich von dir fernhalten. Er selbst stresst sich wegen dem Bild wohl auch."

Mathilda sah sie erstaunt an. „Wann hat er dir das alles denn erzählt?"

„Vor ein paar Tagen war er nachmittags hier und hat Willi gebracht, weil er zum Arzt musste. Da hat er mir ein bisschen sein Herz ausgeschüttet. Er tat mir richtig leid."

„Na dann soll er die Tussi doch zum Mond schicken. Wo ist eigentlich Charles?"

„Oben, ich glaube, er hat Kopfschmerzen. Jedenfalls schläft er noch und jault, wenn er sich bewegt."

„Hast du ihm etwa wieder Eierlikör gegeben?"

„Nur einen Esslöffel voll. Aber dann ging's hier rund. Er hat Ben und Eddi erst durch den Garten gejagt und dann nicht mehr reingelassen. Den ganzen Tag, er kam gar nicht zum Schlafen."

„Mit nur einem Esslöffel? Davon bekommt man keine Kopfschmerzen. Ich glaub, der hat Muskelkater.

Mathilda parkte im Hof, direkt zwischen Schmelz und Funkel und brachte unauffällig die beiden Sender an.

Über die Laderampe ging sie zur Stahltür, sah sich gründlich um und klopfte. Es war nichts Auffälliges zu sehen. Ein Pappkarton mit Papiermüll, ein gelber Sack, zwei Autoreifen, ansonsten war die Rampe leer.

Schmelz öffnete und ließ sie rein. Irene war noch nicht da. Vielleicht konnte der Kollege ja etwas erzählen, also half sie ihm beim Dekorieren der Schaufenster für den Herbst, reichte ihm bunte Blätter und schob mit ihm drei knallorangefarbene Porzellan-Kürbisse hin und her.

„Jemand hat mir erzählt, alle Pelzgeschäfte gingen pleite! Stimmt das? Muss Herr Funkel auch bald schließen?"

„Ach was, natürlich nicht" Schmelz sah sie empört an. „Das behaupten nur Tierschützer. Pelz ist aktueller denn je! Gerade jetzt, wo alle von Nachhaltigkeit sprechen, sollten die Leute mehr Pelz tragen. Das sind Werte, die über Generationen halten. Wenn Sie einen Pelz gut pflegen, ist das eine Investition fürs Leben. Keine Billigklamotten voller Giftstoffe und von Kindern hergestellt. Die halten einen Monat und dann muss was Neues her. Was für eine Verschwendung!"

„Aber die Tierschützer werden gehört." Verdammt, das wollte sie sich doch verkneifen.

„Weil sie laut schreien! Aber woran erkennt man, dass es einem Tier nicht gut geht? Am Pelz. Also ist es im Interesse aller Pelztierzüchter, dass sie gesunde Tiere haben, weil sonst die Pelzqualität leidet. Und die Reste werden inzwischen zu Biodiesel und Brennstoff verarbeitet. Es bleibt nichts übrig. Ist das nicht toll?"

Er hatte sich in Rage geredet und rote Flecken auf Wangen und Hals bekommen. Seine Augen leuchteten.

Mathilda nickte und lächelte gequält. „Wer würde da widersprechen wollen."

„Ich kann Ihnen ein bisschen Material zusammenstellen, dann können Sie sich in solchen Gesprächen besser behaupten."

„Aber nicht allen Geschäften geht es so gut wie diesem, oder?"

„Nein, unsere Qualität ist einmalig, das hat sich bis ins Ausland rumgesprochen. Die Kreationen von Irene sind ganz außergewöhnlich. Ohne Frau Funkel zu nahe zu treten, aber Irene die hat einfach mehr Chic und Eleganz als die Funkel früher." Er ächzte, als er die schweren Schaufensterpuppen zur Seite wuchtete. Mathilda wünschte, sie würden ihn unter sich begraben.

Wenig später kam Irene und Mathilda musste mehrmals hinschauen, um zu erkennen, was sie mitbrachte. Sie folgte ihr ins Atelier wo die Kürschnerin das schwere haarige Bündel auf den Tisch warf. Rote Fuchspelze, samt Köpfen, Pfoten und Schwänzen, die mit ihren getrockneten Nasen an je einem Ring hingen.

„Wie viele hast du jetzt?" Schmelz sah nur kurz zur Tür rein.

„Fünfzehn. Nur noch fünf, dann näh ich mir einen Traummantel für diesen Winter und nehm damit am National-Fur-Award teil." Stolz breitete sie ein Fell vor Mathilda aus. „Hier, ist der nicht phantastisch? Ich hab genau zwischen die Augen getroffen. Das ganze restliche Fell ist unbeschädigt."

Mathilda wurde es leicht schummerig. „Du hast den Fuchs selbst geschossen?"

„Nicht nur den. Alle, die du hier siehst. Warte, ich zeig dir die anderen." Sie stellte sich auf einen Hocker und holte eine große Kiste vom oberen Regal. „Die sind alle von mir. Herrlich, oder?" Sie kippte den Behälter um und ein Berg rotbrauner Pelze lag auf dem Tisch, in dem sie mit beiden Händen wühlte. „Was meinst du? Soll ich sie so lassen oder dunkelbraun färben? Ich denk da an ein schönes Schokoladenbraun."

Mathilda hatte ihre Sprache noch nicht wieder gefunden und starrte nur auf die toten Füchse.

„Was ist? Alles ok mit dir?" Irene sah sie an. „Hast du wieder Kopfschmerzen?"

„Nein, nein, schon gut. Ja sehr schön. Ich ... ich weiß nicht, ob ich sie färben lassen würde. Du bist Jägerin?"

„Seit meiner Kindheit. Liegt in der Familie." Irene reckte sich stolz. „Wir sind zwar verarmter Adel, aber den Spaß haben wir uns nie nehmen lassen. Zu meinem achtzehnten Geburtstag hat mein Vater mich auf Großwildjagd nach Afrika mitgenommen."

Sie seufzte tief und sah versunken in ihre Erinnerung aus dem Fenster. „Werd ich nie vergessen. Nur ein Jahr später starb er ganz plötzlich bei einem Auto-Unfall. Seit der Reise hab ich einen ausgestopften Büffelkopf an der Wohnzimmerwand. Der erinnert mich an ihn."

Mathildas Nackenhaare standen senkrecht. „Du hast Gewehre zuhause?"

„Ja sicher." Jetzt sah Irene sie wieder an. „Wenn du vor einem wütenden Löwen stehst, wirfst du nicht mit Tennisbällen. Unter uns gesagt: Meine Büchsen sind was anderes, als die vom Funkel. Ich sammel nicht, ich schieße. Glaub mir, vor einer Mauser Magnum bleibt nichts auf den Beinen. Ich hab damals mit meinem Vater einen Elefanten erlegt. Mitten in die Stirn." Sie seufzte glücklich und streichelte versonnen die Fuchsfelle vor sich.

Mathilda verließ das Atelier, schlich an Schmelz vorbei durch eine dichte Parfumwolke, in deren Mitte sich eine Kundin befand und ging in den Aufenthaltsraum.

Sie konnte Irene nicht mehr ertragen. Sie konnte auch keine Pelze mehr sehen. Nach einem Kaffee, der zwar nicht schmeckte, aber einen Bären aus dem Winterschlaf geholt hätte, klopfte sie an Funkels Tür.

„Herein!"

„Hi, haben Sie etwas Zeit? Im Moment ist nicht viel los. Können Sie mir nicht ein bisschen was über die Messe erzählen? Und über die Geschichte des Geschäfts?" Ab da schaltete sie auf Durchzug und versuchte nur, sich die gesamte Einrichtung bis ins Detail einzuprägen, um sich die spätere Durchsuchung zu erleichtern.

Doch als dann auch Funkel auf seine Waffensammlung zu sprechen kam und ihr Einzelstücke zeigte, fiel es ihr schwer, verwertbare Infos aus dem Wortschwall zu filtern.

Sie fuhr Richtung Büro, öffnete das Dach ihres Smarts und stellte die Musik so laut, dass der kleine Wagen anfing zu vibrieren. Das half ein bisschen.

Im Büro lud sie alles bei Sam ab, der sie fürsorglich mit Espresso versorgte und Pizza mit Büffelmozzarella und frischen Kirschtomaten bestellte.

„Wir haben also Funkel, den Waffensammler, Irene, die Großwildjägerin und Schmelz, den Choleriker." Sam tippte mit dem Stift auf seinen Notizblock. „Einen verschwundenen Mann, dazu einen großen Blutfleck mitten im Laden. Klingt eigentlich ganz einfach."

„Ich muss jetzt erstmal zu diesem verdammten Rocki fahren und Alex' Mundschutz holen. Notfalls warte ich, bis der Typ das Haus verlässt, und öffne die Tür mit einem Dietrich. Das Schloss ist uralt. Das wird ein Kinderspiel."

„Was passiert weiter? Sie kümmern sich zwar vorbildlich und hingebungsvoll um den Verschwundenen, aber unser eigentlicher Auftrag gerät gerade etwas ins Hintertreffen. Wenn Frau Funkel anruft, was sag ich ihr?"

Mathilda seufzte und kaute nachdenklich auf ihrer Unterlippe. „„Ehrlich gesagt hab ich keine Idee, wie ich an irgendwelche Infos kommen kann, außer abzuwarten, ob was Auffälliges passiert. Ich muss irgendwie an die Kassenbücher gelangen und dann mal in Ruhe das Büro durchsuchen. "

Wissen Sie was? Wenn er zu dieser Messe geht, versteck ich mich im Laden, lass mich von Schmelz einschließen und verbring die Nacht dort. Eine andere Chance seh ich nicht."

Sam legte die Fingerspitzen aneinander und sah sie nachdenklich an. „Hm, klingt erstmal absurd, aber nicht wirklich schlecht. Und da ich keinen besseren Plan habe, möchte ich Ihnen auch noch nicht widersprechen. Gut, halten wir das mal fest und reden später nochmal darüber. Das sollte in uns reifen."

Als Mathilda bei Rockis Haus ankam, standen mindestens zwanzig Leute davor Schlange. Sie blieb eine Weile sitzen und beobachtete die Meute. Vermutlich wurde irgendwo eine Wohnung frei und alle wollten sie besichtigen. Teuer konnte sie in der Umgebung nicht sein.

Sie stieg aus und drängte sich an den Wartenden vorbei.. Mal sehen, ob er überhaupt zu Hause war. Im Hausflur ging die Schlange weiter bis zu Rockis Wohnungstür. Gerade ließ er drei junge Männer raus und bat die nächsten rein. Als er Mathilda sah, stutzte er und starrte sie an wie eine Halluzination. „Du traust dich noch mal her? Bist du irre? Oder hast du dich in mich verknallt?"

„Weder noch. Ich brauche den Mundschutz von Alex."
Mathilda trat von einem Bein aufs andere. Sie hatte sich
als Strategie Verhandeln überlegt.

„Du willst was von mir? Hau ab Bitch."

„Was wollen Sie dafür? "

„ Hab alles zum Sperrmüll gebracht."

Mathilda wurde es warm und ihre Kopfhaut kribbelte.
„Das glaub ich Ihnen nicht. Warum sollten Sie sich so viel
Arbeit machen?"

„Weil ich einen neuen Untermieter haben will. Was
glaubst du denn, warum die hier stehen? Um das Aquarium
zubesichtigen? Verpiss dich, oder ich wisch den Boden mit
dir." Seine Ansprache blieb nicht ohne Folgen. Einige, die
mitgehört hatten, drehten sich um und verschwanden.

Langsam ging sie zu ihrem Auto zurück und fuhr
wieder ins Büro. Es gab nichts mehr von Alex Hampel.
Selbst von den Dinosauriern war mehr übrig geblieben.

„Und jetzt?" Mathilda brühte sich einen Espresso.
„Wir haben nichts, um es mit dem Blutfleck vergleichen
zu können."

Sam sah nachdenklich auf seine Tastatur und spielte
mit einem Radiergummi. „Könnten Sie eine DNA-Probe
von der Mutter besorgen?"

„Auf keinen Fall. Ich besorg eigenhändig eine Probe
von den Tigern im Zoo, aber nicht von dieser Frau. Wäre
eher ein Job für Sie mit Ihrem umwerfenden Charme."
Mathilda schlürfte laut ihren Espresso, schüttelte sich
und trank leise weiter.

Sam sah sie missbilligend an. „Danke, nein. Dann
müssen Sie von Funkel und Ihren Kollegen dort Blutproben
nehmen. Dann können wir wenigstens ausschließen, dass
es von ihnen ist."

Sie sah ihn entnervt an. „Können Sie mal langsam was Vernünftiges von sich geben? Wie soll ich denn bitte Blutproben nehmen? Das ist doch Mumpitz!"

Er wiegte den Kopf hin und her und sah sie dann an. „Muss ja nicht freiwillig sein. Seien Sie kreativ, machen Sie sich einfach bewusst, womit die drei ihr Geld verdienen. Bringen Sie die Menschen zum Bluten." Er hatte Mathildas Nerv getroffen und das wusste er.

„Wenn gar nichts anderes geht, nehmen Sie das hier mit." Sam ging um den Schreibtisch herum und zog aus einer der Schubladen ein kleines Gerät heraus. „Mein Blutzuckermessgerät. Nehmen Sie das und messen Sie bei den dreien. Dann haben wir eine Probe."

„Sie sind Diabetiker? Das wusste ich ja gar nicht."

„Nein, bin ich nicht. Trotzdem messe ich hin und wieder, um Gewissheit zu haben. Hier ist eine Liste von Symptomen, suchen Sie sich was raus, was auf die Drei passt. Irgendwas hat man eigentlich immer davon."

Mathilda nahm den Zettel und studierte ihn schweigend. „Also auf mich trifft nichts zu. Das macht bestimmt keiner mit."

Dann checkte sie noch, wo Funkel und Schmelz hingefahren waren, aber das versprach auch keine aufregenden Neuigkeiten. Funkel hatte nur kurz an einer Tankstelle gehalten und war dann heimgefahren. Er bewohnte eine großzügige Wohnung, nachdem er das gemeinsame Haus räumen und seiner Ex-Frau überlassen musste.

Schmelz' Auto hatte eine halbe Stunde auf einem Supermarktparkplatz gestanden und er war dann ebenfalls heimgefahren. Sein Ein-Zimmer-Apartment lag etwas außerhalb in einer gepflegten Wohnsiedlung. Alles nicht sehr aufregend und schon gar nicht auffällig. Aber sie hatte von den beiden auch keine Überraschungen erwartet.

„Ich fahr nach Hause. Was für ein mieser Tag."

„Wie auch immer, vergessen Sie nicht, dass wir morgen Abend mit Robert und Frau Funkel zum Essen verabredet sind. Und denken Sie an das Blut!"

10.

„Wie bringe ich Menschen am besten zum Bluten?"
Mathilda räumte den Frühstückstisch zu Hause ab.

Ulla gähnte und streckte sich. „Stechen, schneiden
oder schürfen. Kratzen, beißen ... hm. Mehr fällt mir
frühmorgens nicht ein."

„Ist ja schon mal nicht schlecht. Und wie bringt man
sie zum Bluten, ohne dass sie es bemerken?"

„Unter Narkose. Oder wenn sie sturzbetrunken sind.
Muss ich Angst haben?"

„Nein, du doch nicht. Funkel, Knötel und Irene. Wie
bringt man sie zum Bluten, ohne dass sie bemerken, dass
es Absicht ist?"

Ulla setzte sich auf und sah Mathilda drohend an. „Es
ist sieben Uhr morgens und ich habe schlecht geschlafen.
Kommst du mal auf den Punkt?"

„Warum hast Du schlecht geschlafen?"

„Den Punkt mein ich nicht."

„Gott, hast du miese Laune. Ist was passiert?"

Ulla seufzte. „Ich hab geträumt, dass Harry und Meghan
England und das Königshaus verlassen. Es war furchtbar.
Außerdem hab ich Muskelkater vom Yoga."

„Kein Mensch verlässt das Königshaus. Mach dir da mal keine Sorgen. Und gegen den Kater hilft ein heißes Bad." Mathilda erklärte ihr kurz, warum sie Blut brauchte und ihre Freundin durchwühlte die Geraffel-Schublade.

„Sam hat mir einen Diabetes-Tester mitgegeben. Aber ich brauche einen Plan B, C und möglichst noch D."

„Hier ist eine Stopfnadel. Oben hab ich noch eine Rasierklinge. Beides kann man gut in der Hand verstecken. Du könntest auch ein Glas zerbrechen. Bring die Leute aber nicht um, ich will mir keine neue Mitbewohnerin suchen müssen, wenn du in den Knast kommst."

Mathilda ging auf dem Weg zum Laden noch einkaufen. Heute war Funkels letzter Tag, bevor er zu der Messe abreiste. Sie musste also Erfolg haben.

Als sie ankam, war Irene schon dort und kochte Kaffee. Mathilda stellte einen Teller auf den Tisch und packte ein paar edle süße Teilchen darauf. Schmelz setzte sich dazu, aber Funkel lehnte wegen Arbeit ab.

Irene bediente sich gleich zweimal, nicht ohne zu bemerken, dass sie sich immer noch ärgerte, weil sie jahrelang auf solche Köstlichkeiten verzichtet hatte, um dem gängigen Schönheitsideal zu entsprechen. Mathilda konnte sich nicht vorstellen, dass sie das jemals getan hatte, egal wie viel sie wog.

Jemand betrat den Laden und Schmelz nahm den üblichen Anlauf und sprang zum Kunden.

Jetzt war der richtige Zeitpunkt, um Irene das Diabetes-Messgerät unter die Nase zu halten. Mathilda kniff die Augen zusammen und pikste sich in den Finger, um dann den winzigen austretenden Tropfen untersuchen zu können. Wie zu erwarten lagen ihre Werte im Normalbereich.

„Willst du auch mal? Ich hab gesehen, dass du ein paar Anzeichen hast, die auf Zucker hinweisen könnten."

Irene schüttelte den Kopf und leckte sich die Finger ab. „Ich hab nix. Und wenn, ist es mir egal. Ich lass mir nichts mehr verbieten."

Mathilda sah sie strafend an. „Darum geht es doch gar nicht. Du sollst doch essen können, was du willst. Aber wenn du erhöhte Werte hast, kannst du gegensteuern. Du weißt schon, dass dir irgendwann ein Bein abgenommen werden könnte oder dass du blind wirst? Dann hat sich das mit der Fuchsjagd erledigt."

Irene sah sie entsetzt an und hielt ihr sofort die Hand hin. Was ein bisschen Sargdeckelgeklappern doch alles bewirken konnte.

Mathilda wechselte die benutzte Nadel gegen eine frische und zack, schon hatte sie die Blutprobe. Und Irene die Gewissheit, dass sie dringend zu einem Facharzt musste.

Im Laden erklang die Türklingel und die beiden gingen in den Verkaufsraum. Sie blieben nebeneinander stehen und beobachteten, wie Schmelz, der auf der Toilette gewesen war, mit Schwung die Tür aufriss, den Samtvorhang beiseiteschob und der Kundin entgegensprang.

Mathilda kniff die Augen zusammen und überlegte. Beim nächsten Türklingeln könnte sie die Tür blockieren und mit etwas Glück würde Schmelz mit dem Gesicht dagegen semmeln. Das anschließende Nasenbluten ließe sich dann für ihre Zwecke nutzen.

Die Kundin wollte zu Irene und Schmelz zog sich wieder zurück. Mathilda schlenderte neben den Vorhang und musste gar nicht lange warten, bis zwei Frauen das Geschäft betraten und die Türglocke schrillen ließ.

Die Tür flog auf, Mathilda warf sich mit Schwung dagegen und tat so, als ob sie verletzt wäre. Schmelz blutete. Blitzschnell zog sie eines der Taschentücher aus der Tasche und hielt es ihm ins Gesicht. „Herr Schmelz! Was machen Sie denn? Sie haben mich zu Tode erschreckt!"

Schmelz starrte sie nur entsetzt an und torkelte rückwärts ins Bad. Sie hielt ihm ein weiteres Tuch hin und ließ das erste schnell verschwinden. Dann lief sie in den Verkaufsraum und ging zu den beiden Kundinnen, die sich schon zu den Nerzcapes gestellt hatten.

Innerlich jubelnd über die zweite Blutprobe ging ihr das Verkaufsgespräch locker über die Lippen, obwohl sie ihr recht eingerostetes Englisch bemühen musste. Sie half den Frauen in verschiedene buntgefärbte Jacken, zeigte Capes und passende Mützen, man lachte gemeinsam, die beiden schossen Selfies und eine bestellte dann tatsächlich eine Zobeljacke im Wert eines Kleinwagens.

Mathilda versuchte vergeblich zu verdrängen, was sie soeben getan hatte. Sie fühlte sich so mies, als hätte sie Eddi und Ben an ein Versuchslabor verkauft.

Funkel schoss aus seinem Büro. „Das war ja ganz wunderbar meine Liebe. Ich wusste doch, dass ich mich auf meine Menschenkenntnis verlassen kann. Sie sind ein Naturtalent."

Mathilda errötete.

„Wenn ich zurück bin, sollten wir uns mal zusammensetzen und uns austauschen, wie der Kunde behandelt werden will. Jeder von uns verfolgt da ja einen anderen Ansatz. Wir müssen uns gegenseitig befruchten! Das macht unseren Erfolg aus. Das ist unsere Zukunft!"

Sich befruchten! Mathilda blieb fast das Herz stehen. Bilder, die unappetitlicher, als der verschwundenen Pollock waren, stiegen in ihr hoch. Dann riss sie sich zusammen.

„Äh, ja. Warum kaufen die jetzt so eine warme Jacke im September."

„Ach das waren Touristinnen, ich vermute, wo die Damen herkommen, ist es um einiges kälter als bei uns. Machen Sie weiter so. Herr Schmelz? Wo sind Sie denn? Herr Schmelz?"

Guido Schmelz tauchte aus dem Mitarbeiterbereich auf, mit einem Handtuch vor der geschwollenen und roten Nase, welches die Blutflecken auf dem Hemd verdeckten, und mit immer noch tränenden Augen.

„Gott im Himmel, Schmelz, was haben Sie denn gemacht? Gehen Sie! Los, gehen Sie zurück, nicht dass Sie noch jemand so sieht. Aber haben Sie Frau Rose gesehen? War das nicht wunderbar?"

Herr Schmelz warf ihr einen eisigen Blick zu.

„Knötelchen! Was ist denn mit dir passiert?" Jetzt kam auch Irene dazu.

Knötelchen? Mathilda drehte sich kurz zur Wand und dachte an ihre verstorbene Oma, um nicht lachen zu müssen. Schmelz ließ sich stöhnend auf einen Stuhl im Aufenthaltsraum sinken, legte den Kopf zurück, damit die Nase nicht wieder anfing zu bluten und warf das Handtuch beiseite.

„Tja, da helfen auch keine gekühlten Unterhosen mehr. Du solltest nach Hause fahren und dich umziehen." Irene tätschelte ihm vorsichtig die Schulter, ohne in die Nähe der Blutflecken zu kommen. „Kannst du fahren? Oder soll ich dir ein Taxi rufen?"

Jetzt fehlte nur noch Funkel, dann konnte sie nach weiteren Hinweisen suchen, die bewiesen, dass Alex hier gewesen war. Außerdem musste sie langsam ihren Nachtaufenthalt planen.

Bis zum Mittag kam Mathilda keinen Schritt weiter. Funkel war nicht hervorzulocken.

Schmelz kam mit sauberen Sachen und einem Pflaster auf der Nase wieder zurück und widmete sich mit Hingabe der spärlichen Kundschaft.

Die einzige Auflockerung bestand aus zwei Männern, die einen Nerzmantel von den Ausmaßen eines Zweimannzeltes brachten, der von ihrer verstorbenen Mutter stammte. Sie hatte verfügt, dass daraus Kissen für zwölf Enkel und aus den Ärmeln Kragen für die vier Söhne genäht werden sollten, damit sie alle ein kuscheliges Andenken an sie besaßen.

Mathilda versuchte, sich anhand des Mantels die Verstorbene vorzustellen, scheiterte aber. Die beiden beschäftigten Schmelz und die Kürschnerin lange genug, um in den Flur zu stöckeln, die Schuhe auszuziehen und in den Keller zu rennen.

Hastig riss sie die zweite Kühlschranktür auf. Zwei Pelzmäntel, außerdem Wein in einem Flaschenregal und auf dem Boden einige schwarze Kanister mit der Aufschrift Treibladungspulver und dem Aufdruck von martialischen Symbolen, die nichts Gutes verhießen.

Es dauerte einen Moment, bis Mathilda realisierte, dass es sich dabei um Schießpulver handelte. Sie machte ein Foto mit dem Handy, um es später Sam und Robert zu zeigen.

Etwas außer Atem betrat sie nur eine Minute danach wieder den Verkaufsraum. Ein weiterer Punkt, der von ihrer To-do-Liste abgehakt werden konnte. Und ein weiterer Punkt der ihr Unwohlsein in dieser Umgebung verstärkte. Sie musste all ihre Konzentration aufbringen, um weiterhin gelöst und unbedarft zu wirken.

Kurz bevor sie nach Hause gehen konnte, unternahm sie einen weiteren Versuch, um an Funkels Blut zu kommen. Aus der Einkaufstasche vom Morgen zauberte sie eine Flasche Sekt und nahm aus dem Schrank vier Sektflöten. Dann bat sie alle zu sich. Irene lächelte, Schmelz brummte unfreundlich und Funkel kam endlich dazu. Jetzt hieß es schnell und geschickt zu sein.

„Ich möchte mich bei Ihnen allen bedanken, dass Sie mich so freundlich hier aufgenommen haben und auf eine gute Zusammenarbeit anstoßen. Prösterchen."

Sie stieß klingend mit Irene und Schmelz an, stolperte dann und schmetterte dabei die Hand gegen Funkels Glas, das in einem Regen aus Scherben und Sekt zu Bruch ging. Endlich blutete auch er aus mehreren kleinen Schnitten. Er schrie auf, verdrehte die Augen und sank zu Boden.

Irene sah ihm nur mit einer hochgezogenen Augenbraue hinterher. „Ich frag mich, wie diese Eigenart der Evolution durchs Netz flutschen konnte."

Schmelz krakeelte aus Sorge um seinen Chef nun ebenfalls und ging auf Mathilda los. „Sie Trampel, was machen Sie denn dauernd! Wollen Sie uns alle umbringen? Eben noch haben Sie mich fast erschlagen und jetzt Herrn Funkel auf dem Gewissen! Und das so kurz vor der Messe!"

Irene hielt ihn zurück. „Guido! Das war ein Versehen. Jetzt krieg dich wieder ein." Schwer atmend blieb er stehen. Währenddessen tupfte Mathilda vorsichtig Funkels Hand mit einem frischen Taschentuch ab. Irene spritzte ihm etwas Wasser aus einer Blumenvase ins Gesicht, was ihn wieder zu Bewusstsein brachte.

Während er sich verwirrt aufrappelte, räumte Mathilda schnell das Tuch zur Seite und begann die Scherben aufzukehren. Es roch säuerlich und klebte, Funkels

Toupet lag wie ein ertrunkenes Meerschweinchen in einer Sektpfütze.

Die Stimmung war dahin und Schmelz sah sie an, als hätte sie auf das Grab seiner Oma gespuckt. Sie würde aufpassen müssen.

Funkel setzte sich das nasse Haarteil wieder auf und tätschelte erst Schmelz' dann Mathildas Arm. „Schon gut Kinder, schon gut. Ich lebe ja noch. Die arme Frau Rose konnte ja nicht wissen, dass ich kein Blut sehen kann. Frau von Hasenbruch hören Sie auf, mich nass zu spritzen, ich bin ja wach. Bitte geben Sie mir doch ein neues Glas und lassen Sie uns etwas weniger temperamentvoll anstoßen. Na kommen Sie schon, Schmelz. Scherben bringen Glück!"

11.

Mathilda hatte, was sie wollte und freute sich auf ihr Kampfsporttraining. Sie hatte das dringende Bedürfnis sich körperlich mit jemandem auseinanderzusetzen, ohne sich dabei zurücknehmen zu müssen.

„Frau Rose! Könnten Sie bitte etwas länger bleiben? Frau von Hasenbruch hat heute Nachmittag einen Arzttermin und Herr Schmelz muss eine kleine Inventur unserer Bestände im Keller machen. Ich erwarte noch Besuch."

Mathilda biss die Zähne zusammen und klebte sich das Lächeln aufs Gesicht. „Ja natürlich, kein Problem." Verflucht sollst du sein. Aber wer konnte schon wissen, wie interessant der Besucher war?

Es war Bruno Krapp, der sich erneut die Ehre gab. Von dem Inge Funkel im Suff gesagt hatte, er sei so ein feiner Mann.

Mathilda forschte in seinem Gesicht vergeblich nach Feinheit. Sie erinnerte sich an den Spruch ihrer Deutschlehrerin, dass man bis zum dreißigsten Lebensjahr das Gesicht hatte, dass man vererbt bekam und ab dreißig das, das man verdient. Sie fragte sich, was Krapp verbrochen hatte, um mit einem solchen Antlitz geschlagen zu sein.

In seine Züge hatten sich Verbitterung, Unzufriedenheit und Arroganz so tief gegraben, dass fast die Knochen zu sehen waren.

„Wen haben wir denn da? Heribert, willst du uns nicht vorstellen?" Das Lächeln zog die Mundwinkel noch tiefer. Sein Blick war eher abschätzig als wohlwollend.

„Frau Rose, Bruno Krapp, mein alter Freund und Weggefährte durch die Höhen und Tiefen des gemeinsamen Berufslebens. Bruno ist Pelz-Importeur und unser Hauptlieferant. Frau Rose ist unsere neue Mitarbeiterin. Sehr talentiert sag ich dir, sehr talentiert."

Krapp sah sie an wie einen zum Verkauf stehenden Weihnachtsbaum und nickte. „Schön schön, dann mal los. Aber vorher können Sie sich noch was ansehen. Ich hab eine neue Lieferung Kanin bekommen."

Mathilda ging hinter den Herren ins Büro und wurde gleich wieder rausgeschickt, um Kaffee zu holen. Sie spuckte vor dem Einschenken in die Tassen hinein, servierte sie mit freundlichem Lächeln und setzte sich, in ausreichendem Abstand zu beiden, ins offen stehende Büro neben die Tür, um den Verkaufsraum im Blick zu haben.

Krapp legte ein tiefschwarzes Fell mit hellbraunem Rand auf den Tisch und die beiden Männer sahen ehrfürchtig darauf. „Ist das nicht herrlich? Das Stück gehört doch ins Museum oder in einem goldenen Rahmen an die Wand gehängt."

Funkel nickte andächtig und starrte auf Mathildas Füße in den High Heels. „In der Tat herrlich."

Mathilda hatte ein Kaninchen mit so einem Fell im Tierheim. Es war bildschön.

„Ja, sehr hübsch. Wo bekommen Sie solche Felle her, Herr Krapp?"

„Hübsch?" Er bellte das Wort mehr, als dass er es aussprach. „Hübsch? Das ist ein Traum! Schauen Sie doch mal genauer hin!"

Mathilda beugte sich vor und bemühte sich verzückt zu wirken. „Wirklich ganz phantastisch."

„Kommt aus Spanien. Nicht gefärbt. Reine Natur. So eine Perfektion muss man doch ... ach was sag ich. Ihr jungen Leute wollt nur das gefärbte Zeugs. Blauen Nerz und grünen Waschbär. Gehen Sie mir doch fort damit." Verärgert packte er das Fell wieder ein und wartete darauf, dass Funkel seinen Kaffee mit Weinbrand aufmöbelte.

Der Mann hatte definitiv eine kurze Lunte.

Funkel lächelte sie an. Er schien das ruppige Benehmen seines Freundes so gewöhnt zu sein, dass es ihm gar nicht mehr auffiel. „Herr Krapp ist Pelzhändler mit ganzer Seele. Er ist damals mit den Eltern aus Leipzig hergezogen, als der Osten dicht machte. Ja, Bruno, wir sind die Letzten unserer Art. In diesem Sinne, ab damit ins Gedärm. Da gehört es hin."

Sie stießen mit den Kaffeetassen an und durch den Alkohol wurde Krapp auch wieder etwas gnädiger gestimmt.

„Sagen Sie Frau Rose. Welcher Pelz ist Ihnen der Liebste?"

Der, in dem noch das Tier steckt. „Tja, ich weiß es nicht genau. Herr Schmelz meinte, Silberfuchs passt am besten zu mir."

„Falsch!"

Mathilda zuckte zusammen.

„Der sibirische Steppeniltis hat das schönste Fell. Reinweiß, glänzend wie Seide. Aber wer kennt schon solche Feinheiten. Ist doch alles ..." Der Rest ging in Gemurmel unter. Trübsinnig starrte er auf Funkels Waffensammlung, als ob er damit die alten Zeiten zurückholen könnte.

„Komm Bruno, trink!" Funkel goss noch einmal Weinbrand auf den letzten Rest Kaffee.

Bruno trank und das warf seinen Motor erneut für ein paar Minuten an. „Alles verändert sich. Aber das darf nicht sein! Nicht hier! Sie glauben gar nicht, was für ein Glück Sie haben, hier arbeiten zu dürfen. Das hier ist ein Refugium des guten Geschmacks, der Eleganz und des ..." Der Motor geriet ins Stocken. „... des ... Auf die alten Zeiten, mein lieber Heribert. Auf die guten alten Zeiten."

Mathilda fuhr kurz im Büro vorbei, wo Sam bereits auf sie wartete. „Sie sind spät dran. Gibt es was Neues? Ah, ich sehe Blut."

Mit unangemessener Begeisterung nahm er die drei Blutproben entgegen und tütete sie in Gefrierbeutel ein. „Die Blutspenden waren ja sehr erfolgreich. Aber der ganze Rest gefällt mir nicht."

Er packte die Beutel in den Kühlschrank und setzte sich kopfschüttelnd. „Die Waffensammlung, Schießpulver, ein Choleriker, eine Jägerin. Ich hab noch einmal darüber nachgedacht. Frau Rosenbaum, das ist es nicht wert. Wir sollten die Aktion abbrechen."

Mathilda sah ihn an und nickte ernst. „Ja und davon abgesehen will Funke, dass wir uns alle befruchten."

„Wie bitte, was?"

„Egal. Vergessen Sie das lieber. Was haben Sie denn von dem Job erwartet? Der Türsteher ist verschwunden. Wir sind von Anfang an davon ausgegangen, dass er ermordet wurde. Klar, irgendwo im Hinterkopf hat man die stille Hoffnung, dass er sich einfach aus dem Staub gemacht hat.

Wenn ich mir so anseh, was sein Leben bis jetzt ausgemacht hat, hätte ich allergrößtes Verständnis für diese Entscheidung. Aber das glauben wir nicht. Das muss irgendeinen anderen Grund haben. Fragt sich nur, wer von den dreien im Laden ihn auf dem Gewissen hat."

„Tja, ich hab an die Mordtheorie nicht so ganz geglaubt, muss ich sagen. Am Anfang gab es keine Beweise dafür, nur unsere, äh, Ihre Vermutungen. Und vor allem erschienen die Beteiligten zunächst ja auch harmlos. Irgendwie ist das ganze ein bisschen aus dem Ruder gelaufen. Haben Sie schon einen Verdacht?"

„Im Moment tipp ich auf Schmelz. Der tickt völlig aus, sobald man Funkel zu nahe kommt. Wer weiß, was der gemacht hat, als Alex aufgetaucht ist. Solche Leute sollen ja unberechenbar sein. Ich hab übrigens heute Bruno Krapp kennen gelernt. Fieser Typ, lebt völlig im Gestern. Ein Wunder, dass er Auto fährt und die Pelze nicht mit Pferd und Wagen ausliefert."

„Ach ja. Herrn Funkels Buddy. Wenn er so häufig dort auftaucht, sollten wir ihn vielleicht auch auf die Liste der Verdächtigen setzen und sei es nur als Zeuge. Lassen Sie uns später noch einmal darüber reden. Aber nun zu morgen. Was genau haben Sie für den Abend geplant?"

Mathilda sah ihn ernst an. „Funkel fliegt am Nachmittag zur Messe. Ich komm dann unter irgendeinem Vorwand noch mal rein und werde mich vor Ladenschluss verstecken, bis Schmelz gegangen ist, um dann in Ruhe alles absuchen zu können. Vor allem Funkels Büro."

„Sind Sie sicher? Gibt es keine andere Möglichkeit?"

„Nein, gibt es nicht. Ich bin überzeugt davon, dass da drin ein Mann gestorben ist. Außerdem werden dort diese verdammten Muffs verkauft, die aus nichts als toten

Tieren und Nähgarn bestehen. Und ich habe vor, jedes einzelne, das dort über den Ladentisch geht, zu rächen.

Das Geld, das Funkel irgendwo her hat, ist mir so egal wie die Hitparade der Volksmusik. Deswegen würde ich keinen Finger krumm machen. Und bevor ich es vergesse: Seine Ex wird diesen Laden auch nicht bekommen. Das verspreche ich Ihnen."

Sam sah sie eine Zeitlang an und legte den Kopf schräg. „Was meinen Sie mit, Frau Funkel wird das Geschäft nicht bekommen? Wie kommen Sie darauf?"

„Erklär ich Ihnen später." Mathilda wedelte ungeduldig mit der Hand.

„Ja das beruhigt mich jetzt ungemein. Ich hab übrigens nochmal wegen Alex nachgefragt. Die Polizei kann nichts machen, solang wir keine Beweise dafür haben, dass er einem Verbrechen zum Opfer fiel. Sie gehen immer noch davon aus, dass er einfach nur abgehauen ist." Er seufzte tief und schlug dann auf die Tischplatte. „Machen Sie, was Sie für richtig halten. Aber machen Sie bitte nicht so viel Illegales. Das schlägt mir auf den Magen."

Sam rieb sich die Augen und schüttelte den Kopf. „Wenn Cornelia das erfährt ..."

„Wird sie schon nicht. Ich geh jetzt nach Hause duschen und zieh mir was Zivilisiertes an. In welchem Restaurant sind wir denn verabredet?"

Sam raffte sich auf und räusperte sich. „Im „Wilden Eber". Cornelia wird auch kommen. Sie möchte Frau Funkel und Robert unbedingt kennen lernen."

Mathilda stöhnte. Das Universum hatte sich gegen sie verschworen.

Das Einzige, was der „Wilde Eber" mit seinem Namen zu tun hatte, war, dass er und seine Sippe im Herbst als Gulasch auf der Karte auftauchte.

Sam hatte es geschafft, einen Tisch in einem separaten Raum zu bekommen, so dass sie ungestört Informationen austauschen konnten.

Cornelia, so elegant und mürrisch wie eine Sphinxkatze, saß neben Sam und hielt sich an seinem Arm fest. Sie sagte nichts, aber ihr Blick taxierte die Kollegin ihres Freundes, als ob sie eine ungeschützte Stelle suchte, in die sie in einem unbemerkten Augenblick ihre Zähne schlagen könnte.

„Sammilein, wann kommen die beiden denn?"

„Ich weiß es nicht, Liebes." Er lächelte sie kurz an und wandte sich dann wieder an Mathilda. „Wie offen sollen wir ihr gegenüber denn sein mit unseren Praktiken, die, ich sag mal, nicht ganz gebräuchlich sind."

Cornelia stellte die Ohren auf. „Welche Praktiken denn?"

„Ach nichts, Liebes. Schon gut, es ist alles in Ordnung." Sam sah ein bisschen gequält aus.

Mathilda beugte sich vor und schenkte Cornelia das gleiche Lächeln wie den Kunden morgens im Laden. „Alles, was wir machen, ist völlig legal und moralisch einwandfrei. Herr Schulz meint mit nicht gebräuchlich solche, die wir selbst entwickelt haben und wie sie bei anderen Detekteien nicht angewendet werden. Stimmt doch Herr Schulz, oder?"

„Ja, genau das wollte ich auch sagen. Danke. Gut, also das, was nicht gebräuchlich ist, behalten wir für uns und präsentieren nur Ergebnisse. Auf welchem Weg wir sie erlangt haben, wird sie ja hoffentlich nicht fragen. Das ist unser Berufsgeheimnis."

„Ihr habt Geheimnisse? Samlilein, hast du auch Geheimnisse vor mir?"

„Nein, Liebes, natürlich nicht." Er drückte ihre Hand und sah ihr treuherzig in die Augen. „Sagen wir ihr was davon, dass Sie dort übernachten wollen?"

„Wer übernachtet wo?" Cornelia sah wieder von Sam zu Mathilda, als ob die beiden in ihrem Beisein ein Schäferstündchen planten. Die Spinxaugen wurden noch schmaler.

Mathilda sah kurz zur Seite, schloss einen Moment die Augen. „Ich übernachte, wo immer es nötig ist, um unseren Fall zu bearbeiten. Und ob das die Klientin erfährt, überlassen wir Herrn Gernsheimer, würde ich vorschlagen. Müssen Sie sich nicht noch die Nase pudern Frau Hut? Oder die Achseln rasieren?"

„Wie bitte? Jetzt sag doch auch mal was!" Sie stieß ihrem Liebsten den spitzen Ellenbogen zwischen die Rippen, aber der verzog nur gequält das Gesicht. „Ich glaube, Frau Rosenbaum hat das so nicht gemeint, mein Schatz."

Mathilda zog die Augenbrauen hoch. „Doch das hat die Frau Rosenbaum."

„Also auf so ein Niveau lass ich mich jetzt nicht herab. Sammi, darüber reden wir später noch. Wollen wir jetzt schon mal was zu Trinken bestellen?" Sie verbarg sich demonstrativ hinter der Getränkekarte, während Sam nur kurz die Augenbrauen zucken ließ und unmerklich den Kopf in Richtung Mathilda schüttelte. Die verdrehte nur die Augen und spielte mit ihrer Serviette.

Funkel und Robert kamen gemeinsam. Frau Funkel setzte sich gleich neben Sam an die Kopfseite des Tisches, warf nur ein kurzes Nicken in die Runde und packte dann ihren Hund aus der Handtasche. Robert lächelte Mathilda strahlend an und hauchte einen Kuss auf ihre Hand. Dann hieb er Sam freundschaftlich auf die Schulter, was der mit einem leisen Schmerzlaut erwiderte. Galant stellte er sich Cornelia vor, deutete eine Verbeugung dabei an und wollte auch ihre Hand nehmen. Doch sie zog sie weg und lächelte den Anwalt gezwungen an.

Mathilda beobachtete die Szene. Als Gernsheimer verschwand, um seine und Inges Jacken aufzuhängen, beschwerte sich Cornelia, dass Sam ihr nicht gesagt hatte, dass Gernsheimer so klein sei. Sam sah sie irritiert an und fragte, warum er das hätte tun sollen. Darauf bekam er keine Antwort, sondern nur das unergründliche Sphinx-Katzengesicht.

Mathilda zwinkerte Gernsheimer zu und deutete neben sich, woraufhin er sich dort niederließ und und sie nach ihrem Tag fragte.

„Fragen Sie nicht. Ich hab eine Zobeljacke verkauft, von deren Preis eine fünfköpfige Familie ein Jahr hätte leben können. Das war nicht das, was ich wollte. Absolut nicht."

Gernsheimer lachte. „Nein bestimmt nicht, ich weiß. Aber trösten Sie sich. Im Rahmen ihres Jobs haben sie ihre Position gestärkt und genau das Richtige gemacht. Sie fallen damit noch weniger auf. Hast du gehört Inge? Frau Rosenbaum hat heute eine Zobeljacke verkauft. Sie hat sich perfekt integriert."

Inge lächelte gezwungen. „Ach wirklich? Ja manchmal verkaufen sich die Stücke wie von allein. Aber das ist ja nicht Ihre Aufgabe. Haben Sie inzwischen gelernt, sich wie eine Dame zu bewegen?"

„Wie eine Dame konnte ich mich schon vor Ihren Lektionen bewegen. Jetzt kann ich auch auf High Heels laufen. Täglich besser, danke der Nachfrage."

Gernsheimer schüttelte nur den Kopf. „Habt ihr die Blutproben?"

„Ja, alle drei. Die Kürschnerin weiß jetzt, dass sie erhöhte Zuckerwerte hat, Schmelz hasst mich, weil seine Nase kaputt ist und Funkel wurde ohnmächtig, als ein paar Scherben seine Hand ritzten."

Jetzt lächelte Inge doch. „Ach wie schön. Er ist so ein Jammerlappen, wenn er Blut sieht. Als Frau würde er jeden Monat vier Tage liegend vor dem Klo verbringen." Sie sah Cornelia beifallheischend an, aber die drehte sich nur angewidert ab.

Robert aber war begeistert. „Sie sind eine Kämpferin! In früheren Zeiten wären Sie eine Schildmaid gewesen!

Bevor ich es vergesse! Am Sonntag ist ein kleines Fest bei mir zu Hause. Nichts Besonderes, ein paar Schwertkämpfe, ein kleines Turnier, vor allem ein ausgiebiges Gelage. Ich würde mich freuen, wenn Sie mit ihrer Freundin Ulla kämen. Wenn Sie keine passenden Gewänder haben, können Sie sich gern aus meinem Fundus bedienen ...", Weiter kam er nicht, da ein Kellner ihnen die Speisekarten reichte.

„Sammilein, wir teilen uns wie immer den Grillteller. Eine Vorspeise brauchen wir nicht, oder?" Cornelia knallte die Karte zu.

Mathilda wünschte sich insgeheim Popcorn, da es jetzt interessant zu werden versprach. Sie setzte sich bequem hin und lächelte Sam an, der nervös blinzelnd hin und her blätterte, dabei von Mathilda zu Cornelia und wieder zurücksah. Offensichtlich hatte er seiner Freundin noch nichts von dem vorläufigen Fleischverzicht erzählt. Er rutschte auf dem Stuhl hin und her, wie ein Stück Butter in einer sehr heißen Pfanne.

„Liebes, ich werde heute mal was anderes wählen. Ein Omelett mit Salat, oder hier. Fisch?" Er sah zu Mathilda, die unmerklich den Kopf schüttelte. „Nein, kein Fisch. Hm, dann den Grillkäse mit Ofengemüse."

Empört riss Cornelia die Augen auf. „Was soll das denn jetzt? Bist du etwa auch unter diese Essgestörten gegangen? Wir nehmen die Grillplatte."

Sam lockerte seine Krawatte.

„Sind Sie Vegetarier, Herr Schulz? Hätte ich jetzt gar nicht gedacht. Sie wirken eher wie jemand, der die Annehmlichkeiten und sinnlichen Genüsse des Lebens zu schätzen weiß." Inge Funkel ließ ihre Zungenspitze über ihre Lippen gleiten und zwinkerte ihm zu.

Sam sackte in sich zusammen und kapitulierte. „Nein, nein ich bin kein Vegetarier, ich wollte nur mit Rücksicht auf meine ... äh ... Gelenke ein bisschen kürzer treten und mehr auf die Ernährung achten."

Cornelia zog missbilligend die Augenbrauen hoch. „Ernährung muss ausgewogen sein und dazu gehört nun mal Fleisch. Da waren wir uns bisher doch immer einig." Ihr Seitenblick auf Mathilda blieb unerwidert.

Der Kellner kam und Cornelia bestellte den Grillteller für beide. Sam schloss ergeben die Karte und vermied Blickkontakt mit den Anderen.

Mathilda blieb der Mund offen stehen. Sam hielt sich nicht an die Abmachung. Sie schwor Rache, bis der Kellner sie zum dritten Mal fragte, was sie haben wollte.

„Grillkäse und ein Bier, bitte." Und eine neunschwänzige Katze.

„Das nehm ich auch." Gernsheimer klappte seine Karte zu. „Wie geht es Ihrer lieben Freundin Ulla denn?" Er spielte mit dem Salzstreuer und versuchte ganz beiläufig zu klingen. Mathilda riss sich von ihren blutrünstigen Gedanken los und wandte sich ihm zu.

„Sie ist momentan ganz in Anspruch genommen von ..." Sie wollte schon sagen: Tierschutzverein, fing aber rechtzeitig einen Blick von Frau Funkel auf.

„... von ihren Rosen. Die haben irgendwelche Krankheiten. Sie rosten und rußen, wenn ich das richtig verstanden habe."

Die Getränke kamen und Gernsheimer stieß mit Mathilda an. „Wollen wir zum Du übergehen? Robert." Sie nickte lächelnd.

Cornelia versuchte währenddessen, sich in das Gespräch zwischen Inge und Sam einzubringen, was ihr nicht ganz gelingen wollte, da inzwischen Inge erzählte und ganz in ihrem Element war. Sie flirtete auch ganz unbefangen mit ihm weiter, was seinen Sitzplatz noch ein bisschen heißer machte. Der Abend war definitiv keine Freude für ihn.

Nach dem Dessert fassten Mathilda und Sam die bisherigen Ergebnisse für Frau Funkel zusammen. Die interessierte sich besonders für Irene von Hasenbruch und versuchte alles, um etwas Negatives zu hören. Schließlich konnte es ja nicht sein, dass sie selbst von jemandem ersetzt worden war, der einen guten Job machte. Aber Mathilda tat ihr den Gefallen nicht.

Sie erzählte, wie sehr die Kunden sie schätzten, wie hervorragend organisiert sie sei und wie umwerfend ihre Modelle aussähen. Selbst einen Designpreis erfand sie dazu. Gernsheimer neben ihr hustete ein paar Mal, um das Lachen zu unterdrücken.

„Um an die Buchhaltungsunterlagen zu kommen muss ich warten, bis Herr Funkel auf der Messe ist. Er verlässt sein Büro so gut wie gar nicht und bleibt abends länger. Ich werde es also erst Ende der Woche gründlicher durchsuchen können."

Von der Übernachtung sagte sie, wie verabredet, nichts.

„Und wie wollen Sie da drankommen? Er wird das Büro abschließen, damit dieser Schmelz nicht darin rumstöbert."

„Berufsgeheimnis. Ist aber alles inklusive, keine Sorge." Mathilda lächelte abgründig, zumindest hoffte sie, dass es so wirkte.

Inge Funkel zog geringschätzig die Augenbrauen hoch und trank ihr Weinglas auf ex aus. „Hauptsache es geht mal vorwärts." Der Kellner schenkte nach.

Als sie von dem Besuch des Bankers erzählte, änderte sich die Stimmung aber schlagartig.

„Den gab es schon zu meiner Zeit. Aber wir haben immer abgelehnt, für ihn zu arbeiten. Verdammt, was denkt dieser Idiot sich dabei? Er ruiniert den Ruf des Geschäfts!"

Cornelia sah nur irritiert zwischen Inge und Mathilda hin und her. „Worum geht es denn da?"

„Ach mach dir da keine Gedanken drum Liebes. Es geht nur um ein paar Leute, mit speziellen Vorlieben für Fell statt Haut ... ich meine, sie mögen das gern fühlen, wenn sie ... ist doch so, oder?" Sam sah ein bisschen hilflos in die Runde. „Und der Mann, der der Banker genannt wird, bietet über seine Damen diese Dienstleistung an."

Schweigen am Tisch. Cornelia erhob sich, legte die Serviette neben ihren Teller und räusperte sich. „Jetzt reicht es. Samuel, ich möchte nicht, dass du dich in solcher Gesellschaft bewegst und mit diesen Abgründen zu tun hast. Das ist deiner nicht würdig. Ich habe dir schon mehrmals gesagt ..."

Sam war ebenfalls aufgestanden und schob die aufgebrachte Freundin hinaus.

Gernsheimer kratzte sich an der Stirn. „Tja, wo waren wir stehen geblieben?"

„Bei dem Zuhälter." Mathilda tat, als sei nichts vorgefallen. „Egal ob Chinchilla, Rotfuchs oder Kaninchenanzug, das kann nicht so viel abwerfen. Die Muffs laufen natürlich immer noch. Sogar jetzt im September. Wenn Sie ihn von früher kennen, was können Sie denn über den Banker sagen?"

Frau Funkel zündete sich trotz Rauchverbot eine Zigarette an und ließ den Hund den Teller ablecken. „Nicht viel. Er tauchte irgendwann auf und verschwand mit Heribert in dessen Büro. Aber ich bin dazwischen gegangen und hab alle Geschäfte mit ihm abgelehnt.

Uns ging es durch die Touristen und die Qualität, die wir lieferten, gut genug. Ich wollte ihn und seine Entourage einfach nicht im Laden haben. Die vergraulten alle anderen Kunden. Das hat er zur Kenntnis genommen und sagte, dass er dann zu einem anderen geht."

Sam kam zurück und entschuldigte sich mit hochrotem Kopf. Den Rest des Abends war er recht wortkarg und schon bald gingen alle nach Hause.

Draußen vor der Tür blieb Mathilda noch kurz bei ihm stehen.

„Ich hab sie in ein Taxi gesetzt. Hat sich noch jemand dazu geäußert?" Er trat nervös von einem Bein aufs andere.

„Nein, ist schon gut. Aber Sie haben heute Abend Fleisch gegessen. Ich komme darauf zurück."

12.

Funkel rannte gereizt von einem Raum in den anderen. In zwei Stunden musste er am Flughafen sein und erwartete noch eine Lieferung. Ständig rannte er auf die Rampe, versuchte vergeblich, jemanden anzurufen, und tupfte sich die schweißbedeckte Stirn.

„Worauf wartet er denn?" Mathilda stellte sich Schmelz in den Weg.

„Muffs." Und schon war er wieder weg.

Muffs. Der Keller und das Atelier standen voller Muffs und es war gerade mal Mitte September. Wenn nicht eine absolut außergewöhnliche Wetterlage über sie hereinbrach, würden sie vorläufig keine neuen Muffs brauchen. Hier stimmte etwas nicht.

Sie schlenderte in Irenes Atelier, die herumfuhr wie von der Tarantel gestochen. „Meine Güte hast du mich erschreckt! Ich dachte Funkel oder Guido kommen rein."

„Na und?" Dann sah Mathilda, dass Irene die Katze aus dem Altenheim gefüttert hatte.

„Oh, das wird unser Chef aber gar nicht gern sehen." Sie beugte sich runter und streichelte das warme lebendige Tier. Es rieb sich an Mathildas Bein und schnurrte laut. Die Kater würden ausflippen.

„Er schmeißt mich raus, wenn er das erfährt! Aber sie ist inspirierend. Niemand trägt einen Pelz so elegant wie eine Siamkatze. Ich hab sie Grace getauft." Versonnen betrachtete Irene die Fellnase, ohne zu bemerken, was sie da gerade gesagt hatte.

„Sag mal, hast du eine Ahnung, warum die beiden so kribbelig sind?" Mathilda nahm Grace auf den Arm. „Man könnte meinen, sie würden auf lebensnotwendige Medikamente warten."

Irene zuckte die Schultern „Hab ich mich auch schon gefragt. Als ob wir zu wenig Muffs hätten. Aber wer weiß, wer die haben will. Das sind diese geschäftlichen Entscheidungen, von denen ich null Ahnung hab. Da halt ich mich raus. Ich bin Künstlerin. Vielleicht sind's ja Spezialanfertigungen. Und der Banker braucht sie."

Vorsichtig setzte Mathilda die Katze auf den Tisch, dann warf sie einen Fuchsschwanz nach Irene und ging wieder. Noch vor der Tür hörte sie ihr schallendes Gelächter.

Eine Frau mit einem Karpfengesicht betrat den Laden. Mathilda wartete auf Schmelz' Kundensprung, aber der sah nur kurz um die Ecke und wedelte aufgebracht mit der Hand, um ihr mitzuteilen, dass sie sich darum kümmern sollte.

Der Karpfen hatte einen Persianermantel dabei, der mit roter Farbe besprüht war. „Den hat mir mein Mann, Gott hab ihn selig, geschenkt. Ist denn das zu fassen? Diese Chaoten haben ihn zerstört! Nur weil sie sich keinen leisten können. Ich sag Ihnen, das ist der pure Neid auf die, die erfolgreicher sind. Statt selbst zu arbeiten, machen sie unsereinem das Leben schwer."

Mathilda besah sich schweigend den Schaden. Der Mantel war hin. Sie kannte die Farbe. Bei früheren Aktionen und Tierschutzdemos, als sie noch zur Schule ging, hatte sie die auch verwendet. Nein, nicht sie. Die anderen. Nur die anderen. Sie hatte nur zugeschaut.

„Ich geb das mal unserem Chef, mal sehen, ob da noch was zu machen ist. Kommen Sie bitte nächste Woche wieder, dann ist er wieder zu sprechen."

Der Karpfen rauschte aus dem Laden.

Funkel zitterte inzwischen und saß stark transpirierend auf einem Stuhl im Aufenthaltsraum, ein Glas Wasser vor sich. Das Herrenparfüm hatte längst seinen Job quittiert. Schmelz tätschelte ihm die Schulter.

Ein Brummen von draußen unterbrach ihn. Sofort stürzten sie raus und auf die Rampe. Ein klappriger Laster mit rumänischem Nummernschild, dessen Plane mit Hühnern und Enten bedruckt war, fuhr rückwärts in den Hof. Der Fahrer sprang raus, nickte Schmelz und Funkel zu und öffnete die Klappe.

„Da sind Sie ja endlich! Warum hat das so lange gedauert? Wir haben Sie gestern erwartet! Ist alles gut gegangen? Haben Sie alles dabei?"

„Ja alles gut, aber Laster ist zu alt. Müssen Sie neuen besorgen, dann geht schneller." Der Fahrer zuckte nur bedauernd die Schultern.

„Soll ich helfen?" Mathilda sah neugierig in den LKW.

„Nein!" Schmelz schob sie in den Flur. „Kümmern Sie sich um die Kunden."

Mathilda ging ein paar Schritte zurück, lauschte aber.

„Die hier in mein Büro, die restlichen in den Keller."

Schnell huschte sie im Laden zurück an die Tür zum Flur und nestelte an einem der Kleiderständer, der in der Nähe stand. Sie sah durch den Türspalt den Fahrer mit einem Stapel Kisten Funkels Büro von der Rampe aus betreten. Schmelz kam nach, ebenfalls beladen und auch Funkel trug zwei. Sie schienen zu schwer zu sein für Muffs.

131

Nachdem sie etwa dreißig Kisten rein gebracht hatten, kam Schmelz in den Laden und blaffte Mathilda wieder an. „Jetzt stehen Sie nicht rum, helfen Sie mal, die übrigen rein zu bringen." Sie beide würden definitiv keine Freunde mehr werden.

Sie nahm einen Stapel Kisten entgegen und balancierte damit zur Kellertreppe. Hier war sie dann aber am Ende ihrer Fähigkeiten. Ohne sich am Geländer festzuhalten, konnte sie auf keinen Fall die steilen Stufen nach unten stöckeln.

Sie ruckte ein bisschen mit ihrem Stapel, bis die oberste Kiste runter fiel und auf dem Boden aufsprang. Eine feuerrote Pelzwalze kullerte in den Keller und blieb reglos unten liegen.

„Herrgott im Himmel, Sie frustrieren mich! Wie soll ich denn die kommenden Tage mit Ihnen arbeiten! Das ist ja nicht zum Aushalten!" Schmelz steigerte sich in den nächsten Wutanfall, während Funkel wieder völlig ruhig war.

Lächelnd und so entspannt wie nach einer überstandenen, mehrtägigen Verstopfung, kam er auf Mathilda zu. „Das ist ja auch keine Aufgabe für eine Dame. Schmelz machen Sie das mit Vadim zusammen und bitte vertragen Sie sich wieder. Ich bin jetzt weg. Wenn was ist, können Sie mich auf dem Handy erreichen. Frau Rose, noch so ein hübscher Verkauf wie das Zobelmäntelchen und ich bring Ihnen was Schönes von der Messe mit." Er zwinkerte anzüglich.

Sie gab ihm förmlich die Hand und wünschte ihm viel Erfolg.

In einer viertel Stunde war Feierabend und in Gedanken war sie schon im Büro. Sie wollte mit Sam noch das weitere Vorgehen besprechen und ihre Sachen für die

Übernachtung packen. Irgendwie musste sie es schaffen, heute Nachmittag rein und morgen früh wieder raus zu kommen, ohne dass Schmelz Wind davon bekam.

Dann ging die Tür auf und ein Mann betrat den Laden. Aber keiner, wie die anderen zuvor, die satt und träge nach einer Gelegenheit, Geld auszugeben, suchten.

Er kam herein, wie ein Sheriff, der im Saloon den Bankräuber festnehmen will, sah sich aufmerksam um und ging dann langsam an den Kleiderständern vorbei. Mathilda konnte förmlich sehen, wie die Pelze ängstlich zurückzuckten, als er sich näherte.

Er sah mit abschätzigem Blick, die schrill gefärbten Teile an. Aber ein Lächeln erschien in seinem Mundwinkel, als er auf sie zukam. Schließlich blieb er vor ihr stehen und sah sie mit leicht schräg gelegtem Kopf an. Braune Augen mit dichten Wimpern, um die ihn jede Frau beneidet hätte. Sein Lächeln wurde breiter und entblößte schneeweise Zähne.

„Ich will mit Funkel reden. Ist er da?" Er duftete nach würzigem Tabak, der seiner kellertiefen Stimme vermutlich auch das leichte Kratzen gegeben hatte. Geduldig wartete er, bis Mathilda ihre Sprache wiedergefunden hatte, die sich irgendwo zwischen ihrem trockenen Hals und dem Samba-Rhythmen klopfenden Herz versteckt und jede Verbindung zum Hirn verloren hatte.

„Er ist ..." Sie spürte, wie ihr Gesicht erst heiß und dann rot wurde.

„Er ist ... äh ... weg. Er ist weg. Ja." Wo sind die Löcher zum Verschwinden, Treibsand um im Boden zu versinken? Ein Wurmloch, eine andere Dimension, egal was, nur weg. Dabei sah er genau wie die Typen aus, die sie immer beobachtete, weil sie ständig ihre Frauen betrogen.

„Ach. Weg? Interessant. Weg, wie kurz mal an die frische Luft oder weg wie für immer von uns gegangen?" Das belustigte Blitzen in seinen Augen gaben ihrer Coolness den Rest. Nein, nicht auf die Hände sehen! Große, kräftige Hände, sonnengebräunt, die zupacken konnten und zart streicheln ... und bestimmt kleine Hunde schlugen. Ganz sicher.

„Weg, wie auf einer Massage, äh, einer Messe, Messe wollte ich sagen und in ein paar Tagen wieder da. Sie kennen ihn?" Sie kratzte ihre Würde zusammen und reckte das Kinn vor.

„Oh ja, ich kenne ihn gut. Er wird sich freuen, mich zu sehen. Soll eine Überraschung sein. Also verraten Sie nichts." Er zwinkerte ihr zu und wandte sich um zum Gehen.

Kurz vor der Tür drehte er sich erneut zu ihr um und sah sie einen Moment lang an. „Du passt nicht hier her." Dann ging er. Er war einer von denen, die Mathilda sonst mied wie die Kater den Rasensprenger. Und für die sie alles gegeben hätte.

Als die Tür hinter ihm zufiel, wurde es eine Spur dunkler und grauer im Raum. Es roch nur noch nach Leder und die Pelze hingen wieder entspannter an ihren Bügeln.

Schmelz stand hinten und sah ihm nach. „Wer war das gerade?"

Mathilda zögerte einen Moment. „Keine Ahnung." Aber sie würde was drum geben, wenn sie es wüsste.

Seufzend öffnete sie ihre Handtasche und ging Richtung Ausgang. Wie geplant ließ sie sie fallen und eine Menge Kleinkram verteilte sich auf dem Boden. „Ach herrje, so ein Ärger!"

Schmelz eilte herbei, um erneut zu meckern, und zu helfen, sah aber davon ab, als er Tampons und benutzte Taschentücher sah. Besser so.

Sie verließ den Laden demonstrativ durch die Vordertür und atmete auf. Jetzt ein Espresso und ein kleines Mittagessen, bevor sie ins Büro fuhr und mit Sam den Abend und die Nacht plante.

Dann sah sie ihn.

Er saß im Café gegenüber, die Beine lässig ausgestreckt und übereinandergelegt, einen dünnen Zigarillo im Mundwinkel. Sein Handy klingelte. Mathilda brauchte einen Moment, um den Klingelton zuordnen zu können. Big Ben. Er sah nur auf das Display, ging aber nicht ran.

Jetzt hatte Mathilda sich wieder im Griff. Sie ging zu ihm und setzte sich gegenüber. Mindestens genauso lässig. Und zog die Schuhe aus.

„Sorry, ich hasse die Dinger eigentlich. Und? Wo pass ich deiner Ansicht nach hin?" Nur nicht auf die Hände sehen, dann wäre es vorbei mit der Lässigkeit.

Er musterte sie bis zu den bloßen Füßen und sah ihr dann wieder in die Augen. „Du hast die Figur einer Sportlerin, den Blick einer Fotografin und die Abneigung gegen hohen Absätze einer Frau mit gesundem Menschenverstand. Noch ein kleiner Chemieunfall in der Nähe und du würdest zur idealen Superheldin."

Mathilda lachte. „Und was wäre meine Superkraft?"

„Lass mal überlegen. Wie wäre es damit? Du kannst Kellner mit einem einzigen Blick dazu zwingen, vernünftigen Kaffee zu bringen. Nicht diese bittere Plörre hier."

„Ja, der ist grauenvoll. Da helfen auch keine Superkräfte mehr. Ich weiß aber, wo es Besseren gibt." Ihr Herz klopfte aufgeregt und das Kribbeln in ihrem Bauch verstärkte sich. Was hatte er an sich, dass sie so in den Bann zog? Sonst war sie vollkommen immun gegen attraktive Männer. Sie stand mehr auf den Typ Abenteurer, Umweltaktivist und

Baumbesetzer. Deren Aussehen war dann zweitrangig und höchstens die Kirsche auf dem Apfelkuchen.

Er legte ein paar Münzen auf den Tisch. „Wenn du mir dieses Geheimnis verrätst, lade ich dich ein."

Sie musste dringend ins Büro. Sam wartete schon.

„Ja gerne. Ist nicht weit von hier."

13.

„Frau Rosenbaum, ich versuche seit über einer Stunde, Sie zu erreichen! Wo waren Sie denn? Ist was passiert?" Sams sonst weiches, freundliches Gesicht war so angespannt, dass sein Kiefer zu sehen war. „Wir haben noch so viel zu besprechen!"

Mathilda lächelte ihn an, was ihn noch mehr bestürzte.

„Haben Sie Drogen genommen? Nun reden Sie schon!"

„Nein, nichts. Alles ist gut. Worüber wollten wir nochmal sprechen? Ach ja, ich übernachte im Laden."

Sam rang die Hände. „Sie müssen erstmal dort reinkommen. Haben Sie dazu schon eine Idee?"

Sie gab sich einen Ruck und verdrängte die schöne Stunde. „Ja, die habe ich. Ich hab im Laden meine Handtasche fallen lassen. Damit hab ich einen Grund, gleich nochmal hinzugehen und den herausgefallenen Schlüssel zu suchen."

„Ok, Sie haben einen Grund, reinzugehen. Und dann? Was nehmen Sie mit, was haben Sie vor? Uns rennt die Zeit davon. In zwei Stunden schließt Schmelz ab und dann ist die Chance vertan."

Zum Glück kam in dem Moment Gernsheimer ins Büro und Sam beruhigte sich ein bisschen.

„Sie müssen so viel wie möglich fotografieren und filmen. Hier ist eine Bodycam." Gernsheimer sah sie von der Seiten an. „Die tragen Sie die ganze Zeit und wir überwachen die Aufnahmen. Der Ton wird mit übertragen. Hier, den Stecker befestigen Sie am Ohr, damit Sie uns hören. Haben die Fenster Rollos oder andere Möglichkeiten der Verdunkelung?"

Mathilda nickte nachdenklich. „Ja, da sind schwere Vorhänge, die ich zuziehen kann. Licht sollte kein Problem sein. Wie weit zurück soll ich denn die Unterlagen abfotografieren?"

Sam kratzte sich am Kinn. „Ein Jahr würde ich sagen, da ist Frau Funkel gegangen. Das wird ganz schön viel. Aber ich denke mal, das geht schneller, als wenn Sie versuchen, alles zu lesen und nachzuvollziehen. Ihre Qualitäten liegen glaube ich nicht im buchhalterischen Bereich.

Und Sie müssen alles andere absuchen. Irgendwelche Hinweise, Zettel, Lieferscheine, die nicht abgeheftet sind, Dinge, die vielleicht gar nichts mit den Pelzen zu tun haben. Ich vertrau da auf ihren Instinkt. Alles, was Sie langweilt, ist vermutlich legal und nicht das, was wir suchen. Aber das sehen wir dann, wenn Sie drin sind."

Mathilda war sich nicht sicher, ob da ein Kompliment oder eine Beleidigung versteckt war. Es war ihr auch egal, sie hatte gerade eben ein Restchen von dem Tabakduft in der Nase entdeckt, den sie zu jeder anderen Zeit mit einem stinkenden Aschenbecher in Verbindung gebracht hätte und jetzt himmlisch fand.

„Hinter dem Schreibtisch gibt es noch den Safe. Kannst du den auch knacken?"

Mathilda antwortete nicht. Sie war gerade wieder in dem Café.

Gernsheimer sah sie wieder von der Seite an und richtete sich dann auf. Seine Augenbrauen rutschten ein Stück höher. „Ich kenn dich ja noch nicht so lang, Mathilda, aber entweder du hattest einen Joint zum Nachtisch oder du bist verliebt."

Sam stöhnte auf. „Oh nein, ist es Schmelz? Haben Sie sich in Schmelz verliebt? Also da hätte ich Ihnen aber einen besseren Geschmack zugetraut."

„Nein!" Mathilda wurde zum zweiten Mal an diesem Tag rot, was ihrer Empörung eine Menge Schwung nahm. „Schmelz doch nicht."

„Wer dann?" Gernsheimer grinste.

„Worum ging es eben? Ein Safe? Wenn ich sowas knacken könnte, säße ich jetzt in meiner Villa am Meer und nicht hier."

Sam schnaufte. „Wenn er aber was zu verbergen hat, wird er es dort aufbewahren. Also sind die Chancen, auf den Grund des Geldsegens zu stoßen, schon mal sehr vermindert. Bleiben eigentlich nur die ominösen Pakete in seinem Büro."

Mathilda verdrehte die Augen. „Jetzt fangen Sie auch noch damit an."

„Womit?"

„Schon vergessen? Wir haben auch noch einen verschwundenen Mann! Ich kann alles nach seinen Sachen und Spuren absuchen. Wann bekommen wir eigentlich die Ergebnisse der Blutuntersuchungen?"

„Oh, die hatte ich ganz vergessen. Das Blut ist weder von Herrn oder Frau Funkel, der ich selbst eine Probe abnehmen durfte, noch von Schmelz oder der Kürschnerin."

Gernsheimer und Mathilda starrten ihn an. „Das sagen Sie uns jetzt erst?"

„Also echt Sam. Damit hättest du auch früher rausrücken können. Das ist doch wichtig!" Gernsheimer schüttelte den Kopf.

„Tut mir leid, ich war so erregt, weil Frau Rosenbaum nicht auftauchte. Zurück zu unserem Vorhaben. Ich hab Ihnen da mal was zusammengestellt."

Mathilda ließ sich stöhnend zurücksinken. „Was haben die Drei Fragezeichen dazu empfohlen?"

„Ja, ich habe die Fachliteratur zurate gezogen. Den Spott können Sie sich schenken. Ich hätte hier einen kleinen Bohrer mit Diamant-Bohrspitzen, falls sie irgendwo nicht reinkommen und ihr eigenes Dietrich-Set versagt. Eine selbst stehende Akkuleuchte mit drehbarem Kopf, eine Endoskop-Kamera, damit Sie überall rein und hinter schauen können. Wir installieren im Hof und vor der Tür Bewegungskameras, um Sie rechtzeitig warnen zu können, sollte jemand kommen."

„Wer soll denn da kommen? Die Putzfrau kommt samstags nicht." Mathilda sah ihn verständnislos an.

„Was weiß ich denn? Ein Einbrecher vielleicht! Oder noch schlimmer: Die Polizei! Mein Gott, das ist schon wieder alles so illegal."

Gernsheimer tätschelte seine Hand und rutschte dann von seinem Stuhl. „Ich würde gern mit dir nach Hause fahren, wenn du deine Sachen holst. Beim letzten Mal hab ich meinen Glücksbringer bei euch liegen lassen."

Er hatte nichts liegen lassen. Das war allen im Raum klar. Er wollte Ulla sehen. Das war ebenfalls allen klar. Aber keiner sagte etwas. Mathilda machte sich kurz darüber Gedanken, dass ihre Freundin ihre guten Vorsätze vergessen haben könnte und sie sie in einer schlüpfrigen Situation antrafen. Dann müssten einige Beteiligte improvisieren.

Gernsheimers schwang sich routiniert auf den erhöhten Sitz seines Autos, wie ein Bauer auf seinen Traktor und Mathilda stieg in ihren Smart.

Vor der Haustür trafen sie sich wieder.

„Wie fühlst du dich? Hast du Angst?" Robert wartete darauf, dass sie aufschloss.

„Vor der Übernachtung? Nein. Was soll da passieren?" Sie gingen in den Flur. „Ich hab Angst vor dem, was ich finden könnte. Teile von dem Türsteher oder irgendwas anderes Gruseliges. Die haben ja alle drei einen Knall."

„Womit rechnest du denn?"

„Ich weiß es nicht. Da muss irgendwas sein, was einen Mord rechtfertigt. Aber ich hab nicht die geringste Ahnung, was das sein könnte."

Ulla war anscheinend nicht zu Hause und Robert fuhr ein wenig enttäuscht wieder ins Büro zu Sam zurück, um mit ihm Mathilda bei ihrer Mission beobachten zu können. Den Glücksbringer hatte er ganz vergessen.

14.

Mathilda ging in ihr Zimmer und packte ihre Tasche. Neben den Sachen, die Sam ihr mitgegeben hatte, konnte sie nicht viel mitnehmen. Die Dietriche, die ihr Vater in seiner Funktion als Polizist mal von einem Spitzeneinbrecher geschenkt bekommen hatte, eine Flasche Wasser, ein paar Snacks, das musste reichen. Handy und Ladekabel noch. Schließlich hatte sie heute zum ersten Mal seit fast zwei Jahren ihre Nummer weitergegeben. Kurz nach fünf, sie musste sich beeilen.

Sie parkte in einer Seitenstraße in einiger Entfernung zum Laden. Ohne die hohen Schuhe genoss sie den Weg dorthin und kam gerade an, als Irene gehen wollte. „Du wieder hier? Hast du was vergessen?"

Mathilda schlüpfte an ihr vorbei. „Ja, ich hab hier irgendwo meine Schlüssel verloren. Bis morgen dann."

„Warte, ich helf dir suchen. Wollen wir draußen noch was zusammen trinken gehen?" Die Kürschnerin lächelte so freundlich, dass es Mathilda richtig leidtat, ihr absagen zu müssen.

„Nein danke, ich geh gleich wieder nach Hause. Ein anderes Mal gerne." Sie drehte sich um und ging sofort

Richtung Aufenthaltsraum. Hinter sich hörte sie die Tür zufallen und atmete auf. Jetzt noch Schmelz.

„Hallo Herr Schmelz, ich hab meine Schlüssel hier irgendwo verloren. Übrigens lungert da draußen irgend so ein komischer Typ rum. Sie können ihn durch das Schaufenster sehen!"

Schmelz rannte nach vorn und sah sich um. „Da ist niemand. Sind Sie sicher?"

„Dann hab ich mich geirrt. Ich geh hinten raus! Bis morgen!" Sie öffnete die schwere Hintertür und ließ sie mit einem Knall wieder zufallen. Dann huschte sie in den Keller. Fünf vor sechs. In ein paar Minuten würde Schmelz den Laden abschließen und nach Hause gehen.

Unten setzte sie sich auf die Treppe und wartete, lauschte den Geräuschen oben. Schritte, Schneuzen, leises unmelodisches Summen, eine Tür, Plätschern, Wasserrauschen.

Und dann ging das Licht über der Kellertreppe an.

Panisch sah Mathilda sich um. Schmelz kam langsam runter. Ahnte er etwas? Hatte er sie gehört? In einem Sekundenbruchteil erfasste sie den Raum. Null Chance, sich zu verstecken. Außer – außer in einem der Kühlschränke.

Ohne nachzudenken, öffnete sie den ersten und lehnte die Tür hinter sich an.

Keine Sekunde zu spät. Schritte näherten sich, der andere Kühlschrank wurde geöffnet. Schmelz holte etwas raus, schlug die Tür zu und dann ...

Ein unwirsches Grunzen. Er musste gesehen haben, dass die Tür offen stand. Er drückte die Tür zu. Mathilda blieb fast das Herz stehen.

Gedämpft hörte sie, wie seine Schritte sich entfernten. Dann war es still, so still, dass sie ihren leise pfeifenden Atem hören konnte. Ihre Kehle wurde immer enger und ihre Augen weiteten sich. Die Schränke waren absolut dicht. Luftdicht.

Wie lange würde der Sauerstoff reichen? Nicht bis zum nächsten Morgen. Bis dahin wäre sie tot. Panisch stemmte sich mit aller Kraft gegen die Tür und schrie so laut, wie nie zuvor in ihrem Leben. Aber niemand hörte sie.

Die Pelze kitzelten im Gesicht, sie bekam eine Gänsehaut von der Kälte, die langsam ihre dünne Kleidung durchdrang. Augen schließen, Atemübungen, durch die Nase tief einatmen, durch den Mund ausatmen, eine Hand auf die Brust und fühlen, dass die Lungen leer sind. Dann wieder langsam und tief einatmen.

Nach und nach bekam sie sich in den Griff und konnte denken. Die Bodycam. Vorsichtig, um nichts zu verlieren, tastete sie in ihrer Umhängetasche nach dem Gerät, das auch Sprache übertragen sollte und nach dem Ohrknopf, mit dem sie Sams und Gernsheimer Stimmen hören konnte. Nichts. Nur Rauschen.

Weiter tief ein- und ausatmen. Langsam. Ihr Handy. Warum war sie nicht eher darauf gekommen? Damit hatte sie wenigstens Licht. Aber ein Blick sagte ihr, sie hatte keinen Empfang. Sie beleuchtete mit dem Handy die Tür von innen. Schwarze Dichtungen, aber kein Schloss. Noch einmal warf sie sich dagegen, mit aller Kraft.

Schwer atmend sank sie zurück. Ihre Mutter hatte ihr erzählt, dass früher Kinder, die auf dem Sperrmüll einen Kühlschrank fanden und sich darin versteckten, erstickten. Und sie hatte ihr gesagt, dass seitdem die Kühlschränke nur noch mit Magneten zugehalten wurden, damit es nicht mehr zu solchen Unfällen kommen konnte.

Sie stemmte die Beine an die hintere Wand des Schranks, und ihren Rücken gegen die Tür. Dann drückte sie sich mit ihrem ganzen Gewicht dagegen.

Die Tür flog auf, sie landete auf ihrem Hinterteil und stieß sich den Kopf, aber sie war frei. Einen Moment blieb sie liegen, mit zitternden Beinen und versuchte, ihre aufsteigende Übelkeit niederzukämpfen.

Sie rappelte sich auf und wankte nach oben. Hier hatten auch die Kamera und der Knopf in ihrem Ohr wieder Empfang.

„Frau Rosenbaum? Sind Sie das? Ich höre etwas, Robert, hier schau mal da bewegt sich was! Frau Rosenbaum?"

„Jaja, ich lebe noch. Beruhigen Sie sich." Sie ging in den Aufenthaltsraum und ließ sich auf einen der Stühle sinken.

„Mathilda? Alles in Ordnung?" Gernsheimers ruhige Stimme klang besorgt.

„Nicht ganz …" Sie schilderte kurz, was in der letzten Stunde passiert war.

„Haben Sie denn im Physikunterricht nicht aufgepasst? Durch die niedrigere Temperatur im Schrank bildet sich Unterdruck. Da die Dichtungen mit Sicherheit nicht ganz schließen, lässt der Druck nach ein paar Minuten nach, und die Tür wäre ganz leicht zu öffnen gewesen. Kein Grund, in Panik zu verfallen." Sam hörte sich genervt an.

„Gehts noch? Funkel sagte, ich würde da drin ersticken! Und niemand würde mich hören!"

„Wie ungeschickt."

Mathilda horchte auf. „Wessen Stimme ist das? Wer ist denn noch da?"

„Meine Klientin ist anwesend. Sie kann am besten beurteilen, was auffällig ist. Das tut mir leid Mathilda, was dir passiert ist. Brauchst du erstmal eine Pause?"

„Nein geht schon wieder. Guten Abend Frau Funkel."

„Jaja, guten Abend! Jetzt gehen Sie schon in das Büro! Ich will wissen, was in den Kisten ist."

Die Kisten! Sofort hatte Mathilda wieder frische Energie. Sie stand auf und ging rüber. Die Tür war zwar abgeschlossen, aber das Schloss so alt, dass sie es auch mit einer Mandarine hätte knacken können.

„Und?"

„Und?"

„Und?"

Mathilda schloss die Vorhänge und schaltete das Licht an. Nichts. Sie ging um den Schreibtisch herum, öffnete sämtliche Schranktüren, krabbelte über den Teppich und sah unter die Möbelstücke und hinter die Vorhänge. Nur zwei Kisten lagen auf dem Boden und beide waren leer.

Sie stand da, mit hängenden Armen, so enttäuscht wie ein Kind das vom Osterhasen vergessen worden war.

„Kein und. Nichts da. Nur zwei, die leer sind. Was auch immer da drin war, Schmelz muss die anderen schon weggebracht haben. Funkel war ja nicht mehr da."

„Bringen Sie trotzdem eine der beiden mit. Vielleicht finde ich ja unter dem Mikroskop Spuren." Sam klang resigniert.

„Was ist mit dem Safe hinter meinem Porträt?" Inges nörgelige Stimme biss sie ins Ohr.

„Da hängt kein Bild von Ihnen, nur ein gerahmtes Schwarz-Weiß-Foto von Ihrem Ex-Mann mit ein paar Leuten drauf." Sie schwenkte die Bodycam darauf.

„Ach der Opernball 94, ja das war ein rauschendes Fest. Wen wir da alles kennen gelernt haben! Links, das ist übrigens, wartet, wie hieß der noch gleich? Dieser Politiker. Ganz große Nummer ..."

„Das ist jetzt egal, Inge. Mathilda, kannst du das Bild abhängen?"

„Ja, der Safe ist dahinter, aber was bringt uns das? Ich sagte doch, dass ich ihn nicht öffnen kann."

„Schon gut. Kein Problem. Was sehen Sie noch, Frau Rosenbaum?" Sam klang aufmunternd.

„Der Laptop fehlt. Das hat er auch mitgenommen."

„Das ist schade, aber weiter. Wir sollten jetzt nicht aufgeben." Gernsheimer meldete sich zu Wort. „Die Kassenbücher und Ordner. Halt einfach die Kamera darüber und blätter langsam durch. Wir sagen dir, was du fotografieren sollst."

Dieser ermüdende Prozess zog sich über fast zwei Stunden hin. Ihre Arme schmerzten und ihre Motivation war am Boden. „Jetzt brauch ich doch mal eine Pause und schalte für eine Weile aus."

„Meinetwegen! Robert, Frau Funkel, wollen wir was essen gehen?" Sam klang wieder gut gelaunt.

Mathilda ließ sich in Funkels bequemem Ledersessel nieder, nahm den Knopf aus dem Ohr und schaltete die Bodycam ab. Ihr Handy zeigte weder eine Nachricht und noch einen entgangenen Anruf an. So schnell hatte sie damit aber auch nicht gerechnet. Sie rief Ulla an.

„Tildchen, wie gehts dir? Alles ok?"

Sie schilderte kurz ihr Martyrium im Kühlschrank und kam dann auf das wesentliche Ereignis des Tages zu sprechen. „Halt dich fest, oder setz dich besser. Rate mal, was passiert ist. Nein, nicht raten, ich sag's dir. Ich hab jemanden kennen gelernt. Hier im Laden, kannst du dir das vorstellen? Ich dachte, hier kommen nur Idioten und alte Schachteln rein. Und dann kam kurz vor Feierabend ein Traumtyp!"

„Moment!" Ulla raschelte im Hintergrund. „So, jetzt sitz ich auf dem Sofa und hab ein Glas Wein. Details bitte! Alle!"

„Er heißt Peter und wollte zu Funkel. Warum, hat er mir nicht verraten, aber er meinte, ich pass nicht in den Laden und fand's hier ziemlich schrecklich. Ulla, der Kerl ist einfach der Hammer. Total witzig und komplett auf meiner Wellenlänge. Er hat ein Kompass-Tattoo und ein Datum, das irgendwie mit seiner Familie zusammenhängt. Sieht ein bisschen aus wie Brad Pitt, bevor er von Angelina abserviert wurde."

„Echt? Siehst du ihn wieder?"

„Wir waren heute Nachmittag zusammen Kaffeetrinken. Jetzt hat er meine Nummer. Mal sehen, was das wird."

„Der ruft an. Aber erst in ein paar Tagen. Das gehört zum Coolsein dazu. Aber ich freu mich für dich! Wann hattest du das letzte Mal Sex? Lass mal überlegen, das ist doch bestimmt schon zwei Jahre her."

„Ulla! Wir waren Kaffeetrinken. Mehr erstmal nicht. Und seine Hände! Ich hoffe, er ruft an." Sie zog gedankenverloren die Schubladen von Funkels Schreibtisch auf.

Plötzlich hielt sie inne. Ein Kugelschreiber mit dem Aufdruck der Spielbank. An was erinnerte sie das nur? „Ulla, ich hab hier was gefunden."

„Was denn? Etwa den Türsteher?"

„Nein, aber einen Kuli mit Aufdruck der Spielbank. Da hatte er doch zum Schluss gearbeitet. Ich ruf dich später wieder an."

Der Kuli konnte natürlich auch von einem Besuch Funkels stammen, aber nach Angaben seiner Gattin ging er dort nicht so gern hin wie sie. Mathilda versuchte, Sam und Robert zu erreichen. Dabei tastete sie mit der Hand weiter in der Schublade herum.

„Frau Rosenbaum, was gibt es?"

Sie erzählte von ihrem Fund.

„Hm, das könnte interessant sein. Wir essen noch fertig, dann gehen wir ins Büro und schauen uns die Aufnahmen an."

Mathilda wühlte sich durch weitere Schubladen und Schränke, machte aber immer erst ein Foto, um den Ursprungszustand wiederherstellen zu können.

Das Trio war zurück im Büro und hatte sich das Essen einpacken lassen, was Frau Funkel hörbar missfiel.

„War das wirklich nötig? Wegen eines Kulis von diesem Versager? Ja, der könnte von ihm sein. Heribert hatte bestimmt keinen von dort und ich selbst schreibe nur mit Schreibgeräten von Cartier."

Mathilda schwieg dazu und schickte die Bilder der Schubladen- und Schrankinhalte. Dann blätterte sie einen Stapel Notizzettel durch.

„Interessant, aber nein, nichts Aufregendes. Dass er bei diesem Lieferanten wieder bestellt, erstaunt mich. Viel zu teuer. Aber seine Sache. Nein, nichts dabei."

Eine kleine Schublade war abgeschlossen, hielt aber Mathildas Profiwerkzeug nicht stand. Hier fanden sich zwei Visitenkarten von Escort-Services, ein Rezept für ein Antidepressivum, ein Flachmann mit einem kleinen Rest Weinbrand und Fotos von verschiedenen Damen in den unterschiedlichsten Phasen der Entkleidung, alle mit himmelhohen Highheels, einige in Chinchillabodys.

Gnadenlos hielt Mathilda die Bodycam darauf, damit die Bilder ins Büro übertragen wurden. Auf einem war Bruno Krapp zu sehen, wie Gott ihn schuf, nur notdürftig bedeckt von einer Champagnerflasche vor den Weichteilen. Und nicht zu vergessen das, auf dem Funkel selbst mitposierte. Nackt und deutlich aktionswillig.

„Es ist jetzt gut, Frau Rosenbaum, wir wissen nun, was in dieser Schublade liegt. Warten Sie, Frau Funkel, ich bringe Ihnen ein Glas Wasser." Sie konnte Sams tadelnden Blick direkt vor sich sehen und grinste.

„Weiter geht's, ich schau mal, welche die letzten Nummern im Telefonspeicher sind." Sie nahm das Festnetztelefon und wollte schon anfangen, die Liste anzeigen zu lassen.

„Frau Funkel ist jetzt im Bad. Hören Sie auf zu lachen, wenn Sie reden, man hört ihnen die Freude zu deutlich an. Also reißen Sie sich zusammen." Sam klang ziemlich sauer. Im Hintergrund konnte sie Gernsheimer kichern hören.

„Ah, da sind Sie ja wieder. Schauen Sie doch mal, ob Sie was mit den Telefonnummern anfangen können." Inge war wieder zurück.

Die meisten waren mit einem Namen versehen und unauffällig, die des Bankers tauchte ein paar Mal auf, andere Kunden, Lieferanten, Krapp, vor allem der Betrieb in Rumänien, der die Muffs herstellte, und etwas zurückliegend die eines der Escort-Services.

„Der Sack vervögelt mein Geld im Puff!" Inge Funkels schrille Stimme drang an Mathildas Ohr.

Als Nächstes war die Werkstatt dran. Inge Funkel war vor allem an den neuen Modellen und der Verarbeitung interessiert, die sie vernichtend kritisierte, obwohl selbst für Laien ersichtlich war, dass daran nichts auszusetzen war.

Mathilda zog jede einzelne Kiste aus den Regalen und durchsuchte sie. Dann krabbelte sie unter die Tische, um zu sehen, was dort noch versteckt war. Fellreste, eine Spielzeugmaus der Nachbarskatze und … direkt vor einer unbeschrifteten Kiste eine dicke fette Spinne.

Vor Schreck stieß sie sich den Kopf und schoss rückwärts unter dem Tisch raus.

„Was ist denn jetzt schon wieder? Haben Sie eine Leiche gefunden?" Inges nörgelnde Stimme.

„Nichts, gar nichts." Sie holte sich einen Besen und näherte sich dem achtbeinigen Monster. „Schuhschuh, geh zur Seite, hau ab."

„Mathilda, wer ist da?"

Ihr Mund war so trocken, als hätte sie einen Löffel Mehl gegessen. „Nichts, eine ... nur eine Spinne."

Vorsichtig legte sie die Borsten des Besens auf das Tier und schob es aus dem Raum, jederzeit bereit auf den nächsten Tisch zu springen, sollte es sich befreien und angreifen. Danach fühlte sie sich ähnlich ausgelaugt, wie nach dem Aufenthalt im Kühlschrank.

Zitternd krabbelte sie erneut unter den Tisch, immer Ausschau nach Familienmitgliedern der ausgelagerten Spinne haltend und öffnete die letzte Kiste. Aber auch in dieser war nichts von Bedeutung.

„Das Unternehmen ist gescheitert. Was für eine Zeitverschwendung." Inge Funkel konnte froh sein, dass sie nicht in Mathildas Reichweite war.

„Das stimmt nicht ganz. Wir wissen jetzt, dank Frau Rosenbaums Einsatz, dass der Ursprung des Vermögens nicht in den Büchern zu finden ist. Wir können schon sehr viel ausschließen." Sam bemühte sich, Contenance zu wahren, was ihm aber hörbar schwerfiel.

„Wie lang soll das denn noch dauern? Ich hatte mir von dieser Maskerade mehr versprochen!" Inge klang höchst ungeduldig.

„Inge, mir reichts bald." Gernsheimer war deutlich verärgert. „Hast du noch einen konstruktiven Beitrag? Ansonsten würde ich sagen, wir gehen jetzt. Und ich bedanke mich bei euch, vor allem bei dir, Mathilda, für deinen Einsatz. Überragende Leistung! Los jetzt."

Sie hörte noch Türenschlagen und dann leises Rascheln. „Ich hatte auch auf mehr Ergebnisse gehofft. Nicht von Ihnen, Frau Rosenbaum. Aber ich bin enttäuscht, wegen der leeren Kisten. Haben Sie schon eine Idee, wie wir weitermachen sollen? Mir fällt im Moment nichts ein." Sam klang niedergeschlagen.

Mathilda stützte ihren Kopf auf die Hände. „Nein, keine Ahnung. Ich bin jetzt auch müde und sauer auf diese blöde Tussi. Aber der Kuli und der Blutfleck sind doch schon mal ein Hinweis, dass Alex womöglich hier war. Ich muss mir mal Irene und den Schmelz vorknöpfen. Aber nicht mehr heute. Gute Nacht."

15.

Um sieben Uhr weckte sie das Handy mit einem kernigen Jodler, was sie so unerträglich fand, dass ihr Adrenalinspiegel gleich auf hundert war und es ihr leicht fiel aufzustehen. Durchgefroren und mit schmerzenden Knochen stand sie vom Sessel in Funkels Büro auf. Sie fühlte sich erschöpft und niedergeschlagen. Die fiese Inge hatte recht. Die Aktion hatte nicht viel gebracht.

Ein Blick aufs Handy: noch keine Nachricht. Natürlich nicht. Viel zu früh.

Sie schaltete die Bodycam und den Knopf im Ohr wieder ein. „Herr Schulz, sind Sie schon da?"

„Natürlich." Seine Stimme klang ein wenig belegt, vermutlich hatte er im Büro geschlafen. „Irgendwelche Besonderheiten?"

„Nein, ich mach jetzt hier alles fertig und seh zu, dass ich verschwinde, sobald Schmelz kommt."

Draußen war es bereits hell und sie musste sich ein Versteck in der Nähe des Eingangs suchen, bis Schmelz den Laden aufschloss. Doch erst ging sie noch einmal durch alle Räume, um sich zu vergewissern, dass es wieder aussah, wie vorher. Dann packte sie eine der beiden leeren Kisten aus Funkels Büro in ihre Umhängetasche.

Beinahe wäre sie hinter den bodentief hängenden Mänteln wieder eingeschlafen, als die Tür aufgeschlossen wurde und jemand hereinkam. Sie beobachtete durch die Kleidungsstücke, wie Schmelz um die Ecke in den Aufenthaltsbereich ging, dann sprang sie auf, rannte raus und kam sofort wieder rein. Schmelz war augenblicklich zur Stelle, als die Tür hinter ihr zufiel. „Da sind sie ja schon. Wie sehen Sie denn aus?"

Erster Denkfehler. Sie war nicht umgezogen und ungeschminkt.

„Sagen Sie ihm, dass sie krank sind." Sams Stimme in ihrem Ohr.

„Ich wollte mich krank melden. Hab mir wohl irgendwas eingefangen." Sie sackte in sich zusammen und bemühte sich um einen leidenden Blick.

Schmelz verdrehte die Augen. „Warum rufen Sie dann nicht an? Gehen Sie mir vom Leib, sonst bekomm ich das auch noch."

„Mein Hausarzt ist hier in der Nähe, da dachte ich, ich komm kurz vorbei. Bis Montag Herr Schmelz." Mit hängenden Schultern schlurfte sie zur Tür.

„Na dann gute Besserung."

Sie war noch nicht ganz draußen, als ein Schrei von Schmelz ertönte. Er stand in der Bürotür von Funkel und sah sie entsetzt an.

Zweiter Denkfehler. Sie hatte die Tür zwar auf, aber nicht mehr abgeschlossen.

„Wir sind überfallen worden!"

„Oh Gott, was haben Sie gemacht? Haben Sie was vergessen?" Sam irritierte sie und sie ließ den Knopf unauffällig in ihrer Jackentasche verschwinden.

Dann ging sie wieder zurück. „Wirklich? Hier fehlt doch gar nichts."

„Aber die Bürotür steht offen, ich hab sie gestern abgeschlossen. Jemand war hier." Schmelz Augen waren aufgerissen und Schweiß bedeckte seine Stirn.

„Unsinn, Sie dachten, Sie hätten abgeschlossen. Wahrscheinlich mussten Sie nochmal rein und haben es dann vergessen. Passiert jedem mal."

„Meinen Sie?"

„Ganz sicher. Wurde denn irgendwas verändert? Oder genommen?"

„Nein, nichts. Moment, doch." Er starrte auf den Boden und machte ein Geräusch wie einen Schluckauf. „Eine der Kisten fehlt."

„Welche Kisten? Die mit den Muffs? Die sind doch alle im Keller und im Atelier."

„Nein, ein paar ... zwei waren auch hier. Und ... egal. gehen Sie nach Hause ins Bett und trinken Sie viel."

Mathilda drängte sich an ihm vorbei ins Büro und hob die übrig gebliebene Kiste auf. „Die ist ja leer, Herr Schmelz, Sie haben recht! Der Muff wurde gestohlen!"

„Nein. Ach Frau Rose, jetzt gehen Sie endlich. Es wurde kein Muff gestohlen. Es ist alles in Ordnung, ich habe mich geirrt." Er sah um sich, als ob er erwartete, dass eine schwer bewaffnete Straßengang aus den Ecken käme. Seine Worte waren nicht sehr überzeugend.

„Ja möchten Sie denn nicht die Polizei rufen?"

„Nein!" Sein Ton war schrill und die Unterlippe zitterte.

„Herr Schmelz, ich glaube, Sie sind auch krank. Wollen Sie nicht auch lieber gehen? Irene kann doch die Stellung halten."

„Frau Rose, wenn Sie nicht auf der Stelle verschwinden, wende ich Gewalt an. Ich bin nicht krank und ich werde das Geschäft nicht im Stich lassen. Bis Montag."

Er blieb neben der Tür stehen, bis sie draußen war.

Mathilda ging zu ihrem Auto und steckte sich noch im Gehen den Knopf zurück ins Ohr. „Haben Sie das mitgehört? Ist das nicht der Knaller?"

„Natürlich! Haben Sie mich denn nicht mehr gehört? Sie bringen mich noch ins Grab!"

„Sie haben mich nervös gemacht mit ihrem Gerede, da kann ich nicht improvisieren. Also, was sagen Sie?"

„Ja, sehr verdächtig. Fahren Sie doch nach Hause, ich komme mit Robert auch dorthin, dann können wir noch reden, bevor Sie sich die wohlverdiente Ruhe gönnen."

Mathilda grinste. Gernsheimer nahm jede Chance wahr, sich Ulla zu nähern.

Ein Blick aufs Handy: immer noch keine Nachricht. Natürlich nicht. Immer noch zu früh.

Zu Hause angekommen, erwartete Ulla sie bereits mit einem üppigen Frühstück und glänzenden Augen. Sie hatte den Tisch auf der Terrasse gedeckt, mit dem guten englischen Geschirr, den obligatorischen Scones und zur Feier des Tages Brötchen und Croissants für die Gäste, die noch kamen. „Na? Hat Peter sich schon gemeldet?"

Mathilda griff nach einem Scone. „Nein, ist doch viel zu früh. Im Moment bin ich hormonell auf Eis gelegt. Hab Fotos gefunden, auf denen Funkel und sein Kumpel Bruno nackt waren. Und Schmelz dreht am Rad."

Sie erzählte kurz, was sie in der Nacht und am Morgen erlebt hatte, da klopfte es auch schon und Sam kam. Er begrüßte Ulla mit Wangenküsschen auf beiden Seiten, was Cornelia bestimmt nicht sehen durfte, und wünschte

Mathilda einen guten Morgen. Dann ließ er sich draußen nieder und sah sich mit einem Blick um, der dem von Charles, der mit tropfender Nase unterm Tisch saß, sehr ähnelte.

„Von dieser ganzen Fleischlosigkeit habe ich übrigens erhebliche Verdauungsbeschwerden, Frau Rosenbaum. Das ist nicht lustig. Ich habe schon davon geträumt, in eine Kuh zu beißen. Auf der Weide. Sie war köstlich."

Kurz darauf kam Gernsheimer mit einer einzelnen violetten Rose, küsste Ulla die Hand und ging dann nach draußen zum Tisch. Ulla stand perplex mit der Blume vor der Küchenzeile und sah ihm mit offenem Mund hinterher.

„Hatte ich eigentlich erwähnt, dass meine Vorfahren mit den Windsors verwandt sind? Mein Ur-Ur-Großvater mütterlicherseits war ein Cousin des damaligen Königs." Robert setzte sich und begutachtete mit Kennerblick den Stempel seines Tellers. Dann sah er Mathilda an. „Sam hat mir schon vom heutigen Morgen erzählt. Das ist ja faszinierend! Jetzt ist die Frage, ob die Kisten mit dem Geldsegen oder dem Mord zu tun haben. Oder mit beidem. Was glaubst du?" Er nahm sich einen Scone und biss hinein. Sam machte es ihm augenblicklich nach.

Ulla stand immer noch vor der Küchenzeile und sah von Robert zum Porträt der Queen, das an der Wand neben dem Esstisch hing, und wieder zurück.

Mathilda bückte sich und hob die mitgenommene Kiste auf den Tisch. „Hier Herr Schulz, die sollten Sie dringend untersuchen. Es muss irgendwas sehr Verbotenes gewesen sein, was da drin war. Sonst hätte er nicht so dermaßen heftig reagiert. Er war nicht sauer oder erschrocken. Wenn es nur um Geld ginge, würde er so reagieren wie die Börsenfuzzis, wenn der Dax sinkt. Nein, es war blanke Angst, wie vor einer Zombieapokalypse oder der Mafia."

Gernsheimer sah auf. „Mafia? Könnte das unser Stichwort sein? Das passt zu Geld, zu verschwundenen Toten und zu Angst."

Mathilda nickte langsam. „Ich frag mal meinen Bruder, ob es da im Moment Aktivitäten hier im Umkreis gibt. Er ist ein Cop und sollte das eigentlich wissen."

Sie ging an der immer noch perplex in der Gegend stehenden Ulla vorbei ins Wohnzimmer und wartete, ob ihr Bruder mit ihr reden würde. Als Polizist in der dritten Generation betrachtete er Privatdetektive als überflüssig, stümperhaft und oft genug hinderlich. Als Bruder, den sie einmal in Notwehr erpresst hatte, hielt er sie für arrogant und dumm. Die Chancen standen nicht gut.

„Was willst du? Ich hatte Nachtschicht." Ok, immerhin war er drangegangen.

„Guten Morgen! Wie geht's dir?"

„Lass das Gesäusel. Sag mir, was du willst, oder ich leg wieder auf."

„Ok, ist ja schon gut. Sag mal, weißt du, ob die Mafia hier irgendwo aktiv ist?"

„Welche? Russische? Italienische? Albanische? Arabische? Chinesische? Die Antwort ist: Ja, alle. Steckst du wieder in Schwierigkeiten?"

„Nein, nicht wirklich. Erpressen die deutsche Einzelhändler?"

„Kommt drauf an, was der deutsche Einzelhändler verkauft. Wenn es Frauen, Waffen oder Drogen sind, dann ja, sonst eher nicht. Jetzt sag schon. Worum geht es?"

„Um einen Ladenbesitzer, der plötzlich viel Geld hat und sich komisch benimmt."

„Dann such mal nach Frauen, Waffen oder Drogen bei ihm."

„Nein … ach egal. Danke jedenfalls. Schlaf gut."

Sie ging wieder raus und schüttelte den Kopf. „Wohl eher nicht. Nur wenn er mit Waffen, Drogen oder Frauen handelt. Waffen höchstens das alte Zeug, Frauen wenn, dann nur der Banker. Blieben nur die Drogen. Aber bei dem Publikum?"

Ihr Handy miaute, eine Nachricht war angekommen. „Moment ... oh." Sie lächelte, so breit es die Konturen ihres Gesichts zuließen. Was sie sah, waren Koordinaten und das Foto eines Doppeleisbechers. „Ich muss los, bis später."

Sam sah ihr nur mit offenem Mund hinterher, wie sie rein und die Treppe hochlief. Sie hörte Gernsheimer noch lachen. „Also hatte ich recht. Sam lass gut sein, das sollte dir doch nicht fremd sein."

Als sie geduscht und umgezogen wieder runter kam, diskutierten sie immer noch über die Kisten und sahen sich am Laptop die Aufzeichnungen der Bodycam an. Ulla beteiligte sich an den Überlegungen, kam dann aber zu ihr und zog sie zur Seite. „Hast du das gehört? Er ist mit den Windsors verwandt!" Sie strahlte begeistert und räusperte sich dann. „Das eben war Peter, richtig? Wo geht's hin?"

„Eis essen. Wie seh ich aus?"

Ulla steckte ihr heimlich zwei Kondome in die Hosentasche. „So umwerfend, dass du die hier brauchen könntest. Pass auf dich auf, du kennst ihn nicht."

„Das kann man ändern." Sie zur Terrassentür. „Robert? Kann ich morgen zu der Feier auf deiner Burg jemanden mitbringen?"

Gernsheimer drehte sich um. „Aber selbstverständlich, es wäre mir eine Freude! Komm mit Ulla rechtzeitig und wir werden euch einkleiden, dass dem Herrn die Augen übergehen. Es handelt sich doch um einen Herrn oder?"

„Herr würde ich jetzt nicht sagen, aber ein Mann. Typ Robin Hood! Die Hollywood-Version."

16.

Sie kannte das Eiscafé, es war eines der besten der Stadt, vor allem unschlagbar in seiner Auswahl mit fünfundachzig Sorten, darunter auch welchen, deren Verzehr beliebte Mutproben bei Pubertierenden waren.

Er saß an einem Tisch am Rand vor dem Café, die langen Beine ausgestreckt, eine dünne Zigarre vor sich im Aschenbecher und einen Espresso in der schönen und vor allem ringlosen Hand. Eine Zeitung vor dem Gesicht verbarg ihm, dass sie näher kam, bis sie direkt vor ihm stand. Sein Handy lag unbeachtet auf dem Tisch.

„Gute Wahl für einen Samstagvormittag."

Langsam ließ er die Zeitung sinken und lächelte sie an. „Ja, das dachte ich mir. Auf der Website mit den Tipps fürs erste Date standen noch Puzzeln, Töpfern und der Besuch einer Karaoke Bar. Aber das war mir alles zu wild."

Sie lachte, setzte sich ihm gegenüber auf den ebenso hübschen wie unbequemen Stuhl. „Hast du schon die Eiskarte gesehen? Für die muss man ganz schön charakterfest sein, sonst wird man von den vielen Sorten völlig überfordert und isst am Ende gar nichts, weil man sich nicht entscheiden kann."

Er legte den Kopf schräg und studierte die Karte. „Oder man isst zu viel. Meinst du, acht Kugeln sind vor dem Frühstück zu schaffen?"

Sie plauderten in der Sonne, aßen viel zu viel Eis und fütterten sich gegenseitig mit ihren Sorten. Dabei sahen sie sich über ihre Löffel hinweg tief in die Augen und Mathilda verspürte erneut das lange vermisste Kribbeln im Bauch.

„Was hast du gestern noch gemacht?" Interessiert sah er sie an.

Das konnte sie ihm schlecht erzählen, also wandelte sie die Geschichte mit dem Eingesperrtsein im Schrank ein bisschen ab.

„Du warst im Kühlschrank eingesperrt? Oh Gott." Sein Entsetzten war nicht gespielt. Er richtete sich auf und holte tief Luft.

„Ja, Funkel hatte mich gewarnt. Mich könnte niemand hören und man könnte ersticken."

Schweißtröpfchen bildeten sich auf seiner Stirn und sein Atem ging etwas schneller. Eindeutig ein Klaustrophobiker.

„Alles ok mit dir? Ich bin ja hier, nichts passiert. Man kann die Dinger nach ein paar Minuten wieder aufdrücken."

Er nickte und nahm einen Schluck von seinem Espresso. „Alles ok. Ich hab nur ein Problem mit engen Räumen. So eine Erzählung reicht da schon. Aber du hast recht, du bist wieder da und es ist nichts passiert. Außer, dass du jetzt eine Geschichte hast, mit der du ahnungslose Mitmenschen in Angst und Schrecken versetzen kannst."

Nach und nach beruhigte er sich wieder und das entspannte Lächeln kehrte zurück. „Würdest du mir noch ein bisschen die Stadt zeigen?"

„Klar, wo wohnst du eigentlich?"

„Im Moment in einer Pension, die bei Tripadvisor als „abenteuerlich" beschrieben wurde. Damit meinten die wohl vor allem die Matratze und das Frühstück. Ansonsten in Bielefeld, was sehr viel spannender klingt, als es tatsächlich ist." Er zahlte und sie schlenderten über die Einkaufsstraße und dann am Flussufer entlang. Kinder, Hunde, Gänse, Radfahrer, ein lebendiges Durcheinander, aber Mathilda nahm es nicht wahr.

„Und was machst du so, wenn du nicht Funkel suchst?" Sie wich einem Radfahrer aus.

„Gute Frage. Was würde zu mir passen?"

Sie sah ihn prüfend an und überlegte. „Hm. Eigentlich würde ich sagen Surflehrer oder Astronaut, aber da sind die Chancen in Bielefeld wohl eher begrenzt."

Er schüttelte den Kopf. „Alles falsch. Denk mal an was weniger Cooles. Würdest du weiter mit mir spazieren gehen, wenn ich Metzger wäre?"

Mathilda lachte. „Nein. Aber das bist du nicht."

„Nein, stimmt. Ich bin DJ bei einem Beerdigungsinstitut."

„Hm, nein das bist du auch nicht."

„Hundefrisör, Seiltänzer, Pfarrer?"

„Nein."

„Tja, dann fällt mir nichts mehr ein. Ich fürchte, ich muss dich mit der Wahrheit langweilen. Ich bin Sozialarbeiter und betreue gestörte Kids von noch gestörteren Eltern."

„Harter Job."

„Ja, manchmal schon. Und du? Du hast doch nicht immer diese hässlichen Pelzklamotten verkauft."

„Ich war vorher Sekretärin. Auch nicht gerade der Stoff, aus dem spannende Filme gemacht werden."

Sie kickte einen alten Tennisball vor sich her, Peter schoss zurück und ehe sie sich versahen, landete der Ball im Wasser.

Eine ganze Meute Hunde rannte hinterher, blieb aber an der Uferkante stehen. Nur ein grauer Pudel erinnerte sich an die Aufgabe seiner Vorfahren als Jagdhunde und rannte weiter, als ob es die letzte Chance auf Beute für dieses Leben wäre.

Dummerweise war die Uferböschung betoniert und die Wasserfläche fing erst einen Meter tiefer an. Außerdem hatte er vergessen, dass am anderen Ende der Leine eine alte Dame hing, die nun auf der Nase lag und vor lauter Schreck keinen Ton hervorbrachte.

Peter lief zu ihr und half ihr aufzustehen, während Mathilda nach dem Hund sah. Der konnte zwar schwimmen, aber weit und breit gab es keine Chance für ihn aus dem Fluss zu klettern. Außerdem wurde er immer wieder von den Bugwellen der Ausflugsschiffe überspült und schüttelte wiederholt den Kopf. Wasser in den Ohren. Er würde schneller untergehen als ein Putzlappen im Eimer.

Während Peter sich um die Frau kümmerte, zog Mathilda ihre Schuhe aus, setzte sich an die Betonkante und holte tief Luft. An dieser Stelle war der Fluss ungefähr zwei Meter tief. Das hatte sie bei den Umweltaktivisten mitbekommen.

Zum Glück war er wieder einigermaßen sauber und nach dem heißen Sommer hoffentlich noch warm. Sie stieß sich ab und tauchte kurz unter. Um sie herum schwammen die Hinterlassenschaften zahlloser Enten, Gänse und Schwäne, nur unterbrochen von aufgeweichtem Brot und Zigarettenkippen.

Der kleine Hund paddelte auf sie zu. Sie packte ihn am Geschirr und hob das zappelnde und jaulende Knäuel so hoch es ging. Peter streckte ihr die Hand entgegen. Er erwischte ihn, setzte ihn neben sich und zog dann zusammen mit einem anderen Mann Mathilda hoch.

Kleine Rinnsale liefen aus ihren Haaren, sie zitterte im leichten Wind und streifte sich eine Wasserpflanze vom Arm. „Der Hund muss zum Tierarzt. Er hat Wasser ins Ohr bekommen, vielleicht auch in die Lunge."

Die Hundebesitzerin nickte nur und knutschte dankbar den nassen Pudel, der genauso nach dem dreckigen Wasser roch wie Mathilda. „Wollen Sie meine Jacke, Sie frieren ja, Mädchen." Sie wollte ihr eine rosa Strickjacke geben, Mathilda winkte ab. „Schon gut, ich geh nach Hause und zieh mich um."

Dann sah sie Peter an. Auch er war vollkommen dreckig, denn er hatte auf dem Boden gelegen. „Kommst du auf ne Maschine Wäsche mit zu mir?"

Er nickte. „Ich wüsste nicht, was ich lieber täte. Du siehst hinreißend aus."

„Ja, natürlich. Entenkacke steht mir."

Sie standen verlegen in der Küche vor der Waschmaschine, dann zogen sie sich bis auf die Unterwäsche aus und stopften alles in die Trommel. In dem Moment kam Ulla nach Hause. Sie ließ in Zeitlupe Charles von der Leine und sah die beiden dabei an. „Ich komm nicht drauf. Was wird das?"

„Ulla, das ist Peter, Peter, Ulla, meine beste Freundin. Wir wohnen hier zusammen."

Lässig, als ob er wie James Bond einen Anzug tragen würde, ging Peter auf Ulla zu und streckte ihr die Hand entgegen. „Hi, ich war mit Mia Eis essen und dann ist sie ins Wasser gegangen."

„Mia? Wer ist denn Mia? Und warum ist sie ins Wasser gegangen?" Ulla sah ihn irritiert an.

Mathilda verdrehte die Augen und zeigte auf sich.

„Ach so, ja, Mia. Natürlich. Ich nenn sie immer Miau. Ähm, setz dich doch. Soll ich euch einen Kaffee kochen?"

„Nein, wir gehen hoch und ziehen uns was an." Mathilda schob Peter in Richtung Treppe.

„Echt jetzt? Ihr geht hoch und zieht euch was an?" Ulla war nicht ganz auf der Höhe. Peters Bizeps zogen ihren Blick magnetisch an.

„Ulla, geh und mach Yoga oder so. Bitte."

Sie gingen hoch und zogen sich nicht an.

17.

Am Morgen erwartete Ulla die beiden mit Scones, Kaffee und schlecht verborgener Neugier. Mathilda hätte sie am liebsten rausgeschickt. Charles stand fiepend vor der Tür, eine gute Gelegenheit zu gehen.

„Erzähl doch mal, wo habt ihr euch denn kennen gelernt?" Ulla ignorierte den Hund.

Peter grinste. „Im Pelzgrab von Funkel. Ich hätte nie gedacht, dass es da auch was Hübsches gibt."

Ulla seufzte und starrte ihn wieder hingerissen an. „Und woher kennst du Funkel? Hast du auch mit Pelzen zu tun?"

Er schüttelte den Kopf. „Nein, ich muss ihn dringend sprechen."

Charles jaulte jetzt so laut, dass sie ihn nicht mehr überhören konnte, während die Kater einer nach dem anderen auf das Katzenklo gingen und hingebungsvoll strullten, mit Blick auf den fast platzenden Hund. Das machten sie sonst nie, sie gingen immer in den Garten, es sei denn, es regnete wie zu Noahs Zeiten oder fror so sehr, dass sie die Beete dafür nicht aufscharren konnten.

Ulla senkte ergeben den Kopf und ging zur Tür, nicht ohne Peter zuzuzwinkern.

Wieder allein, sahen die beiden sich tief in die Augen. Dann fiel Mathilda ein, was an diesem Tag noch auf dem Programm stand.

„Hey, ich bin heute zu einem Mittelalterfest eingeladen. Hättest du Lust mitzukommen? Ein Bekannter von mir hat ne eigene Burg."

Er überlegte kurz und beugte sich dann vor, um sie zart zu küssen. „Sehr gern, ich hab nichts anderes vor." Dann ließ er sich zurücksinken und streichelte ihre Hand. „Aber vorher musst du mir noch sagen, wie du wirklich heißt, Miau."

Mathilda sah ihn entgeistert an und versuchte, Blut in ihr vernebeltes Hirn zu pumpen.

„Ok, wenn du mir sagst, welches Geheimnis du mit Funkel besprechen willst." Sie versuchte, neckisch zu lächeln. „Quid pro quo, wie schon Hannibal Lecter sagte."

Was für eine dämlich Bemerkung. Wie kam sie denn jetzt auf einen Filmkannibalen? Wie viel durfte sie ihm verraten? Sie kannte ihn praktisch überhaupt nicht, wusste nur, dass er eine sehr geschickte Zunge hatte und über Stellen am weiblichen Körper Bescheid wusste, die ihr selbst unbekannt gewesen waren. „In welcher Beziehung stehst du zu Funkel?"

Er überlegte und sah sie an. Dann stand er auf und holte die Kaffeekanne. „Ich hab nicht ganz die Wahrheit gesagt. Ich glaube nicht, dass er sich freut, wenn er mich sieht." Er füllte auch Mathildas Tasse auf. „Eigentlich will ich mit ihm nur mal reden, ihn kennenlernen."

Er schluckte und sah aus dem Fenster. „Ich bin ohne Vater groß geworden und hab auch nie einen vermisst. Aber irgendwann will man seine Wurzeln kennen lernen und herausfinden, was man von wem hat. Ich seh aus wie meine Mutter, da hat mein Vater nichts zu getan."

Er drehte sich zu Mathilda um. „Es könnte sein, dass Funkel mein Vater ist. Meine Mutter wollte nie darüber reden, aber Anfang des Jahres wurde sie krank und da hat sie es sich nochmal überlegt. Sie hat Funkel nie von mir erzählt. War wohl nur eine kurze Affäre. Tja. Jetzt weißt du es."

Er sah sie über den Tassenrand an, verletzlich, offen und so schön, dass die Schmetterlinge in Mathildas Bauch anfingen zu randalieren.

Das musste sie erst mal sacken lassen. Was wohl Inge Funkel zu diesem Bild von einem Sohn sagen würde? Sie wünschte sich, die zu sein, die ihr das mitteilen durfte. Ein boshafter Gedanke.

Sie gingen in den Garten und Peter zündete sich einen dünnen Zigarillo an. Die Glocken von Big Ben erklangen, aber er drückte den Anruf auf seinem Handy weg.

„Warst du mal in London?"

„Wegen des Klingeltons? Ja, ich war nach der Schule ein Jahr dort. Die beste Zeit meines Lebens! Und ich hab ihn jeden Tag gehört."

Dann legte er einen Arm um sie und sie schlenderten an den Beeten entlang. Bei der Sitzecke unter dem wilden Wein blieben sie stehen. „Jetzt du."

„Ok, ich heiße nicht Mia, sondern Mathilda. Und im richtigen Leben verkaufe ich auch keine Pelzklamotten, sondern bin Privatdetektivin."

Seine linke Augenbraue hob sich ein wenig. „Ja, das passt schon wesentlich besser zu dir. Und was suchst du in dem Laden?"

„Geld. Seine Exfrau wundert sich, dass er ihre Abfindung bezahlen konnte."

„Und? Hast du schon was gefunden? Bist du deswegen in dem Kühlschrank gelandet?"

Mathilda schüttelte den Kopf. Alles wollte sie ihm noch nicht erzählen. „Nein, keine Idee, wo das Geld herkommt, aber ich bin auch noch nicht lang dabei. Außerdem ist er ja weg im Moment. Und seine Mitarbeiter wissen wahrscheinlich auch nichts. Ich werd nächste Woche mal mit der Kürschnerin ausgehen, mal sehen, ob ich was aus der herausbekomme. Im Kühlschrank bin ich versehentlich gelandet."

„Echt? Gehst du wie im Film mit ihr aus und machst sie betrunken?"

Mathilda lachte. „Ja, wenn nötig. Sonst ist der Job langweilig. Bis auf unseren ersten, der war mit Mord."

Ulla kam wieder von der Gassirunde zurück und stand unschlüssig und strahlend an der Tür zur Terrasse, ob sie die beiden in Ruhe lassen oder sich dazu gesellen sollte. Mathilda erlöste sie. „Los, wir machen uns fertig. Peter kommt mit und du brauchst dich auch nicht mehr zu beherrschen, er weiß jetzt, dass ich Mathilda heiße und was ich mache."

Ullas Lächeln entgleiste ein wenig. „Ach ja? Na dann ist ja gut." Aber sie fing sich wieder. „Ach Kinder, ich bin so aufgeregt. Ich zieh mich schon mal um."

Mathilda hielt sie fest. „Nein, wir ziehen uns dort um. Robert hat extra gesagt, dass er einen riesigen Fundus für uns hat."

Ulla hob ein wenig das Kinn und straffte die Schultern. „Glaubst du wirklich, ich lass mir diese Gelegenheit entgehen und greife auf schnöden Tand zurück? I am not amused, Darling." Sie rauschte von dannen und Mathilda ahnte nur, dass das, was jetzt anstand, noch ein bisschen dauern würde.

Peter und sie nutzten die Zeit sinnvoll für weitere erotische Erkundungen, diesmal auf dem Sofa.

Bis die Tür oben zu hören war. Sie sprangen auf und sahen mit großen Augen, wie die Queen die Treppe hinunter schritt. Nicht die dreiundneunzigjährige alte Dame aus England, nein, hier kam eine Regentin aus vergangenen Zeiten, geschnürt und geschmückt, so sexy wie noch nie eine Königin zuvor.

In einem weit ausgeschnittenen roten Kleid mit bauschigen weißen Ärmeln und einem blauen Umhang mit glitzernden Stickereien, abgesetzt mit sicherlich falschem Hermelin. Eine goldene Krone, besetzt mit Saphiren krönten ihre locker aufgesteckten Haare.

Unten angekommen, drehte sie sich einmal, ihre Schleppe rauschte um sie herum und dann schritt sie zur Kaffeemaschine.

„Wow, das nenn ich mal einen Auftritt." Peter war hingerissen.

„Das ist aber nicht die Lisbeth." Mathilda sah sie grübelnd an.

„Queen Elisabeth für das gemeine Fußvolk. Nein, die bin ich nicht. Ich bin Ann Stuart, die erste Königin des Königreiches Großbritannien! Ist zwar kein Mittelalter, aber nur kurz danach. Wird keinem auffallen."

„Wow." Peter stand der Mund offen, bis Mathilda ihn in die Seite stieß.

„Fahren wir alle mit deinem Auto?" Die beiden zogen sich hinter dem Sofa an.

„Tut mir leid, aber mit euch aufzutauchen wäre nicht standesgemäß und würde mir außerdem den großen Auftritt versauen. Lass dich überraschen! Und fahrt schon mal vor. Ich bin gegen eins dort. Sorgt bitte dafür, dass das Volk meine Ankunft erwartet."

18.

Mathilda fuhr mit Peter gemeinsam zu Gernsheimers Burg. Sie war nicht groß, sah aber aus wie aus einem Bilderbuch, lag auf einem Hügel mit einer kurvigen Zufahrtstraße und einem trockenen Burggraben.

Am Parkplatz vor der heruntergelassenen Zugbrücke endete dann die sichtbare Neuzeit. Kein Kabel und keine Antenne störten den Eindruck. Von den hohen, fensterlosen Mauern hingen lange Tücher mit aufgestickten Wappen und am Tor stand eine Wache, die sie misstrauisch musterte. „Nur gewandetes Volk hat Zutritt."

Mathilda erkannte Gernsheimers Auzubi aus der Kanzlei. „Verzeiht, aber dein Herr, Robert von Gernsheimer, hat uns erlaubt, uns in seinem Gemäuer umzukleiden." Mathilda und Peter warteten kurz, dann wurden sie eingelassen.

Im Hof war ein mittelalterliches Lager aufgeschlagen, dessen Zentrum eine Taverne bildete, mit Tischen und Bänken aus groben Balken.

Auf einem der Tische saß Inge Funkel, gekleidet wie eine Kurtisane, nur wenige Millimeter von der Barbusigkeit entfernt, umringt von Barden und Handwerkern. Sie war eindeutig nicht mehr nüchtern und verschüttete ihr Getränk großzügig über ihrem Dekolleté.

Neben ihr drehte Cornelia, gekleidet wie eine Küchenmagd, mit leuchtenden Augen ein kleines Schwein am Spieß über einem niedrigen Feuer und in einem offene Holzofen buken Brote.

Sie umrundeten weiträumig zwei Schwertkämpfer, die verbissen aufeinander einschlugen, als ginge es tatsächlich um Ehre und Leben.

„Die nehmen das aber ernst." Mathilda sah einen Moment zu.

„Würde ich an deren Stelle auch." Der Auzubi trat neben sie. „Der Verlierer muss heute Abend die Latrine reinigen. Das ist kein Spaß, sag ich Euch."

Plötzliches Geschrei von der anderen Seite des Hofes. „Der Bader! Der Bader soll kommen, schnell!"

Und dann sah sie Sam mit einem Lederkoffer durch die Menge rennen. Man machte ihm Platz und dann schloss sich der Kreis wieder. Sie konnten nicht sehen, wen er behandeln musste.

„Ein Glück, dass wir den inzwischen haben." Die Wache nickte in Sams Richtung.

Mathilda sah ihn erstaunt an. „Warum?"

„Er kann wenigstens was. Vorher hat uns ein Friseur behandelt, wenn was passiert ist."

Sie betraten die dicht bevölkerte Eingangshalle, die wie die Filmkulisse eines Mantel- und Degenfilms aussah. Von hinten kam ihnen Robert Gernsheimer entgegen, durch eine ausladende Kopfbedeckung und eine goldene Prunkkette, die ihn fast zu Boden zog, als Burgherr nicht zu übersehen. Die Leute, an denen er vorbei kam, wichen zurück und verbeugten sich. Die Rollen waren klar verteilt.

„Hi Robert, wo können wir uns umziehen."

Er schüttelte bedächtig den Kopf und verhakte die Daumen in seinem breiten Ledergürtel. „Solang wir hier sind, gelten andere Regeln. Ich bin euer Graf und ihr seid meine Untertanen. Also erwarte ich Respekt und Unterwerfung. Außerdem befleißigen wir uns der Sprache der Vergangenheit. Wer ist der schmucke Jüngling an Deiner Seite Jungfer Mathilda?"

Der Jüngling räusperte sich. „Mit Verlaub, vor Euch steht Peter von Bielefeld."

„Ah, Bielefelder sieht man nicht oft. Man sagt, sie kämen nur in den Geschichten alter Weiber und wirrer Greise vor und existierten gar nicht wirklich."

„Oh doch, wir existieren." Peter lächelte ein bisschen unsicher. Er war noch nicht ganz in der Vergangenheit angekommen.

„Und der Name Eurer Sippe? Eures Vaters Familienname?"

Peter zögerte unmerklich. „Schmidt. Mit dt. Unsere Vorfahren beschlugen wohl die Rösser."

Robert nickte ihm zu. „Dann folget mir." Er drehte sich um und ging eine breite Steintreppe hinauf.

„Robert? Moment! Ich meine Herr Graf, so wartet. Um die erste Stunde nach Mittag kommt ein Gast, der von Euch persönlich und Eurem Gefolge in Empfang genommen werden will." Mathilda stotterte noch ein bisschen bei dem Versuch zu sprechen, wie zwar kein Mensch im Mittelalter gesprochen hatte, aber wie sie es aus Filmen kannte.

Ein Strahlen erhellte Roberts Gesicht. Er ahnte, wer kam. „Ich werde zugegen sein, habt Dank für eure Auskünfte. Und nun seht her."

Er führte sie in einen kleinen Raum mit hölzernen Kleiderständern, an denen von Hose bis Wams, Korsett bis

Schnabelschuh, Gewänder für Edelfräulein und Knappe, Schankwirt und Ritter alles zu finden war.

Mathilda war hingerissen. Sofort stürzte sie sich auf eine Ausstattung als Musketier und hielt sich das Hemd vor.

„Wie, kein Burgfräulein? Nicht mal Ullas Zofe?" Peter grinste sie an.

„Nur über meine Leiche, Peter Schmidt mit dt. Wow, schau mal hier, der Hut! Na wie steht mir das?"

„Fantastisch. Aber du wärst auch als Küchenmagd meine Königin hier in der Burg." Er nahm sie in den Arm und küsste sie. Sie aber wollte los, das Fest erkunden und vor allem Ullas Auftritt nicht verpassen.

„Los komm, was willst du anziehen?"

Peter entschied sich für die Lederschürze und -hose eines Schmieds, was seine Oberarmmuskeln hervorragend zur Geltung brachte. Inge Funkel würde sabbern bei seinem Anblick und Mathilda dafür hassen, dass das Sahnestückchen nur ihr allein gehörte.

Unten rief Robert seine Gäste dazu auf, sich am Eingangstor zu versammeln. Mathilda und Peter eilten hinaus und stellten sich dazu. Minuten später hörten sie Hufgetrappel und um die Ecke rollte ein Zweispänner mit zwei Schimmeln und einem Kutscher mit Zylinder.

Vor dem Burgtor kamen sie zum Stehen, der Kutscher sprang vom Bock und öffnete die Tür. Ulla setzte den Fuß auf den Boden und die Menge seufzte begeistert auf, als Robert zu ihr kam, ihre Hand küsste und hauchte: „Die Burg ist die Eure Madame."

Und dann kam Willi, Sams Dobermann. Willi liebte Pferde und einige Pferde liebten auch ihn, aber nicht alle. Die, die ihn nicht kannten, sahen nur einen riesigen braunen Hund mit imposantem Gebiss. So auch die beiden

Schimmel vor der Kutsche. Sie nahmen sich noch nicht mal die Zeit zu wiehern oder zu steigen, nein, sie rannten sofort kopflos an der Burg vorbei. Willi kläffend hinterher bis Mathildas scharfer Pfiff ihn zurückrief.

Ulla war aus der Kutsche auf Robert gestürzt und bedeckte ihn vollständig. Sein Kopf klemmte zwischen ihren Brüsten und er ruderte mit beiden Armen unter ihr wie ein Ertrinkender. Der Kutscher lief seinen Pferden hinterher, die inzwischen am Waldrand stehen geblieben waren und grasten.

Cornelia hielt sich entsetzt die Hand vor den Mund. Das übrige Volk fragte sich, was hier gerade vor sich ging und ob das geplant war, um es zu unterhalten. Da kein Blut floss, fingen die ersten an zu lachen, bis sich niemand mehr halten konnte.

Sam hob Ulla von Robert und klopfte ihr gemeinsam mit Mathilda den Staub aus dem Kleid. Der Schaden an ihrem Kleid hielt sich in Grenzen, aber nicht der an ihrer Verfassung. Sie war völlig aufgelöst und Tränen ließen ihr Make-up zerfließen wie ein Aquarell.

Robert saß stöhnend auf dem Boden und hielt sich das Handgelenk. Sam untersuchte ihn. „Ist nicht gebrochen, aber verstaucht. Damit schwingst du heute kein Schwert mehr."

„Charles ist noch in der Kutsche." Ulla wischte sich die Augen, was das Make-up vollends verschmierte.

Mathilda lief los und fand den Corgi zusammengekauert in der Ecke des Wagens am Boden, zitternd und hechelnd. Sie hob ihn auf und er drückte sich an sie, versteckte seine Nase in ihrer weiten Bluse und schloss die Augen. „Schnell, hat jemand Eierlikör dabei? Es handelt sich um einen Notfall!"

Der eine oder andere Flachmann wurde gezückt, ein Trinkhorn hochgehalten, aber nirgendwo war Eierlikör drin. Schließlich tat es auch ein Pfützchen Beerenwein aus der Hand. Charles nieste kurz und schüttelte sich, dann sprang er von Mathildas Arm und rannte zu Willi, um den er sonst einen großen Bogen machte. Er kläffte den völlig überraschten Dobermann an und lief dann mit ihm in die Burg.

Die gut gelaunte Menge folgte den Hunden. Ein ganz unmittelalterliches Coolpack kam zum Einsatz und eine Bandage, die das Handgelenk ruhigstellte, dann war Robert wieder obenauf, leerte einen Bierkrug auf ex, rülpste so laut, dass die Mauern ein Echo zurückwarfen und das Volk Beifall spendete. Eine Gruppe Musiker spielte auf und das Treiben ging weiter.

Mathilda hatte Ulla inzwischen in den Raum mit den Kostümen gebracht, wo sie sich vor einem Spiegel wieder restaurieren konnte. Das war gar nicht so einfach, da sie immer noch weinte und sich nur schwer davon abbringen ließ, nach Hause zu fahren. „Das ist ein Alptraum! Ich bin auf ihn draufgefallen. Ich bin eine Lachnummer! Tildchen, ich will hier weg. Außerdem ist Robert nicht gut für mein Karma. Hast du seinen Hintern in der engen Hose gesehen? Das geht gar nicht. Nur ein Glas Wein und ich verfalle ihm."

„Nein, du willst nicht nach Hause und seinen Hintern hab ich auch nicht bemerkt, ich hab jetzt einen eigenen zum Angaffen. Jetzt beruhig dich mal und wasch dir das Geschmier ab, dann schminken wir dich neu und du schreitest die Treppe hinab wie die Königin, die du hier auch bist. Ich werde dein Herold sein." Mathilda tupfte sie sauber und zupfte einen Zweig aus ihrer Frisur. Dann begann sie ihre Haare zu bürsten. Leider fiel es auch ihr schwer, ernst zu bleiben, denn das Bild, wie Ulla Robert unter sich begraben hatte, würde sie nie wieder vergessen.

„Ihre Majestät, die Königin Ulla, Herrscherin über Britannien, Schottland und Wales." Mathilda hatte die Musiker instruiert für eine königliche Fanfare zu sorgen und Ulla schritt die Treppe hinab. Robert näherte sich ihr nun deutlich vorsichtiger und führte sie hinaus.

Das Fest ging weiter, laut, bunt, lustig und nur Sam litt ein bisschen, weil er sich mit Käse und Brot begnügen musste, statt etwas vom Schwein zu bekommen. Cornelia an seiner Seite versuchte zwar immer wieder, ihn zu überreden, aber er blieb standhaft.

Später gingen alle zum Turnierplatz außerhalb der Burg, wo Wettkämpfe stattfanden. Auch einige Lanzenritte wurden gezeigt. Robert nahm nicht teil, ritt aber auf Rüdiger herum, der sehr aufgeregt und nervös zum ersten Mal bei so einer Veranstaltung dabei war. Er trug einen speziellen Sattel, der Roberts Kleinwüchsigkeit ausglich. Robert selbst war deutlich anzusehen, wie sehr er es bedauerte, nicht mitmachen zu können.

„Er hätte doch eh keine echte Chance. Es sei denn, die anderen lassen ihn gewinnen." Peter sah ihm nach, als er vorbeigaloppierte. Mathilda musterte ihn von der Seite. „Das würde er niemals zulassen. Ich glaub schon, dass er gut ist. Reiten kann er jedenfalls."

Später, am Lagerfeuer, setzte Robert sich zu ihnen. „Wo leben derer von Bielefeld eigentlich? Eine Burg oder gar ein Schloss habt Ihr ja nicht."

„Wir haben ein schönes Rathaus. Aber ich als Schmied hab von so was keine Ahnung." Peter trank seinen Krug aus. „Aber mit Eurer Burg können wir nicht mithalten.

Die ist fantastisch. Habt Dank für Eure Großzügigkeit und Einladung!"

„Bitte, bitte, es ist mir ein Vergnügen! Wie habt ihr zwei euch eigentlich kennen gelernt?"

„In Funkels Laden. Peter wollte zu ihm, aber er ist ja im Moment auf der Messe." Mathilda hatte schon zu viel Wein getrunken, um noch angemessen zu reden.

„Seine Ex-Frau ist hier. Inge. Möchtest du vielleicht mir ihr sprechen?" Robert deutete auf die ums Feuer tanzende und torkelnde Inge, die immer wieder davon abgehalten werden musste hineinzufallen. Ullas Blick verriet, dass sie sie gern hätte fallen sehen.

Mathilda kicherte. „Das wär lustig."

„Nein danke." Peter winkte ab. „Mit ihr hab ich nichts zu bereden."

Robert nickte und ging zum nächsten Tisch, an dem Sam und Cornelia saßen und mit weiteren Gästen würfelten. Er zog Sam zur Seite und die beiden verschwanden im Dunkeln.

Mathilda strich Peter über den Rücken. „Hast du den Pferdestall gesehen? Da gibt es einen Heuboden." Mehr musste sie nicht sagen. Die beiden huschten unbemerkt vom Festplatz und verschwanden im Stall.

Als sie wieder zurückkamen, mit Heuhalmen im Haar und leicht entrückten Blicken, sah Cornelia fast schon ein bisschen neidisch aus. Sam verwickelte Peter in ein Gespräch über Hygiene und Krankheiten in der guten alten Zeit, woran sie sich mit Hinweis auf die damals kursierenden Geschlechtskrankheiten lebhaft beteiligte.

Robert nahm Mathilda beiseite. Er war stocknüchtern. „Sag mal, was weißt du über Peter?"

„Das kann ich dir jetzt nicht erzählen. Aber nur so viel. Er ist sehr einfallsreich." Mathilda kicherte.

„Hm. Warum lügt er? Er kommt nicht aus Bielefeld."

„Nein? Wie kommst du darauf."

„Ich hatte gesagt, dass Bielefeld keine Burg und kein Schloss hat. Er hat mir nicht widersprochen. Aber jeder Bielefelder kennt die Sparrenburg. Die ist nicht zu übersehen. Das heißt, er war noch nie dort."

„Bist du sicher?"

„Ja, es gibt da jedes Jahr einen mittelalterlichen Markt. Ich war schon oft dort. Peter Schmidt heißt er übrigens auch nicht. Ich hab mich erkundigt. Es gibt zwar einen Peter Schmidt, aber der ist über achtzig."

Mathilda brachte Peter in sein Hotel und verabschiedete sich von ihm. Sie musste am nächsten Morgen früh raus und wusste genau, dass sie das in seinem Beisein nicht schaffen würde. Der Abschied fiel ihr schon schwer.

Zu Hause traf sie Ulla und Sam an, der sie heim gefahren hatte. „Ist Robert auch hier?" Sie sah sich um.

„Nein, du weißt doch, mein Karma. Der Kutschunfall heute war bestimmt die Strafe für meinen Lebenswandel in den letzten Monaten." Ulla hatte bereits einen Bademantel an und ließ sich mit einem Glas Wasser, in dem eine sprudelnde Tablette schwamm, aufs Sofa fallen.

Sam stand schon an der Tür und wollte gerade gehen. „Cornelia erwartet mich, wir sehen uns morgen Mittag, oder?"

„Apropos Cornelia. Sie haben da noch was auf dem Kerbholz Herr Schulz. Ich sag nur Grillplatte." Mathilda verschränkte die Arme vor der Brust und sah ihn herausfordernd an.

„Da müssen Sie jetzt mit anfangen?" Er nahm den Türgriff in die Hand, aber Mathilda klopfte auffordernd auf eine der Stuhllehnen am Tisch. Ulla verabschiedete sich und ging nach oben.

Sam setzte sich widerstrebend. „Ich bitte Sie, wir haben doch jetzt wirklich andere Sorgen. Zum Beispiel Ihr neuer Freund. Robert sagte mir, er habe bezüglich seines Namens und seiner Herkunft gelogen. Sind Sie nie auf die Idee gekommen, dass er ein Verdächtiger sein könnte? Ich meine, das ist doch naheliegend! Er kommt ins Geschäft, will Funkel sprechen und hat keinerlei Interesse an den Pelzen."

„Lenken Sie nicht ab. Ja, ich hab mir da Gedanken gemacht. Aber wir gehen ja davon aus, dass Funkel und Schmelz oder nur Schmelz allein dahinter stecken. Und Schmelz kannte ihn nicht. Also ist er nicht verdächtig."

Sam schwieg.

„So, und jetzt sprechen wir über Ihre Buße."

„Über meine was? Buße? Wir verlängern den Fleischverzicht um eine Woche und das sollte es gewesen sein. Frau Rosenbaum, konzentrieren Sie sich doch bitte auf unseren Fall."

„Ja, das tu ich und nein, wir hängen keine Woche dran. Ich hab mir etwas Besseres ausgedacht. Sie haben doch Medizin studiert und noch Zugang zu dem einen oder anderen Kollegen und Labor."

„Oh je."

„Und Sie wissen, warum ich den Job überhaupt mache."

„Oh je, oh je."

„Gut. Ich hab mir Folgendes überlegt."

Und dann breitete sie ihren Plan vor Sam aus.

Der war nicht begeistert. „Frau Rosenbaum, damit machen Sie sich strafbar und mich auch, nebenbei bemerkt. Das geht nicht gut."

„Können Sie mir das besorgen oder nicht?"

19.

Heute war Irene fällig. Mathilda wollte herausbekommen, was sie alles wusste. Die Reaktion von Schmelz am Samstag war schon sehr merkwürdig gewesen.

Also kaufte Mathilda wieder einige süße Teilchen und setzte sich zu ihr in die Werkstatt. Montag morgens war nichts los, Anproben kamen erst später und Schmelz dekorierte alles herbstlich um.

„Warst du Samstag hier?" Mathilda biss in den Apfelkrapfen.

Irene hatte eigentlich abgelehnt, etwas zu essen, wurde bei dem Anblick aber schwach und setzte sich zu ihr. „Nein, samstags hab ich frei, warum? Knötelchen sagte, du warst krank."

„Ja, ich hatte mir irgendwas eingefangen. Aber ich war kurz hier, um mich abzumelden. Das war vielleicht merkwürdig." Dann erzählte sie, was sie beobachtet hatte.

„Einbruch? Hier? Das glaub ich nicht. Wir haben die beste Alarmanlage nach Fort Knox. Außerdem ist nichts weg. Knötel hat sich das eingebildet."

„Aber was war das mit der leeren Kiste? Er ist fast kollabiert, als er bemerkte, dass eine fehlte."

Irene zuckte mit den Schultern und nahm sich ein Eclair. „Den Muff daraus hat Funkel bestimmt mit zur Messe genommen. Vielleicht brauchte er ihn, weil es eine Sonderanfertigung war. Ein Muster oder so."

„Klingt schlüssig." Klang wirklich schlüssig. Also doch alles nur Einbildung?

„Ja sicher." Irene wischte sich die Finger ab. „Ist das denn wichtig? Hat er dich verdächtigt, einen geklaut zu haben? Wäre doch Quatsch. Die Dinger sind aus minderwertigem Material. Wenn du einen willst, näh ich dir einen mit außen Nerz und innen Chinchilla. Dann hast du was Vernünftiges und sieht auch toll aus, hab mal einen für eine Kundin gemacht, die die billigen Dinger auch nicht haben wollte."

„Oh danke, aber nein, ich glaub, das ist nichts für mich."

„Nein? Ich dachte, du stehst auf Pelz."

„Ja, aber die Muffs find ich ein bisschen unpraktisch." Mathilda wurde heiß und kalt.

„Stimmt schon. Will ja auch nicht jeder wie diese Schnepfen rumlaufen. Ich hab auch keinen. So, ich arbeite weiter, sonst hör ich gar nicht mehr auf, die Dinger hier zu futtern." Sprach's und biss ein letztes Mal in ein Vanille-Eclair.

Den weiteren Vormittag verbrachte Mathilda damit, einem Kunden Mäntel und Jacken vorzuführen, der seine Frau überraschen wollte. Wenn Schmelz ihr Zeit ließ, beantwortete sie Nachrichten von Peter, der Bilder und ausführliche Kommentare schickte.

Jedes Miau ihres Handys gab ihr einen kleinen Kick und ließ sie lächeln. Konnte es wirklich sein, dass er hinter dem Verschwinden von Alex steckte?

Nein. Schmelz kannte ihn nicht und außerdem hatte er zwar Kraft, betrieb aber keinerlei Kampfsport. Das hatte sie bei Rangeln mit ihm sofort bemerkt und sich zurückgenommen, da es kein Mann schätzte, wenn eine Frau ihn besiegte. Das zerstörte jede Lust effektiver als eine Bremsspur in der Unterhose.

Sie war sich sicher, dass er nie zuvor im Laden gewesen war, so, wie er sich umgesehen hatte. Wie konnten Sam und Robert es wagen, ihr ihren Liebsten madig zu machen? Waren die beiden eifersüchtig? Nein, eher nicht. Sam liebte seine Cornelia aufrichtig, obwohl sie so zickte und Robert stand eindeutig auf Ulla.

Sie seufzte und überließ sich lieber ihren Fantasien, wie die Zukunft mit Peter aussehen würde.

Vom Chinesen brachte sie ein Mittagessen mit ins Büro und berichtete von ihrem Gespräch mit Irene. „Sie könnte recht haben. Er war auf dem Sprung zur Messe und hat auf die Dinger gewartet. Vielleicht besondere Anfertigungen, die deshalb in sein Büro mussten."

Sam nickte mit vollem Mund.

„Haben Sie Ergebnisse von der leeren Schachtel?"

„Ja und nein. Sie ist blitzsauber. Dafür, dass ein Pelz drin war, schon wieder zu sauber. Wir treten immer noch auf der Stelle. Besser gesagt, wir schließen im Moment aus. Wie ließ Sir Arthur Conan Doyle seinen Sherlock Holmes so treffend sagen: Wenn du das Unmögliche ausgeschlossen hast, dann ist das, was übrig bleibt, die Wahrheit, wie unwahrscheinlich sie auch ist."

„Irgendwas stimmt an dem Zitat nicht. Müsste es nicht heißen: ‚Wenn du das Mögliche ausgeschlossen hast'?"

„Ach Frau Rosenbaum. Wollen wir uns jetzt wirklich über Klassiker der Literatur streiten? Sie wissen doch, was ich meine." Er räumte seine leere Schachtel beiseite und wischte sich die Hände mit einem Desinfektionstuch ab. „Wie geht es weiter? Wann kommt Herr Funkel zurück?"

Mathilda war ebenfalls fertig. „Übermorgen, glaub ich. Ich weiß aber nicht, ob er sofort wieder in den Laden kommt."

„Natürlich kommt er. Er hat doch sonst nichts im Leben."

„Haben Sie mir jetzt eigentlich besorgt, worum ich sie gebeten habe? Viel Zeit bleibt mir nicht mehr, ich hätte das gern erledigt, bevor Funkel zurückkommt."

Sam griff unter den Schreibtisch und holte eine Tüte mit weißem Pulver hoch, die er Mathilda reichte. „Hier, das haben Sie nicht von mir, ich hab keine Ahnung, was das ist, und hab das nie gesehen. Das geht allein auf ihre Kappe. Arbeiten Sie mit Handschuhen und nur winzige Mengen verwenden."

Mathilda nickte und packte die Tüte ein. „Und Sie, was machen Sie? Sind Sie mit dem Bild weitergekommen?" Sie holte sich einen Espresso.

„Nein, kein bisschen. Ich hab mich entweder in den Funkel-Fall mit eingebracht oder unsere Fremdgeher und Schwarzarbeiter beobachtet. Ich glaube, ich muss Cornelia mitteilen, dass ich keine Hoffnung mehr für sie habe." Frustriert rieb er sich die Augen.

Mathilda fuhr zum Training und anschließend nach Hause, bevor sie sich am Abend mit Peter traf.

Ulla saß mit dem Club im Garten, der aber im Aufbruch war. Einige der Damen sahen recht verkniffen aus, gar nicht so fröhlich wie sonst nach den Treffen. Mathilda verabschiedete sich von allen und machte sich über die Reste des Kuchens her, der noch auf dem Tisch stand. „Glücklich sahen die nicht aus. Was ist los?"

„Ach du weißt doch." Ulla begann aufzuräumen. „Wir machen uns wegen Meghan Sorgen. Ich find sie ja toll, aber sie passt definitiv nicht zur Familie. Das wird nicht lange gut gehen. Und Else will jetzt hinfliegen und versuchen mit ihr zu reden."

„Ernsthaft? Kennt sie sie denn oder jemanden aus dem Umfeld?"

Ulla seufzte. „Natürlich nicht. Aber das hält eine Else nicht ab. Die versucht auch eine ganze Kanne Tee zu kochen, wenn sie nur eine halbe Kanne Wasser hat. Soll sie es doch versuchen. Was ist denn mit dir und deinem Sahneschnittchen? Kommt er heute noch?"

„Nein, wir wollen ins Kino. Irgendwie bist du sehr verhalten, was ihn betrifft. Alles ok?"

Ulla wischte an einem unsichtbaren Fleck auf dem Tisch. „Er sieht toll aus."

„Ja, aber nicht nur. Du weißt, dass mir das egal ist."

„Ja klar. Er ist auch nett."

„Ja. Und weiter."

„Tildchen, ich gönn dir jede Nummer, die du mit ihm haben kannst, das tut dir gut, das sieht man. Du guckst ganz anders aus der Wäsche. Aber ..."

„Aber? Nu rück schon raus. Was ist los?" Mathilda hielt Ullas Hand mit dem Lappen fest.

„Robert sagte, dass er wegen seines Namens gelogen hat. Und dass er nicht aus Bielefeld kommt. Das ist doch schon merkwürdig, oder?

Außerdem taucht er ausgerechnet dann auf, wenn dieser Alex gerade erst verschwunden ist. Ehrlich, ich werd das Gefühl nicht los, dass er was damit zu tun hat." Sie atmete auf und ließ sich auf einen Stuhl sinken.

Mathilda ließ sie los. „Ja ich weiß, aber es kann nicht sein. Schmelz kennt ihn nicht und ich bin mir sicher, dass er kein Kämpfer ist. Es würde auch überhaupt nicht zu ihm passen."

„Weißt du denn, was er von Funkel will?"

Mathilda nickte. „Ja, er glaubt, dass Funkel sein Vater ist. Seine Mutter hat ihm das erzählt."

Ulla verdrehte die Augen. „Echt jetzt? Das glaubst du ihm? Tildchen hör mal. Lass dich nochmal anständig von ihm ... ähm ... verwöhnen und dann sieh zu, dass du Land gewinnst. Da stimmt doch gar nichts. Bist du echt so vernebelt, dass du ihm das glaubst?"

Jetzt, wo Ulla es sagte, fiel ihr auch auf, dass seine Story ziemlich schwach klang.

„Lass uns woanders hingehen. Hier in der Nähe ist ein toller Biergarten mit erstklassiger Gemüselasagne. Ist bestimmt einer der letzten Abende dieses Jahr, an dem man draußen sitzen kann." Mathilda nahm Peter bei der Hand und zog ihn vom Kinoeingang weg.

„Ok, gerne. Der Abend ist wirklich viel zu schön, um drin zu sitzen."

Sie fanden einen abgelegenen Tisch für zwei unter einem bunt beleuchteten Baum.

„Wann musst du eigentlich zurück nach Bielefeld? Hattest du dir Urlaub genommen?" Mathilda sah nicht von der Karte auf.

„Ja, ich hab noch bis Ende der Woche Zeit. Machst du dir Gedanken deswegen? Ist doch gar nicht so weit." Er lächelte sie aufmunternd an. „Wo ein Wille ist, ist auch ein Weg."

Sie zerschmolz bei dem Anblick. „Ja du hast recht. Gibst du mir deine Adresse? Dann schau ich mal nach, wie lang man fährt."

„Mach ich Süße, jetzt lass uns mal was bestellen. Ich bin am Verhungern."

Während sie warteten, nahm er ihre Hände und sah ihr tief in die Augen. „Könntest du dir auch ein paar Tage freinehmen? Wir sollten nach meinem Treffen mit meinem Erzeuger bis Sonntag zusammen wegfahren. Irgendwohin, nur wir beide."

Ja, ja, ja, und nie mehr zurückkommen und immer zusammenbleiben, riefen Mathildas Hormone. „Nein leider nicht. Ich muss den Fall erst abschließen."

Sie trat auf der Stelle. Keine Idee, ihm beizukommen, keine Lust ihn auszuhorchen, kein Interesse, den schönen Traum zerplatzen zu lassen.

„Übermorgen kommt Funkel wieder. Was willst du ihm sagen?"

Er sah nachdenklich vor sich hin und spielte mit ihren Fingern. „Ich weiß es nicht. Ich weiß auch nicht, ob ich dich fragen soll, wie er so ist. Natürlich, ich bin neugierig und deine Meinung wäre für mich wichtig. Aber dann doch nicht. Lieber will ich ihn ohne Einflüsse sehen und mir dann selbst ein Bild von ihm machen."

Sie nickte. Was sollte sie schon sagen? Dein Vater ist ein geiler alter Bock, der den Verkäuferinnen hinterhersteigt und Sexarbeiterinnen besucht, die Nagetierpelze tragen? Das würde das junge Vater-Sohn-Verhältnis ungünstig beeinflussen.

„Lass uns von was Anderem reden. Welche Musik hörst du gern?"

Der Abend war wunderbar. Alles Weitere musste warten.

20.

Mehrere hundert Muffs mussten innen unauffällig mit dem Pulver versehen werden. Das war Mathildas Plan. Sie ging ins Atelier und rieb eine winzige Menge auf den Pelz, den Irene heute noch bearbeiten wollte. Dann kehrte sie zurück in den Aufenthaltsraum und kochte Kaffee.

Schmelz war aufgeregt wie ein Teenager vor dem Abschlussball. „Morgen kommt der Chef wieder. Von Messen bringt er jedes Mal ganz außergewöhnliche Stücke mit, Bilder, Ideen, Schnitte, einmal kam er mit einem Eisbärfell. Aber das konnten wir nicht ausstellen, da irgendwas mit den Papieren nicht stimmte."

Irene kam und holte sich einen Becher Kaffee. Sie schüttelte den Kopf, als er an ihr vorbei schoss. „Meine Güte, wie ein Hund, wenns Herrchen nach der Arbeit wieder kommt. Fehlt nur noch das Schwanzwedeln. Komm, wir gehen, das ist ja nicht auszuhalten."

Mathilda war das nur recht und ging mit. Dabei unterhielten sie sich über ein neues Restaurant, das ein paar Straßen weiter eröffnet hatte und afrikanisches Essen anbot. Die Kürschnerin nahm das präparierte Stück Fell und begann schmale Streifen davon abzuschneiden. Nach kurzer Zeit kratzte sie sich die Hände, dann die Gelenke und schließlich hatte sie mehrere rote Flecken auch an den Armen, die unerträglich juckten.

„Verdammt, was ist das denn jetzt?" Sie ging raus, um sich die Hände zu waschen, aber es wurde nicht besser.

„Zeig mal. Das sieht ja schlimm aus. Hattest du das schon mal?" Mitfühlend betrachtete Mathilda die rote Haut, hütete sich aber, Irene zu berühren.

„Nein noch nie. Kommt das von dem Ding hier? Damit hab ich gestern doch auch gearbeitet." Die juckenden Stellen breiteten sich aus, jetzt war auch der Hals betroffen.

„Ich glaub, das kommt von was anderem. Hast du irgendwas gegessen, was du nicht vertragen hast?"

Irene schüttelte den Kopf. „Ich geh lieber gleich zum Hautarzt. Das kann ich mir jetzt nicht leisten. Knötelchen?" Sie verließ das Atelier und Mathilda hatte ein schlechtes Gewissen. Aber Sam hatte ihr versichert, dass das Pulver absolut harmlos und nicht nachweisbar war. Nach ein paar Tagen würde der Juckreiz ohne Nebenwirkungen verschwinden.

Jetzt musste das Zeug in die Muffs kommen, nicht viel, nicht sichtbar, aber wirksam. Sie versuchte, sie mit den mitgebrachten Gummihandschuhen zu präparieren, aber das dauerte viel zu lang und funktionierte nicht richtig. Auch mit einem Lappen ließ sich das Pulver nicht gleichmäßig verteilen.

Schmelz rief, ein Kunde bräuchte sie. Als sie mit der Hand durch den Ärmel einer Jacke schlüpfte, die sie zeigen sollte, hatte sie die zündende Idee.

Sobald sie wieder frei war, rannte sie zur Mitarbeitertoilette und schmuggelte in einer Tüte die etwas betagte Klobürste ins Atelier. Damit ging es hervorragend und vor allem schnell. Bürste bestäuben, einmal durch den

Muff ziehen, fertig. Sie arbeitete bis ihre Arme lahm und sämtliche Muffs im Atelier kontaminiert waren.

Aber Schmelz hatte immer wieder neue Idee, um sie vor Langeweile und Tatenlosigkeit zu bewahren und so blieben die Kisten im Keller noch übrig.

Kurzentschlossen verabschiedete sie sich von Schmelz, der seine ganze Kreativität im Schaufenster entfaltete, ging nach hinten und ließ die Tür einfach nur zufallen. Dann zog sie die Schuhe aus und rannte die Kellertreppe runter. Vorsorglich öffnete sie schon einen der Kühlschränke, um sich notfalls wieder verstecken zu können. Diesmal wusste sie ja, wie sie rauskam.

Den ganzen Nachmittag bearbeitete sie die gelagerten Muffs mit dem Pulver, bis schließlich die Klobürste in einem der letzten steckenblieb und abbrach. Es reichte. Mathildas Arme brannten vor Erschöpfung, sie war schweißgebadet und ihr Rücken schmerzte, als ob sie Kohlen geschaufelt hätte.

Ein paar Krümel waren noch übrig und auch, wenn die Gefahr, erwischt zu werden, groß war, schlüpfte sie noch schnell in den Aufenthaltsraum. Mit einem Ruck zog sie die Kühlschranktür auf, zog mit spitzen Fingern einen von Schmelz' gekühlten Slips heraus, drehte ihn auf links und bestreute den Bereich rund um den Eingriff. Zufrieden packte sie das gute Stück zurück und ging in den Flur.

Leise schlich sie aus der Hintertür und rannte zu ihrem Auto. Von dort rief sie Sam an und erzählte ihm, dass das Pulver aufgebraucht sei und sie gleich nach Hause fahren wollte. Sie brauchte dringend einen Krimi mit Chips und Rotwein.

„Wer versüßt uns den Abend? Special Agent Gibs, Dr. Grissom, Lieutenant Horatio Caine oder Special Agent King

Pride. Hm, King ist toll, wollen wir uns den reinziehen?"
Vorsichtig griff Ulla nach der Fernbedienung.

„Immer noch Muskelkater?" Mathilda bemühte sich,
mitfühlend zu klingen, was ihr nur teilweise gelang.

„Ja, die Haltung des Weisen Marichy hat mich
überfordert."

Mathilda hielt im Kauen inne und sah sie verständnislos
an. „Die Haltung des weißen was bitte?"

„Die Haltung des Weisen nicht weißen, Weisen Marichy!
Was ist? Das ist eine Yogahaltung. Ein Asana. Sie beruhigt
und regt die Verdauung an." Ulla griff in die Chipstüte.
„Los jetzt, Agent King Pride soll für uns gegen das Böse
kämpfen."

Sie zog sich Charles heran, Mathilda bedeckte sich mit
den beiden Katern und überließ sich den Träumen einer
Zukunft mit Peter in New Orleans, wo sie mit King gegen
Mord und Totschlag ermittelte.

„Wie wird's eigentlich mit Peter weitergehen, nachdem
er mit Funkel gesprochen hat?" Ulla wandte den Blick
nicht vom Fernseher ab.

„Keine Ahnung. Er hatte vorgeschlagen, ein paar Tage
zusammen wegzufahren, aber ich muss erst den Fall
beenden." Mathilda nippte an ihrem Wein.

„Wieso? Nimm dir bis zum Wochenende frei und mach
danach weiter. Ich glaub nicht, dass du da was verpasst."

„Ich weiß nicht. Ich dachte, ich geh mit Irene und
notfalls mit Funkel und mit Schmelz aus. Einzeln. Mal
sehen, was die erzählen, wenn sie abgefüllt sind. Funkel
ist ein Schluckspecht und wird mir keinen Korb geben.
Ich kann das nicht ewig weitermachen. Die dürre Inge
wird langsam ungeduldig und ich muss mich mehr um
Sams Bildergeschichte kümmern."

„Du willst nicht mit ihm weg, stimmt's?" Ulla schaltete den Fernseher aus. King brachte es heute einfach nicht.

„Doch schon. Ach Mensch, ihr habt mich alle ganz kirre gemacht mit euren Fragen. Jetzt hab ich die auch, und mir kommt so vieles komisch vor. Mal abwarten, wie dieses Gespräch morgen zwischen den beiden läuft. Das will ich mir noch anhören, dann sehen wir weiter."

Ulla nickte nachdenklich und kraulte Charles, der sich lang ausstreckte und schnaufte. Die Kater waren ganz verstört von so viel zur Schau getragener Frechheit und hielten es für angebracht, ihn mal wieder in seine Schranken zu verweisen.

Eddi erhob sich beiläufig, streckte sich in der perfekten Sonnengruß-Haltung und riss das Maul mit den spitzen Zähnen weit auf, schob alle Krallen raus und machte einen Buckel. Normalerweise hätte das gereicht, um den Corgi in die Flucht zu schlagen. Er zuckte auch zusammen und setzte sich auf.

„Du kannst ihm nicht schon wieder Eierlikör geben. Du machst einen Abhängigen aus ihm." Mathilda versuchte, Eddi beruhigend zu streicheln, aber der bog sich unter ihrer Hand durch und schlenderte Richtung Hund.

„Keine Sorge, ich hab da eine Idee." Ulla nahm die Eierlikörflasche und schüttete etwas davon auf einen Löffel. Charles schlabberte es sofort auf. Dann drehte er sich langsam um und knurrte Eddi an. Er zog die Lefzen hoch und ging einen Schritt auf ihn zu, was den Kater so verunsicherte, dass er sich wieder Mathilda zuwandte und seinen Kopf an ihrer Schulter rieb. Sie sah Charles prüfend an. „Was hast du ihm gegeben?"

„Büchsenmilch, Vanille und Eigelb. Ohne Alk. Scheint er nicht mitbekommen zu haben."

„Ist ja cool. Gib das doch mal Herrn Schulz, damit er sich bei seiner Schnepfe besser durchsetzen kann. Dann fällt es ihm nicht so schwer, ihr endlich mal zu sagen, dass sie sich das Bild und die Kohle in die Haare schmieren soll." Mathilda kitzelte Charles an der gerunzelten Nase, woraufhin Ben und Ed ihr mit hoch erhobenen Schwänzen die Kehrseiten zuwandten und abzogen.

„Vielleicht braucht er jemandem in seinem Leben, der ihm sagt, wo es langgeht. Ich glaube, er steht auf dominante Frauen." Ulla schob Charles erneut den Löffel in Maul.

„Du meinst, sie versohlt ihm den Hintern und lässt ihn ihre Stiefel ablecken?" Mathilda schüttelte sich bei der Vorstellung.

„Nein, nu sei doch nicht immer so plakativ. Sie nimmt ihm Entscheidungen ab, genau wie du. Und ihr sagt ihm beide, was Sache ist."

Mathilda setzte sich aufrechter. „Du vergleichst mich doch wohl nicht mit dieser Tusnelda?"

Ulla seufzte. „Nicht generell. In allem anderen unterscheidet ihr euch. Sie versucht, ihn in eine Richtung zu drängen, in die er nicht will. Das macht ihm im Moment schwer zu schaffen. Und es beeinträchtigt seinen Stoffwechsel. Nächste Woche kommt er mit zum Yoga. Das wird ihn sicher entspannen und klar im Kopf machen."

Mathilda gluckste. „Echt jetzt? Ihr beide macht den Hund, der die Sonne begrüßt? Dir ist schon klar, dass Herr Schulz so gelenkig wie einer unserer Küchenstühle ist?"

„Hör auf, dich lustig zu machen. Meine Chakren sind schon wieder offen, sagt die Yogalehrerin, und die Energie fließt beinah ungehindert."

„Hauptsache, du verstehst, was du da sagst. Wie lange willst du denn Robert noch zappeln lassen?"

Ulla seufzte und ließ sich nach hinten fallen. „Ich werd ihm sagen, dass das nichts wird mit uns. Bis meine Energieflüsse … ach was weiß ich denn? Ich will ihn nicht so vernaschen, wie die anderen in letzter Zeit und nicht so enttäuscht werden wie von Roger."

Mathilda rutschte näher an sie heran. „Mach's dir nicht so schwer. Ich glaub, da ist er nicht der Typ zu und er mag dich wirklich. Gib dir n Ruck und ihm ne Chance."

Ulla schüttelte den Kopf, leerte erst ihr Weinglas und dann die Chipstüte.

Zurück in ihrem Zimmer fiel Mathilda als erstes der bestialische Geruch auf. Die Kater hatten in ihr Bett gekackt.

Fluchend wechselte sie die Bettwäsche und holte sich eine Wolldecke aus dem Schrank.

21.

Es regnete. Der Herbst hatten den Spätsommer verdrängt und färbte den Tag grau. Ulla kam mit dem nassen Charles von der Gassirunde, was penetrant roch. Allerdings auch nicht schlimmer als Mathildas Schlafzimmer. Kein guter Start in einen Tag, der noch so einige Überraschungen parat hatte. Vor allem für Funkel.

Mathilda kaute langsam ihren Scone, während Ulla Charles föhnte, und überlegte, wie das wohl war, wenn einem ein knapp dreißigjähriger Sohn gegenüberstand, von dessen Existenz man nie etwas geahnt hatte.

Eigentlich könnte er sich freuen. Windeln musste er nicht mehr wechseln, seine Exfrau würde auch keinen Ärger mehr machen deswegen und er wurde wohl kaum mehr auf Unterhaltszahlungen verklagt werden. Alles in allem eine entspannte Situation. Oder nicht? Vielleicht hatte er sich ja Kinder gewünscht und hätte sie gern aufwachsen sehen. Dann hätte Peters Mutter ihm etwas Unwiederbringliches vorenthalten.

Weitere Überlegungen unterbrachen die Kater, die den frisch geföhnten Charles angriffen, die Treppe hochjagten und nach Strich und Faden verprügelten. Ulla und Mathilda sahen ihnen nur hinterher.

„Jeder hat sein eigenes Päckchen zu tragen. Da muss er jetzt mal ohne Büchsenmilch durch. Ich hab keine Lust, ihm hinterherzurennen." Ulla setzte sich, nahm sich einen Kaffee und sah die Post durch. Ein Umschlag mit sieben Ausgaben der Zeitung über Englands Royals waren gekommen und würden heute Nachmittag von den Damen des Clubs aufgesogen werden.

Wie jedes Mal fiel es Ulla äußerst schwer, sich nicht als erste daran zu vergreifen und vorab zu lesen. Aber das widersprach den Clubstatuten, die besagten, dass sie keinen Vorteil daraus ziehen durfte, dass die Zeitungen aus Kostengründen alle zusammen an sie geschickt wurden.

„Was machst du heute sonst noch?" Mathilda legte den verführerischen Umschlag beiseite.

„Der Tierschutzverein trifft sich gleich hier. Wir wollen eine Aktion gegen die Schlachtung der Martinsgänse planen. Die sollen in zwei Monaten auf dem Teller landen. Hier in der Nähe hält einer viel zu viele von den armen Vögeln in einer winzigen Scheune. Aber da lässt sich sicher was gegen unternehmen."

„Oh, sag Bescheid, wenn ich helfen kann. Ihr könnt auf mich zählen."

Ulla nickte. „Und du? Aufgeregt?"

Mathilda sah sie erstaunt an. „Warum sollte ich aufgeregt sein?"

„Hey, von dem Gespräch heute hängt einiges ab. Ruf mich sofort an, wenn es vorbei ist. Ich will wissen, ob Funkel wirklich sein Vater ist. Oder was sonst dahinter steckt."

Jetzt war sie doch aufgeregt.

Peter kam am späten Vormittag. Mathilda hatte bis dahin Schmelz geholfen, zum dritten Mal die Herbstdeko umzustellen. Und Funkel begrüßt, der zurück war, und wie der Papa am Heiligen Abend Geschenke mitgebracht hatte.

Irene schüttelte nur den Kopf und wandte sich ab, nicht ohne die neuen Schnitte und Pelze begutachtet zu haben. Mathilda stand fasziniert dabei und bekam ein Handtäschchen mit blass-türkisem Hamsterbesatz, was aussah wie verschimmelt. Schmelz freute sich wie ein Kind über jeden Bericht, jede Fellprobe, jeden Klatsch und Tratsch aus der Branche. Es ging bergauf, die Talfahrt war durchschritten, Pelz wurde wieder modern, tragbar, angesagt, trendy, ich-habs-ja-schon-immer-gesagt.

„Nu lasst mich mal in Ruhe ankommen Kinder, der Flug war anstrengend und Bruno kommt bestimmt auch noch vorbei." Er scheuchte Schmelz und Mathilda hinaus und schloss die Tür hinter sich.

Mathilda schlenderte in den Aufenthaltsraum, holte sich einen Kaffee und hörte, wie eine Kundin mit schriller Stimme den Laden betrat.

Sie stand mit ihrer Tasse am Fenster und sah, wie Peter über den Parkplatz kam. Er rannte durch den Nieselregen und sie konnte sein Gesicht nicht sehen. Sofort trat sie einen Schritt zurück. Er sollte sie nicht bemerken.

Lässig sprang er auf die Laderampe, schüttelte sich wie ein Hund und klopfte direkt an Funkels Bürotür. Schnell öffnete sie die Hintertür einen Spalt, um mehr verstehen zu können, und hoffte, dass jetzt nicht ausgerechnet Schmelz oder Irene kamen. Das war aber zum Glück unwahrscheinlich, da die schrille Kundin beide mit einer Anprobe beschäftigte.

„Hallo Heribert."

Das war Peters Stimme.

„Frank!"

Funkel klang alarmiert. Aha, also nicht Peter. Mathildas Knie wurden weich. Und die beiden kannten sich schon.

„Wir hatten besprochen, dass du niemals hier auftauchst!"

Das war gut, dann konnte er Alex nicht auf dem Gewissen haben. Trotzdem fühlte sich Mathildas Zunge an, wie mit Sandpapier belegt.

„Schön hast du es hier. Willst du mich nicht ein bisschen rumführen?" Peter, der ja eigentlich Frank hieß, klang entspannt. Was konnte er wollen?

„Lass das da stehen und verschwinde! Sofort! Bevor dich noch jemand sieht." Funkels Stimme wurde schriller. Klang nicht nach einem neu entdeckten Vater-Sohn-Verhältnis.

„Deine kleine Verkäuferin hat mich schon gesehen. Wusstest du eigentlich, dass sie gar keine Verkäuferin ist? Sie ist Detektivin. Ganz hübsch, aber eher langweilig im Bett. Ich habs lieber versauter. Hast du sie auch schon ausprobiert?"

Mathilda blieb fast das Herz stehen. Das konnte doch nicht sein. Sie hatte ihm vertraut und das, obwohl sie ihn erst ganz kurz kannte. Weil sie verliebt war. Sie glaubte, ihr Herz knistern zu hören, als ob es zerdrückt würde, zu einem kleinen harten Ball.

Funkel stöhnte auf. „Detektivin? Oh Gott, nein! Glaubst du, sie ist hier wegen …"

„Nein, davon weiß sie nichts. Sie ist hier, weil deine Frau sie hergeschickt hat. Du bist zu viel Kohle gekommen, hab ich gehört." Peters Stimme klang schnurrend wie die eines Katers vor einem Mauseloch. „Aber ich bin DESWEGEN hier."

Weswegen? Mathilda musste die Luft anhalten, um die Frage nicht laut rauszuschreien. Was war denn noch in diesem Laden los? Am Liebsten wäre sie in Funkels Büro gerannt und hätte Peter so lang geschüttelt, bis er ihr alles sagte. Bis er wieder der geworden wäre, der er gestern noch für sie war.

Die Tür hinter ihr ging auf und Mathilda schrak so zusammen, dass sie fast umfiel. Aber es war nur Irene, die zur Toilette gehen wollte. „Meine Güte, die Alte macht mich porös. Alles ok bei dir? Du bist ja kreidebleich."

Mathilda nickte und tat so, als ob sie in den Aufenthaltraum ging. „Alles ok, ich setz mich mal kurz." Hau ab, beeil dich, geh schon! Irene wusch sich noch ausgiebig die Hände, kämmte die Sturmfrisur und hatte es überhaupt nicht eilig zu der Frau zurückzugehen. Schließlich kam sie aber doch raus, verdrehte die Augen, zwinkerte ihr zu und ging zurück.

Sofort hing Mathilda wieder am Türspalt. Sie versuchte, ihren Atem unter Kontrolle zu bringen, um besser hören zu können.

„… dann siehst du mich nie wieder." Das war Peter.

Sie hörte Klappern, Schritte, etwas wurde geschoben, Funkel schnaufte so schwer, dass sie es hören konnte.

„Hier nimm das. Mehr hab ich nicht und jetzt geh endlich. Fährst du zurück nach Rumänien? Du musst dich um die Muffs kümmern. Der Winter steht vor der Tür." Er hustete.

„Lenk nicht ab, das ist zu wenig. Ich seh doch die Bündel hinter dir im Tresor. Zeig mal." Poltern und ein erstickter Schrei von Funkel. Peters Stimme klang so hart, dass Mathilda sie nicht mehr wieder erkannt hätte.

„Lass das, das gehört mir nicht! Wenn das weg ist, bringen die mich um!"

„Ja, da schau her, das lohnt sich aber, alter Mann. Damit kann ich eher was anfangen. Und jetzt geh mir aus dem Weg."

„Nein! Gib das her! Frank, bitte, das ist …". Und dann hörte Mathilda nur noch ein ersticktes Röcheln. Ohne zu überlegen, stieß sie die Tür auf und rannte in Funkels Büro.

Im gleichen Moment kam ihr Peter entgegen. Er wischte hektisch über eine der alten Waffen mit Bajonett. Er blieb wie vom Donner gerührt stehen.

Dann holte er aus, um auch sie niederzuschlagen, aber Stimmen im Laden näherten sich der Tür. Er grinste sie an, drückte ihr ein blutiges Bündel Geldscheine und die alte Waffe mit dem Bajonettaufsatz in die Hand und warf sie mit aller Kraft auf Funkel. Der lag am Boden. „Hier Schätzchen, kauf dir was Schönes." Er griff nach Funkels Autoschlüssel auf dem Schreibtisch und rannte raus.

Mathilda war zu perplex, um reagieren zu können. Zuerst wollte sie ihn verfolgen, dann sah sie das Blut, das aus einer Wunde an Funkels Hals spritzte. Peter hatte ihm das Bajonett davor geschlagen. Mathilda versuchte, die Wunde zuzuhalten, aber sie hatte keine Chance. Die Schlagader war ein ganzes Stück aufgerissen worden und Funkel verblutete in wenigen Augenblicken.

Und dann ging die Tür auf. Schmelz kam herein. Er sah sie mit blutigen Händen, neben sich die Tatwaffe und einem Bündel Geldscheinen auf dem Boden neben seinem toten Chef. Der Tresor stand sperrangelweit offen und war leer.

Blaulicht, Flatterband, jemand fotografierte mit Blitzlicht, jemand nahm Proben von dem Blut an ihren Händen, jemand versuchte mit ihr zu reden, ihr Fragen zu stellen, jemand brachte den schreienden Schmelz nach draußen, jemand schob die sprachlose Irene beiseite. Niemand verfolgte Peter. Niemand hatte ihn gesehen und wusste etwas von ihm. Niemand glaubte ihr.

Mathilda saß in einem kleinen Raum an einem Tisch, vor ihr eine lausige Tasse Kaffee, die es aber auch nicht mehr schlimmer machen konnte und starrte vor sich hin.

Peter hatte sie als Mörderin zurückgelassen, er hatte den Verdacht absichtlich auf sie gelenkt und war abgehauen. Lachend. Er hatte sie verraten. Es war gar nicht nötig gewesen, sie auch zu töten. Sie wusste nichts von ihm, keinen Namen, gar nichts. Sie ballte die Fäuste und lehnte ihre schweißnasse Stirn dagegen. Zuckte dann wieder zurück, weil sie die Spuren von Funkels Blut unter den Fingernägeln sah.

Wie naiv sie gewesen war! Was sie ihm alles geglaubt hatte! Ihr wurde schwindelig. Sie wollte mit niemandem reden, nicht mit der Polizei, die ihr sowieso nicht glaubte, nicht mit Sam. Nicht mit Gernsheimer und einen anderen Anwalt wollte sie nicht. Wozu auch? Das führte alles zu keiner Lösung.

Sie musste allein sein und in Ruhe ihre Gedanken sortieren. Grübeln und nachforschen. Peter hatte Funkel wegen Geld umgebracht, das war klar, aber worum war es in dem Gespräch zwischen den beiden gegangen? Warum war Peter überhaupt aufgetaucht? Und warum hatte Funkel viel Geld im Tresor, dass ihm angeblich nicht gehörte? Woher kannten sich die beiden wirklich? Warum sollte Peter niemals dort auftauchen?

„Sie ist Detektivin. Ganz hübsch, aber eher langweilig im Bett." Sie war eine beschissene Detektivin, eine ehemalige Detektivin, eine Verliererin, die sich wie in einem billigen Film in den Bösewicht verliebt und von ihm fallen gelassen wurde.

Die Tür hinter ihr ging auf und ihr Bruder Michael kam rein. Im Revier hatte sich wohl schon rumgesprochen, dass die kleine Schwester vom Kollegen Rosenbaum wegen Mord festgenommen worden war.

„Oh nein, bitte nicht auch noch du. Ja ich bin die Schande der Familie, meinetwegen enterbt mich, ich hab deine Zukunft zerstört. Ich bin Schuld, ich bin es nicht wert deine Schwester zu sein und jetzt hau ab." Sie legte den Kopf auf die Arme vor sich auf den Tisch, unfähig ihn anzusehen.

Sie hörte einen Stuhl über den Boden scharren und jemanden sich setzen.

„Lass mich in Ruhe! Das Letzte, was ich jetzt brauche, sind Vorwürfe. Die mach ich mir selbst und glaub mir, ich mach mir bessere, als du es je könntest."

Schweigen.

Mathilda hob den Kopf und sah ihn an. „Was?"

„Du bist eine Nervensäge und verantwortungslos und wenn ich gekonnt hätte, dann hätte ich dich schon mit fünf Jahren gegen ein Aquarium mit einem echten Hai eingetauscht. Durfte ich aber nicht."

„Ganz toll. Das war genau das, was ich jetzt hören wollte. Bist du fertig?"

„Nein, nicht ganz. Du bist keine Mörderin. Wir haben noch zwei Minuten. Also hör mir genau zu. Ich hab das Protokoll gelesen und glaube dir. Aber ich kann nichts machen.

Ich bring dich jetzt zum Auto, um dich ins Gefängnis zu fahren. Auf der Straße wirst du mich niederschlagen, verstanden? Und zwar nicht so tun, als ob, sondern richtig. Du kannst zwar nicht viel, aber das kannst du. Und dann haust du ab und tauchst unter. Du rührst dich nicht mehr von der Stelle und machst keinen Mucks außer atmen. Ich kümmer mich darum, dass der richtige Mörder gesucht wird. Wenn du links um die Ecke läufst, wartet jemand auf dich, um dir zu helfen. Hast du das verstanden?"

Mathilda sah ihn wortlos an und nickte.

„Gut, dann komm jetzt. Aber danach hab ich was bei dir gut und glaub mir, das hol ich mir auch."

Er zog die apathische Mathilda durch die Gänge, an grinsenden Kollegen vorbei, die sich mit ihren Kaffeebechern vor ihre Bürotüren gestellt hatten, um dem Schauspiel der Geschwister Rosenbaum beizuwohnen. So mussten sich die Hexen im Mittelalter gefühlt haben, wenn sie im Käfig an der johlenden Menge vorbei zum Scheiterhaufen gebracht wurde.

Vor der Tür packte er ihren Arm fester. „Jetzt! Schlag mich oder du landest im Knast." Als sie nicht sofort reagierte, kniff er sie heimlich fest unter ihren Oberarm in die weiche, empfindliche Haut. Wie damals, vor 20 Jahren, als sie seinen Hamster freigelassen hatte.

Sofort war sie präsent, schlug ihm ihr Knie in den Magen und warf ihn zu Boden, wo er röchelnd liegen blieb. Wie damals, vor 15 Jahren, als er ihren ersten Freund wegen eines Joints bei ihrem Vater verpfiffen hatte.

„Hau ab! Ich komm klar. Wenn ich gekotzt hab."

22.

Hinter der Ecke zog Sam sie in sein Auto und fuhr mit ihr zu Gernsheimer. „Erzählen Sie gleich in Ruhe, nicht jetzt."

Mathilda hätte auch gar nichts sagen können. Sie rieb sich ihre schmerzende Hand und versuchte sich zu konzentrieren auf das, was kam.

In dem riesigen Büro sank sie auf einen der Sessel und begann zu erzählen. Sie versuchte, sich an jedes Wort zu erinnern, das Peter und Funkel gewechselt hatten. Sam schrieb einfach nur mit und Robert fragte gezielt nach, wenn sie ins Stocken kam.

„Er rannte raus zu Funkels Wagen ... oh mein Gott, Funkels Wagen, da haben wir doch einen Sender dran!"

Alle drei beugten sich über Sams Handy und starrten auf die Karte, die den Verbleib des Autos anzeigte.

„Verdammt er ist schon in Tschechien!" Robert schlug auf den Tisch. „Wenn wir früher daran gedacht hätten, hätte die Polizei ihn festnehmen können! Jetzt hat das keinen Sinn mehr."

„Warum nicht?" Sam hatte schon das Handy im Anschlag.

„Ausland. Das ist was anderes, als hier mal eben eine Personenkontrolle anzuordnen."

„Was macht er denn in Tschechien?" Sam stand auf der Leitung.

„Er fährt nach Rumänien zu dem Betrieb, in dem die Muffs hergestellt werden. Die Adresse haben wir." Mathilda sprang auf. „Ich fahr hinterher. Den erwisch ich noch. Er weiß ja nicht, dass ich ihn verfolge."

„Immer mit der Ruhe. Du fährst hinterher, erwischst ihn, und dann? Was willst du dann machen?" Robert drückte sie wieder auf einen Stuhl. „Das muss geplant werden."

Sam war blass geworden. „Sie sollte sich nicht in diese Gefahr begeben. Können Sie ihrem Bruder nicht sagen, wo er sich aufhält?"

„Auf keinen Fall, den kauf ich mir selbst." Mathilda wollte schon wieder aufspringen.

„Jetzt bleib doch mal sitzen! Nein Sam, bis ein internationaler Haftbefehl da ist, wäre er längst über alle Berge, außerdem müsste man dafür wenigstens wissen, wie er heißt und ein paar Beweise haben. Wir haben nichts!" Robert stand auf und wanderte in seinem Büro hin und her, wie ein Bär im Käfig.

Mathilda sah die beiden flehentlich an. „Ich improvisiere. Passt auf. Ich fahr jetzt und ihr überlegt hier, was ich machen soll, wenn ich ihn habe. Leute, ich kann nicht länger warten. Er hat fast fünfhundert Kilometer Vorsprung. Herr Schulz, ich brauche Ihren Wagen. Robert, überleg was ich machen kann, ohne Beweise zu zerstören."

Robert öffnete einen in den Kleiderschrank eingebauten Safe, entnahm ein Bündel Bargeld, nahm einen Schlüssel vom Tisch und seine Jacke. „Ich komm mit. Und ich fahre." Dann holte er eine Tasche aus einem schmalen Schrank. „Hier, da kommt ein Handy rein, ein Tablet und was wir sonst noch brauchen."

Sam steuerte Kopfschmerztabletten und eine Taschenlampe bei. Mathilda stand perplex mitten im Raum. „Nein! Du kommst nicht mit! Das ist mein Job, das mach ich allein."

„Keine Widerrede. Du brauchst für jede seiner Aussagen einen glaubwürdigen Zeugen. Oder willst du ihn ganz allein hierher bringen? Du bist zwar sehr fit und sportlich, aber einen Mann von 85 Kilo steckst du trotzdem nicht so einfach ins Auto. Außerdem sind wir zu zweit schneller, weil wir uns beim Fahren abwechseln können. Also los jetzt, die Diskussion hält uns nur auf."

Mathilda saß wortlos auf dem Beifahrersitz und starrte auf die Fahrbahn. Noch nicht einmal die halsbrecherische Geschwindigkeit, mit der Robert versuchte aufzuholen, konnte sie aus der Versenkung holen.

„Ruf Ulla an, die macht sich bestimmt schon Sorgen." Robert nahm den Blick nicht von der Straße.

Mathilda schüttelte den Kopf. „Später. Ich bin mit dem Selbstmitleid noch nicht fertig. Außerdem hab ich kein Handy mehr. Das hat die Polizei."

„Mach dir keine Vorwürfe. Du hast dich verliebt, da funktioniert eben nichts mehr."

„Was funktioniert nicht mehr?"

„Alles, Verstand, Menschenkenntnis, Vorsicht, Objektivität, Erfahrung. Alles weg. Und das ist auch gut so, sonst müsste ich im Zirkus auftreten. Stattdessen bin ich Scheidungsanwalt. Was glaubst du denn, warum es so eine hohe Scheidungsrate gibt? Leute heiraten, nur weil sie verliebt sind. Und wenn das nachlässt, sehen sie, mit was für einem Idioten sie Tisch und Bett teilen."

„Du bist geschieden, richtig?"

Robert nickte. „Ja, das bin ich. Und das, obwohl ich es besser hätte wissen müssen. Aber man kann nichts dagegen machen. Wenn es möglich wäre, jeden Menschen so zu sehen, wie er ist, mit all seinen Fehlern und all seinen Widerlichkeiten, wäre die Menschheit schon ausgestorben. Also wurde uns die Liebe gegeben, die über all das hinweg sehen lässt, bis wir uns oft genug fortgepflanzt haben, um die Art zu erhalten."

„Liebe Güte, die muss dich ja fertig gemacht haben." Mathilda vergaß für einen Moment ihre eigene Geschichte.

Robert seufzte tief. „Wenn man jemanden gut genug kennt, gehört nicht viel dazu, ihn auf die Bretter zu schicken. Aber ich hab mich davon erholt."

„Herrn Schulz passiert das nie. Er hat eine Menschenkenntnis, die schon ans Unnatürliche grenzt. Wahrscheinlich macht er sich über mich lustig und hält mich für so eine Triebliesel." Es klang ein bisschen neidisch.

„Sam? Sprechen wir über den gleichen Mann?" Jetzt warf Robert ihr doch einen kurzen Blick zu, was ihr angesichts der Geschwindigkeit den Schweiß auf die Stirn trieb.

„Guck nach vorne!"

„Sams Menschenkenntnis versagte an der gleichen Stelle wie deine. Oder glaubst du, er ist mit dieser Schreckschraube glücklich?"

„Robert! Ich dachte, ihr wärt Freunde!"

„Sind wir ja auch. Deswegen fällt es mir ja auch so schwer zuzusehen, wie sie ihn fertig macht. Cornelia ist völlig unfähig, Menschen für sich zu gewinnen, deshalb benutzt sie ihn, um sich denen zu nähern, die sie für interessant hält. Sam kommt mit jedem gut klar, er ist charmant und gebildet, emphatisch und unterhaltsam. Alles Eigenschaften, die Cornelia restlos fehlen."

„Und was findet er an ihr? Hab ich mich schon immer gefragt."

„Wahrscheinlich spricht sie seinen Beschützerinstinkt an. Sie hat ihn um Hilfe gebeten, ihr wurde Unrecht getan und er sah sich in der Rolle als Rächer und Helfer. Außerdem nimmt sie seine ganzen Wehwehchen ernst und unterstützt ihn darin sogar noch. Fürchterlich. Aber das ist seine Sache. Lass uns nochmal zu Peter kommen."

Mathilda stöhnte. „Ich bring ihn um, wenn ich ihn erwische, und wehe du hinderst mich daran."

„Sehr gut, das klingt schon vernünftiger. Und jetzt ruf Ulla an."

„Du magst sie, hm?"

„Ja, das war, glaub ich, nicht zu übersehen." Er lächelte.

„Von ihr wirst du nicht auf die Bretter geschickt. Sie ist ein toller Typ und absolut ehrlich. Aber du musst dich noch ein bisschen anstrengen. Und etwas Geduld mitbringen. Am besten beides. Sie ist der wichtigste Mensch in meinem Leben." Sie nahm Roberts Handy und rief sie an.

„Wo um alles in der Welt bist du?"

„Mit Robert unterwegs Richtung Rumänien. Es ist viel passiert ..."

„Ich weiß, Sam war eben hier und hat mir alles erzählt. Ach Tildchen, pass bloß auf dich auf. Ich hab Angst um dich."

„Keine Sorge, du kennst mich doch. Aber warum war Sam denn bei dir? Alles ok mit ihm? Warte, ich stell mal auf Lautsprecher, dann kann Robert auch mithören."

Ulla seufzte. „Cornelia macht ihm wieder Stress. Sie meinte, er soll sich mehr um das Bild kümmern, und er hat ihr wohl gesagt, dass er das Ding nicht findet und aufgeben will, da ihr noch andere Sachen zu tun habt."

„Ups, das hat ihr bestimmt nicht gefallen."

„Nein, überhaupt nicht. Sie glaubt, dass du dahintersteckst, und will, dass er sofort aufhört."

„Und was hat Herr Schulz dazu gesagt?"

„Er hat ihr gesagt, dass er eine Auszeit in der Beziehung braucht und ist dann zu mir gekommen. Das hat ihn wohl sehr mitgenommen."

„Was macht er jetzt?"

„Er sagte, er will sich mit Irene von Hasenbruch treffen. Dass Alex verschwunden ist, hat ja mit Peter nichts zu tun. Und er will sich dahinter klemmen. Er brauchte eine Aufgabe. Einfach warten, ob ihr beide Peter findet, hätte ihn verrückt gemacht."

„Echt jetzt? Irene ist Jägerin, hat er keine Angst vor ihr?"

Ulla kicherte. „Doch, aber ich hab ihm Baldrian-Tee gekocht und er hat Willi mitgenommen. Der passt schon auf ihn auf. Sie treffen sich außerdem in einem Café. Ich glaube nicht, dass sie ihn dort erschießt."

„Er ist auch ein zu großes Ziel, das wäre keine Herausforderung für sie. Ok, ich bin gespannt, was er heraus bekommt. Reden kann er ja." Mathilda sah aus dem Fenster. Abgeerntete Felder und sattgrüne Wiesen zogen vorbei, gelegentlich ein kleiner Wald, der sich an einigen Stellen schon rötlich und gelb verfärbt hatte.

Sie durften nur noch 130 km/h fahren, woran sich Robert aber nur hielt, wenn zwei Laster nebeneinander vor ihm waren. Ihr fielen kurz die Augen zu, aber dann sah sie den blutüberströmten Funkel vor sich und schreckte hoch.

„Was hat eigentlich Inge zum Tod ihres Ex-Mannes gesagt? Müsste sie doch gefreut haben, da sie jetzt den Laden wiederhaben kann, oder?"

„Ich habs ihr nur kurz erzählt und sie war nicht so richtig begeistert. Wir wissen ja nicht, was in seinem Testament steht. Sie selbst wird nicht mehr drin vorkommen, so viel ist klar. Kinder gibt es keine, sie wurde ausbezahlt. Also alles offen."

Sie fuhren schweigend weiter.

Und dann fing Mathilda an zu weinen. Plötzlich, wie aus heiterem Himmel, flossen ihr die Tränen übers Gesicht. Sie konnte nicht mehr. Nicht mehr aufhören, nicht mehr reden, ihre Hände zu Fäusten geballt, rang sie nach Luft und schluchzte verzweifelt. Zwischendurch war ihr, als könnte sie ihren geschüttelten Köper von außen sehen, als würde er nicht zu ihr gehören. Robert fuhr schweigend weiter und reichte ihr nur hin und wieder ein Taschentuch.

„Tut mir, leid, ich konnte das nicht aufhalten. Verdammt, ich konnte ihn nicht aufhalten, ich konnte das Blut nicht aufhalten." Ihre Stimme war nur noch ein Flüstern.

„Hör mal. Dafür musst du dich nicht entschuldigen. Du stehst unter Schock. Ich bin froh, dass du das mal rausgelassen hast. Da kümmern wir uns drum, wenn wir zurück sind, ja?"

Mathilda nickte nur. Ihre Augen brannten und sie fühlte sich so schwach, als ob sie bis hierher gelaufen wäre.

23.

Als sie wach wurde, war es ganz still. Das Auto stand und neben ihr schnarchte Robert in seinem Sitz so laut, dass das ganze Auto vibrierte. Es war kurz vor fünf.

„Robert?" Sie tippte ihn leicht an. „Robert!"

Er schreckte hoch und sah sie an wie den Drachen, der seine Burg bedrohte. „Mathilda? Was? Wo ..." Er sah sich um und stöhnte leise. „Mir tut alles weh."

„Mir auch. Los, komm, lass mich weiter fahren, dann kannst du noch ein bisschen schlafen."

„Nein geht schon. Die Umbauten hier ..."

„Los jetzt. Die Umbauten können alle mit einem Handgriff abgebaut werden. Ich hab mir das angeschaut."

Unzufrieden grunzend schob sich Robert von seinem erhöhten Sitz und stellte ihn tiefer. Dann nahm er die Verlängerungsaufsätze für Gas und Bremse ab, so dass Mathilda den Wagen problemlos fahren konnte.

Er stellte den Beifahrersitz nach hinten und war augenblicklich eingeschlafen.

Mathilda verfolgte über die App im Handy, wo sich Peter gerade aufhielt und wie lange sie noch fahren mussten. Er würde die Adresse des Betriebs in etwa zwei

Stunden erreichen. In vier Stunden sollten auch sie und Robert am Ziel sein.

„Was macht er denn da? Er fährt nicht zum Betrieb." Mathilda verfolgte alarmiert den Weg, den Peter nahm. Er fuhr auf Seitenstraßen in ein Naturschutzgebiet.

„Da will er sich bestimmt irgendwo verstecken oder mit jemandem treffen. Zeig mal." Robert sah sich die Gegend auf dem Tablet an. „Da ist ein Campingplatz an einem Stausee. Wir fahren einfach weiter. Ist doch egal, wo wir ihn finden."

Er folgte ihm auf dem Handy. „Er fährt nicht zu dem Campingplatz, er fährt dran vorbei."

Stunden später standen sie an einer Staumauer mitten im Naturschutzgebiet und sahen sich um. Offene Gras- und Buschlandschaft, hinter ihnen der lange See. Kein Auto zu sehen.

„Hier hab ich das letzte Signal empfangen, danach war Schluss." Mathilda warf einen Kiesel von der Mauer ins schwarze Wasser.

„Tja, dann parkt er wohl da unten irgendwo auf dem Grund. Und jetzt?" Robert sah sich um. „Wollen wir bei dem Campingplatz fragen? Woanders kann er ja nicht hingegangen sein."

Mathilda fühlte sich müde und frustriert. Nur der Gedanke daran, dass es auf Campingplätzen meistens Kaffee und etwas zu essen gab, hielt sie noch aufrecht. Mit hängenden Schultern stieg sie wieder ein und ließ sich auf der Schlaglochpiste bis zur Rezeption chauffieren.

Ein Ferienparadies erwartete sie. Der gepflegte Eingangsbereich bestand aus strahlend weissen Häuschen mit roten Balken und Dächern, vielen Blumenkübeln und schönen alten Bäumen. Im Hintergrund schimmerte der

See, aber jetzt im September waren nur noch wenige Gäste da, der Parkplatz vor der Rezeption war leer und im Café daneben waren nur zwei Tische besetzt.

Mathilda steuerte wie ferngesteuert auf den Tresen zu und bestellte alles Fleischlose, was in der Auslage zu sehen war. Dann ging sie zu den Waschräumen und wusch sich den Schlaf aus den Augen, putzte die Zähne mit dem Finger und fuhr sich mit den feuchten Händen durch die Haare, bis sie einen zufriedenstellenden Strubbelgrad aufwiesen.

Robert saß schon am Tisch, als sie zurückkam und biss in ein Brötchen. „Er war hier und wurde von einem Lieferwagen abgeholt. Die Beschreibung passt auf den, der bei Funkel die Muffs geliefert hat." Der Satz wurde durch eine Ladung Rührei verfremdet.

Mathilda nickte und gab sich dem Essen hin. Es würde weiter gehen. Die Adresse von dem Betrieb hatte sie, also konnten sie jetzt auch ohne Sender fahren.

„Bist du denn sicher, dass er da auch wohnt? Vielleicht hat er ja eine Wohnung irgendwo in der Nähe." Robert hatte sich zufrieden zurückgelehnt und trank seinen Kaffee.

Auch Mathilda nahm einen Schluck und spuckte ihn gleich in die Büsche neben sich. „Was ist das denn für eine Plörre? Bah! Das ist ja widerlich! Schlimmer als das Zeug aus Funkels Laden!"

Robert hielt ihr den Mund zu. „Das ist eine Spezialität hier in Rumänien. Der wird hier mit etwas Kakao, Milch und Vanillezucker gekocht. Jetzt ruf bitte keinen internationalen Zwischenfall hervor!"

Sie nickte und er ließ sie los. Dann lieber Cola. Damit konnte man nichts falsch machen. Der Kaffee musste warten.

„Ist doch egal. Wir finden ihn. Der Betrieb liegt in der Pampa. Da kennt jeder jeden." Das gute Essen und das

Koffein hatten ihren Optimismus und ihre Lebensgeister geweckt. „Komm weiter. Ich will ihm eine verpassen."

„Schau mal, ich glaube hier müssen wir von der Straße runter." Mathilda hielt an und sah vom Handy auf den Schotterweg, der auf einen bewaldeten Hügel führte. Die Sonne schien und Mücken tanzten über den Holunderbüschen am Straßenrand. Der Duft nach Erde und feuchtem Holz wehte durch das geöffnete Fenster, Vögel zwitscherten in den Bäumen.

Robert nickte und strich sich über das unrasierte Kinn. „Warte, ich steig mal aus." Er rutschte von Autositz, streckte die steifen Glieder und ging ein paar Schritte zur nächsten Kurve. Kopfschüttelnd kam er zurück.

„Nichts zu sehen. Lass mich mal weiter fahren. Das geht ja noch ein paar Kilometer. Danach kann ich die Stoßdämpfer vergessen."

Sie fuhren den holprigen Weg, der sich bergauf schlängelte, überholten ein Pferdefuhrwerk, kamen an halb verfallenen Höfen vorbei und winkenden alten Leuten in Bauerngärten.

„Mir wird langsam mulmig." Mathilda rutschte unruhig hin und her.

„Musst du mal?"

„Nein, ich weiß nicht, was uns da erwartet. Egal, wie es da aussieht. Peter kennt sich dort aus und wir nicht. Das sollten wir im Hinterkopf behalten. Und er wird da nicht allein sein."

Robert nickte ernst. „Wie weit noch?"

„Fast einen Kilometer. Ich glaube, wir sollten lieber ab hier laufen und uns das Ganze von weitem anschauen."

Sie parkten den Wagen ein Stück abseits hinter einem Gebüsch. Robert kramte im Kofferraum, nahm einen

Schraubenschlüssel von der Größe von Mathildas Unterarm heraus und reichte ihn ihr. „Hier, besser als gar keine Waffe."

Für sich selbst zog er eine Eisenstange heraus, die ursprünglich dazu gedacht war, den Wagenheber zu verlängern. Damit ausgerüstet liefen sie querfeldein den Hügel hoch.

Von dort aus entdeckten sie eine Ansammlung von mehreren Gebäuden. Eines sah aus wie ein alter Bauernhof, mit einer großen Scheune und eines wie eine langgestreckte Lagerhalle. Drumherum lag jede Menge Sperrmüll, ein kaputter Kühlschrank, der in Mathilda ungute Erinnerungen wachrief, Teppiche und undefinierbare Bretter, Schubladen und Schrankfragmente. Davor standen ein froschgrüner Dacia und der LKW mit den Enten und Hühnern auf der Plane.

Bingo, den hatten sie schonmal gefunden. In die andere Richtung führte offensichtlich eine geteerte Straße.

„Na toll, warum hat uns das blöde Navi diese Piste hier hochgeschickt?" Robert war außer Atem. Das Laufen im Wald fiel ihm schwer. „Kannst du irgendwas erkennen, was uns weiterhilft?"

Mathilda reckte sich und kniff die Augen zusammen. „Nein, nichts. Keine Menschenseele zu sehen."

24.

Im Schutz des Dickichts gingen sie näher heran, bis sie zu der kleinen Halle kamen. Mathilda kletterte auf einen umgedrehten Farbeimer und wischte mit dem Ärmel ihres Pullovers eine Stelle des staubigen Fensters sauber, um hineinzusehen. Innen standen zwei Reihen Tische mit Nähmaschinen, daneben Körbe voller Pelze.

„Keiner drin, aber hier werden die Muffs genäht."

„Heute ist Samstag. Die haben frei. Umso besser, dann können wir uns ein bisschen umsehen."

Sie gingen an der Rückseite des Gebäudes entlang, kämpften sich durch Brombeerranken und alte Stacheldrahtrollen, bis sie zu einem Durchgang kamen. Von hier aus konnten sie in den Hof sehen.

Ein paar Hühner suchten im Staub nach Körnern, tranken aus einer Pfütze und gackerten leise, als ob sie Selbstgespräche führen würden. Unter einem wackeligen Unterstand stand ein Traktor, der aussah, als ob er schon die Felder des Grafen Dracula bestellt hätte.

„Lass uns mit der Scheune anfangen. Willst du mitkommen, oder hier warten und Wache halten?" Mathilda wäre lieber allein gegangen, aber Robert schüttelte den Kopf.

„Ich komm mit."

Sie gingen an der Wand entlang bis zum Scheunentor, das leise knarrte, als sie es ein bisschen aufschoben. Sie quetschten sich durch. Drinnen mussten sie sich erst an die Dunkelheit gewöhnen. Nur wenige Lichtstrahlen drangen durch die kleinen Fenster und schmalen Lücken zwischen den Brettern der Wände. Es roch nach Heu und Staub, nach altem Holz und nach Stall.

„Keiner hier." Robert stellte die unhandliche Stange neben die Tür, um sie auf dem Rückweg nicht zu vergessen.

Auf der einen Seite standen landwirtschaftliche Geräte aus längst vergangenen Tagen, Strohballen und Säcke mit unleserlicher Aufschrift, auf der anderen Seite Körbe und Gitterkisten mit Fellen.

Weiter oben war ein Heuboden, an dessen Rand eine weiße Katze hockte und ihnen interessiert zuschaute.

Sie sahen sich alles genau an, ohne zu wissen, was sie speziell suchten. Peter war nicht hier drin, aber falls er plötzlich auftauchen sollte, konnte es nicht schaden, die Umgebung zu kennen.

Weiter hinten standen verlassene Boxen, in denen früher vermutlich Pferde untergebracht worden waren. Auf der anderen Seite eine Kammer mit alten, vertrockneten Ledersätteln und Zäumen.

Das Handy vibrierte. Robert ging dran, als er sah, dass der Anruf von Sam war.

„Moment, ich stell auf Lautsprecher, hier ist sowieso niemand."

Mathilda hörte Sams Stimme an, dass er aufgeregt war. „Passt auf, Folgendes: Ulla hat ein Glas gehabt, auf dem ein Fingerabdruck von dem Typ erhalten war. Über ein paar sehr teure Umwege wissen wir jetzt, wer er ist.

Sein Name ist Frank Weiser. Er ist vorbestraft wegen schwerer Körperverletzung und Raub. Er war auf Bewährung frei. Vor etwa einem Jahr hat er ohne Grund einen Kneipenbesucher krankenhausreif geprügelt, der jetzt im Rollstuhl sitzt und seitdem ist Weiser verschwunden. Ich hab Ihrem Bruder schon Bescheid gesagt, Frau Rosenbaum, aber er meinte, das reicht noch nicht ganz. Er ist auch nicht erfreut darüber, dass Sie ihn suchen."

„Nicht erfreut? Einerseits reichts nicht, um ihn zu suchen, andererseits soll ich zu Hause hocken bleiben. Großartige Einstellung. Wie äußerte sich das Nichterfreutsein denn?"

„Ähm, na ja, er hat ein paar unschöne Dinge angedroht, wenn Sie wieder da sind. Aber das sollte Sie jetzt nicht belasten. Wie kommen Sie voran?"

„Wir sind da. Aber Peter haben wir noch nicht gesehen. Ich meine, Frank heißt er ja jetzt. Muss ich mich erst dran gewöhnen. Wir fangen gerade erst an zu suchen und melden uns später wieder."

Robert sah sie an und schluckte. „Vorbestraft wegen schwerer Körperverletzung ist eine neue Komponente in dem Fall. Wollen wir trotzdem weiter suchen?"

Mathilda nickte. „Er hat Funkel umgebracht, schon vergessen? Die Info hat's auch nicht mehr schlimmer gemacht. Jetzt erst recht. Ich hab keine Angst vor ihm."

„Solltest du aber! Wer vor so einem Typen keine Angst hat, ist dumm. Sorry, wenn ich das so sage, aber er ist skrupellos und gewalttätig."

„Ich weiß nicht, ob Herr Schulz dir das gesagt hat, aber ich bin Kampfsportlerin."

Robert schüttelte nur den Kopf.

Sie sah sich in der schmutzigen Sattelkammer um. „Hier war schon lange niemand mehr. Der Staub auf dem Boden ist unberührt. Nur wir haben hier Spuren hinterlassen."

„Stimmt." Robert seufzte und ging ein Stück zurück, den Blick auf den Boden gewandt. „Aber hier war jemand!" Er zeigte auf die Säcke an der Seite. Einer lag quer oben über den anderen. Er hatte noch nicht die dicke Staubschicht, wie die darunter. Robert stieg hoch, zog ihn zu sich und öffnete ihn.

Eine Lederjacke kam zum Vorschein, eine Sonnenbrille und ausgelatschte, rissige DocMartens-Stiefel. Exakt das Outfit, das Alex, laut Inge Funkels Beschreibung, getragen hatte.

Mathilda wollte in den Sack greifen und die Sachen rausziehen, aber Robert hielt sie zurück. „Nicht anfassen, das muss die Polizei machen. Es reicht, dass wir wissen, dass das Zeug hier ist."

„Aber das kann doch gar nicht sein! Wieso sind seine Sachen hier? Frank war ganz sicher noch nie im Laden gewesen." Mathilda sah Robert ratlos an.

„Vielleicht haben sie hier nur seine Klamotten hingebracht, weil sie im Laden nicht wussten, wohin damit." Er zögerte. „Vielleicht ist er ja hier irgendwo!"

„Ach was. Die haben ihn doch nicht ausgezogen in einen anderen Sack gesteckt. Außerdem riecht es hier nicht nach Verwesung."

„Nach Verwesung nicht, aber nach irgendwas anderem." Robert blieb auf dem Weg zum Tor stehen und sah sich um. Dann ging er in die Ecke neben dem Tor. „Was ist das denn? Warum sind die Säcke denn hinter Gittern?" Er griff hindurch und zog aus der raschelnden Papiertüte eine Handvoll brauner harter Brocken heraus. Er zuckte die Schultern, ging zum Tor und drückte es ein Stück auf. Die Brocken ließ er fallen.

Mathilda sah sich das genauer an und ihre Haare stellten sich ganz langsam auf. „Das ist Hundefutter. Viel Hundefutter."

„Na und? Das klaut ja wohl keiner. Die Pelze sind da schon interessanter. Mich wundert es sowieso, dass das alles hier unbewacht ist. Könnte doch jederzeit einer reingehen und alles klauen." Er war bereits auf dem Weg nach draußen.

„Robert, ich glaube, wir haben ein Problem. Weißt du nicht, was es heißt, wenn viel Hundefutter hinter einem Gitter aufbewahrt wird? Denk mal scharf nach. Das ist nicht für Dackel, das ist für große, für sehr große Hunde. Und wenn das verschlossen wird, heißt das ..."

„... dass die hier frei rumlaufen. Oh Gott, lass uns lieber verschwinden!"

Aber es war zu spät. Sie hörten das Scharren von Pfoten und Hecheln, unterbrochen von sehr tiefem Bellen. Mathilda sah sich um und zog Robert zu einer wackeligen und brüchigen Leiter, die auf den Heuboden führte. Sie waren gerade außer Reichweite, als zwei stämmige, kalbgroße Hunde mit schwarzen Gesichtern in die Scheune stürmten und systematisch den Boden beschnüffelten. Sie fraßen die herumliegenden Futterbrocken und suchten nach mehr.

Mathilda legte den Zeigefinger auf den Mund und hielt der kleinen Katze das Mäulchen zu. Robert nickte. Sie saßen bewegungslos im Heu. Staub tanzte in einem Sonnenstrahl um sie herum. Roberts Augen begannen zu tränen und ohne Vorwarnung musste er ohrenbetäubend niesen. Mathilda fiel vor Schreck fast hinunter und fluchte leise.

Die Hunde fuhren zusammen und sprangen dann bellend mit gefletschten Zähnen hoch. Einer der beiden versuchte die Leiter hochzuklettern, aber das gehörte zum Glück nicht zu seinen Stärken.

„Warum kommen die erst jetzt?" Robert hielt sich an einem Balken fest und sah nach unten.

„Vielleicht waren sie irgendwo auf dem Gelände unterwegs. Aber sie kennen das Geräusch, wenn ihr Futtersack angefasst wird. Das kennt jedes Tier. Damit kann man Fische aus dem Wasser locken."

„Und jetzt? Kampfsport? Wo ist der Schraubenschlüssel?" Robert sah sich um. Außer Heu war nicht viel zu finden.

„Hab ich auf dem Weg hierher, glaub ich, liegen gelassen. Was hätten wir denn damit machen sollen? Ihn apportieren lassen?"

Er sah sie genervt an und sie zuckte entschuldigend mit den Schultern.

„Wir müssen warten bis sie Durst haben und verschwinden. Große Hoffnung hab ich aber nicht. Das sind Kangals, die freuen sich, wenn sie was zu tun haben. Und wir sind gerade ihr Job."

Robert krabbelte vorsichtig durch das Heu weiter nach hinten. Mathilda konnte ihn nur noch husten und murmeln hören. „Mit wem redest du?"

„Sorry, mit mir selbst. Ist ne schlechte Angewohnheit. Stört dich das?"

„Nein, mach nur, ich hab mal in ner Psychiatrie gejobbt. Die haben das alle gemacht."

„Was soll das denn heißen?"

„Nichts. Hast du außer getrocknetem Gras noch was anderes gefunden?" Sie streichelte vorsichtig die kleine Katze, die jetzt wieder maunzte und sich erhob, um sich an ihr zu reiben.

Robert kam zu ihr zurück und schleppte irgendwas hinter sich her. „Hier ist eine Heugabel. Damit sollten wir die Köter doch besiegen können." Er sah sie triumphierend an.

„Das ist jetzt nicht dein Ernst, oder?" Sie zog die Katze auf ihren Schoss und streichelte sie weiter.

„Doch, warum? Ich geh drunter und zieh denen was über. Oder wir werfen das Ding von hier aus." Er nahm die Forke wie eine Lanze und sah zu den Hunden runter, die inzwischen hechelnd neben der Leiter lagen. Es war Mittag und es war warm.

„Glaubst du ernsthaft, ich lass zu, dass du die Hunde verletzt? Die können doch gar nichts dafür!" Sie sah ihn empört an und schob die Metallzinken zur Seite.

Robert blieb vor Verblüffung der Mund offen stehen. „Ja, was sollen wir denn sonst machen? Ich hab Durst, wir hatten eigentlich noch was vor und kommen so nicht weiter. Soll ich mich denen zum Fraß vorwerfen, damit du draußen weiter nach deinem Ex-Lover suchen kannst, oder was?"

„Uns wird was anderes einfallen. Und guck nicht auf die Katze, die werfen wir auch nicht runter."

„Das war jetzt deine Idee. Auf solche Gedanken würde ich nie kommen! Sag das Ulla, wenn du sie siehst."

Sie warfen Heu auf die Hunde. Das staubte wie verrückt, aber die beiden niesten nur und bellten weiter. Tief und grollend. Einer rannte auch raus und kam mit tropfender Schnauze wieder rein, dann ging der andere. Sie tranken abwechselnd.

Mathilda konnte gar nicht hinsehen. Ihre Kehle kratzte, ihre Haut juckte am ganzen Körper, sie hatte lauter kleine rote Punkte an den Armen, wo das Heu sie gepikt hatte. Robert rang nach Luft, seine Augen waren gerötet und geschwollen.

Die Katze sprang von ihrem Arm und lief weg.

„Schau mal da." Sie hatten so viel Heu runter geworfen, dass sie auf die Außenwand sehen konnten. „Da ist eine Luke nach draußen." Mathilda krabbelte auf allen vieren durch das restliche Heu und schob den Riegel der Luke zurück. Die Tür schwang auf und frische, saubere Luft strömte herein.

Robert kam hinterher und legte sich vor die Öffnung. Einen Moment genoss er die Kühle, dann drehte er sich zu Mathilda um. „Ich hätte da eine Idee. Kommst du hier irgendwie runter?"

Sie sah an der löchrigen Holzwand nach unten. Ein paar Querbalken hielten die Wand stabil, darauf konnte sie zur Seite klettern und dann am Regenrohr entlang runter. „Müsste gehen. Wenn nicht, brech ich mir die Beine und werd Hundefutter."

„Ich lenk die Biester ab, du kletterst runter und machst das Tor von außen zu. Kriegst du das hin?"

„Hm, ja vielleicht. Aber wie kommst du dann nach?"

„Du musst eine Leiter oder ein Seil besorgen. Und Wasser. Bitte such nach Wasser!" Er sah sie so flehend an wie Charles, wenn er was vom Abendbrot haben wollte.

Sie nickte und er kämpfte sich durchs Heu wieder zur Leiter. „Hey ihr Mistviecher! Hier kommt ne neue Ladung!"

Die Hunde sprangen auf, kläfften und knurrten. Mathilda begutachtete noch einmal den Querbalken unter der Luke und die Regenrinne. Es war verdammt hoch und wenn sie abrutschte, hatte sie ein Problem. Außerdem sah beides alles andere als stabil aus. Doch je größer der Durst wurde, desto breiter und haltbarer sah der Balken unter ihr aus.

Sie drehte sich, legte sich auf den Bauch und setzte den ersten Fuß auf das Holz. Dann den Zweiten. Es hielt. Zentimeter für Zentimeter tastete sie sich zur

Seite, mit einer Hand immer noch den Rahmen der Luke umklammernd, mit der anderen nach dem Regenrohr angelnd. Es passte nicht. Sie müsste den sicheren Halt loslassen und gleichzeitig einen weiteren Schritt zur Seite rutschen. Unmöglich.

Wenn man es genau überlegt, wenn der Hals vor Trockenheit so weh tut, dass man husten musste, dann war es vielleicht doch möglich.

Sie schloss die Augen, zählte bis drei, ließ los, machte einen Schritt, packte das Rohr und atmete auf. Wer noch bei Verstand war, wäre niemals an diesem Rohr heruntergeklettert. Es schwankte bedrohlich und knirschte, doch es hielt.

Dann lief sie um die Scheune herum und warf das Tor zu. Die Hunde waren gefangen.

25.

Sie wollten zurück, da hörte sie ein Geräusch. Jemand überquerte pfeifend den Hof. Das schräge Lied brach ab und sie hörte die Stimme eines Mannes. „Ce se întâmplă acolo? Există cineva? Alo?"

Sie blieb hinter der Ecke der Scheune stehen. Wartete. Bis der Mann nur einen Schritt von ihr entfernt war. Mit einem Satz sprang sie um die Ecke und warf ihn mit einem geübten Schulterwurf zu Boden.

Dann sah sie ihn sich näher an. Er war schätzungsweise Mitte fünfzig, trug einen Trainingsanzug aus dem vorigen Jahrtausend und dazu einen Herrenhut, der jetzt neben ihm lag. Aus seiner Tasche waren ein zerknautschtes Päckchen Zigaretten und Streichhölzer gefallen.

„Wer ist das?" Robert stand plötzlich vor ihr. Mathilda fiel fast hintenüber vor Schreck.

„Wie bist du denn hierher gekommen?"

„Genau wie du. Du solltest mich nicht unterschätzen. Also nochmal, wer ist das, und was hast du gemacht?"

„Den kenn ich. Das ist der Fahrer von dem Lieferwagen, der die letzten Muffs gebracht hat." Sie drehte ihn auf den Bauch. Mathilda hatte ihm einen Arm auf den Rücken gelegt und hielt ihm den Mund zu. „Kein Ton, sonst …"

Sie zog den Arm ein kleines Stück zur Seite. Er stöhnte, nickte schnell mit weit aufgerissenen Augen.

Robert setzte sich vor ihn auf den Boden. „Verstehen Sie mich? Wie heißen Sie?"

Nicken. Mathilda nahm die Hand von seinem Mund. „Vadim."

„Wir haben ein paar Fragen, Vadim. Wo ist Frank?"

„Im Haus. Hat er Zimmer oben. Schläft."

Robert nickte. „Der Sack mit Klamotten, Lederjacke, Stiefel. Wo haben Sie die her?"

Der Mann schloss die Augen und stöhnte. „Wie haben Sie gefunden?"

„Frank werden wir sagen, Sie hätten sie uns gegeben." Er schob ihm ein paar Geldscheine in die Hosentasche. „Und dafür gutes Geld kassiert."

„Wenn ich sage, wo Sachen her kommen?" Er sah Robert an.

„Dann behalten Sie das Geld und verschwinden. Wir können Sie auch direkt der Polizei übergeben. Wenn Ihnen das lieber ist. Wir wissen, wem die Sachen gehören. Wir wollen nur wissen, wo er ist."

Vadim deutete mit dem Kopf in Richtung einer Obstwiese neben dem Haupthaus. „Vergraben. Da unter Pflaumenbaum."

Robert und Mathilda sahen sich an. Sie schluckte trocken und sah neidisch zu den Hühnern, die immer mal wieder an der Pfütze nippten.

„Robert, da vorn ist ein Wasserhahn ..."

Er war bereits unterwegs, füllte einen herumstehenden Übertopf und hielt ihn ihr an die Lippen. Es war egal, was da vorher schon drin war. Als sie genug hatte, schüttete er ihr vorsichtig noch etwas übers Gesicht.

Sie schüttelte sich voller neuer Energie. „Und jetzt der Rest der Geschichte."

„Ich weiß nicht. War bei Funkel und hab Muffs gebracht. Sie arbeiten für ihn."

Mathilda nickte. „Weiter."

„Letztes Mal er sagt, ich soll Toten mitnehmen und verschwinden lassen. Sofort fahren, ohne schlafen. Keine Fragen stellen. Dafür Extrageld. Hab ich gemacht. Hat gestunken, nach Blut, nach Scheiße. Aber egal, gab viel Geld." Vadim hustete und spuckte Staub aus. „Als ich hier ankam, Frank war wütend, war laut, hat mich angebrüllt und geschlagen. Wollte keine Leiche. Hat von Polizei geschrien. Wollte Funkel an Eiern hierher ziehen."

„Wer hat ihn umgebracht?"

„Weiss nicht. Hat keiner gesagt. Frank wollte Toten an Hunde füttern. Hunde wollten nicht. Dann verbrennen, riecht man aber weit. Nachbarn denken, wir grillen Schwein. Kommen, um mit zu feiern. Also vergraben. Mit Mist, ist dann schneller weg."

Robert ließ sich auf den Boden sinken und schüttelte den Kopf. „Sie sind kein Mörder, aber ein Helfer. Sie brauchen einen Anwalt." Er wandte sich an Mathilde.

„Lass ihn laufen."

Mathilda wollte nicht so schnell aufgeben. „Ist Peter bewaffnet?"

„Wer ist Peter?"

„Ich mein Frank. Hat Frank eine Pistole, ein Gewehr?"

„Weiss nicht. Nein, glaub nicht."

Robert sah sie an. „Lass ihn laufen, er bringt uns nicht weiter."

„Ok, nehmen Sie die Hunde mit."

„Nein! Sind gefährlich. Nachbar hat Gewehr, geht ganz schnell. Kann man vergraben."

Sie biss die Zähne zusammen und sah zur Seite. „Ist das ihre Methode? Alles vergraben, was nicht in den Kram passt? Wie kann man einen Mann einfach vergraben? Verdammt, er war jung, er hatte Ihnen nichts getan!"

„Er war schon tot. Ich konnte nicht lebendig machen. Frau, Kinder, Mutter vermissen ihn, egal ob ich ihn vergrabe."

Nein, niemand vermisste ihn.

„Wir werden ihn erstmal einsperren oder fesseln. Falls wir noch Fragen haben und damit er nicht zu dem Nachbarn mit der Knarre geht. Guck doch mal dahinten, bei dem ganzen Müll, ob da nicht irgendein Seil oder eine Schnur liegt." Mathilda setzte sich bequemer, ohne ihn loszulassen.

Robert brauchte nicht lang zu suchen und kam mit einer Wäscheleine zurück. Schnell hatten sie Vadim an den Lieferwagen gefesselt und steckten ihm ein Tuch in den Mund.

„Und jetzt?" Robert wischte sich den Schweiß von der Stirn.

„Wir schauen uns weiter um. Das Haupthaus ist noch dran. Vielleicht finden wir ja sogar was zu Essen. Unser Frühstück ist fünf Stunden her."

Das Handy klingelte.

Sam. „Habt ihr Zeit?"

„Na dann mal los."

„Ich war gestern mit Irene von Hasenbruch aus. Frau Rosenbaum, ihre Kollegin ist ja eine bezaubernde Person!"

„Jaja, ich weiß. Sie erschießt in ihrer Freizeit Tiere. Weiter."

„Sie klingen so gestresst."

„Überhaupt nicht. Wir sitzen auf dem Hof, jederzeit kann ein gewalttätiger Mörder auftauchen und haben gerade den Mann gefesselt, der Alex Leiche vergraben hat. Aber sonst ist alles gut."

„Ach du meine Güte, sagen Sie das doch vorher. Ich kann auch später nochmal ..."

Robert mischte sich ein. „Sag, was sie gesagt hat."

„Von Alex wusste sie nichts und von Geld auch nicht. Aber ihr ist aufgefallen, dass sich seit Alex Verschwinden Schmelz komisch benimmt."

„Schmelz? Der benimmt sich immer komisch. Und ich glaube nicht, dass der das Geld besorgt hat." Mathilda verdrehte die Augen.

Robert legte den Kopf schräg und überlegte. „Vielleicht doch." Er ging zum Lieferwagen und nahm dem Gefesselten das Tuch aus dem Mund. „Hör mal Vadim, wer war dabei, als Funkel dir die Leiche übergeben hat?"

„Nur Funkel und Knötel, ich schwör."

Robert steckte das Tuch zurück. „Bingo. Schmelz weiß, worum es geht."

Dann wandte er sich wieder an Sam. „Sag Mathildas Bruder Bescheid. Er soll die rumänischen Kollegen herschicken. Wir wissen, wo die Leiche ist. Und wir haben einen Zeugen, der wahrscheinlich den Mord gesehen hat. Wenn er nicht sogar der Mörder ist. Ach ja, und egal, wie bezaubernd die Dame ist, Finger weg. Alex wurde erschossen und Frau von Hasenbruch hat einen Waffenschein." Er legte auf und räusperte sich. „Tja, dann haben wir unseren Job hier getan. Wir sollten nach Hause fahren. Die Polizei kümmert sich um den Rest."

„Was? Nein, was ist mit Frank? Er hat Funkel auf dem Gewissen und dafür haben wir immer noch keine

Beweise. Wenn wir jetzt nach Hause fahren, komm ich ins Gefängnis!"

Robert hob die Zigaretten von Vadim auf, nahm eine raus und zündete sie sich an. Mit geschlossenen Augen inhalierte er und hustete dann. „Stimmt. Verdammt, dann wollen wir ihn mal wecken."

„Seit wann rauchst du? Du hast die Funkel doch angeschnauzt, wenn sie bei dir gequalmt hat."

„Ich rauche, seit ich fünfzehn bin. Und ich schnauze jeden an, der in meiner Umgebung raucht, weil ich vor fünf Jahren aufgehört habe und am Liebsten täglich wieder anfangen würde." Er zog erneut an der Zigarette. Die Glut fraß sich Richtung Filter.

Mathilda nahm den Übertopf und schüttete Wasser über das offene Päckchen. Den Rest goss sie Robert über die Hand, so dass die Zigarette zischend ausging. „Du wirst mir später dankbar sein. Ok, dann komm. Wir schauen uns das Haus erstmal von hinten an."

Robert sah sie mit einem Blick an, den sie nur aus dem Zoo vor dem Tigergehege kannte. Dann sah er auf das nasse Zigarettenpäckchen in seiner Hand und nickte ergeben.

Sie gingen zu dem Durchgang, durch den sie gekommen waren und kämpften sich an der Grundstücksgrenze entlang durch Brennnesseln und Müll.

„Wie lange braucht die Polizei, bis sie hier ist? Was glaubst du?" Mathilda friemelte ihre Hose aus einer Stacheldrahtschlaufe.

„Ich weiß es nicht. Es ist Samstag, da wird bei denen nicht viel los sein. Ich glaub nicht, dass da irgendwelche Genehmigungen und Anträge mit Übersetzung vor Montag weiter geleitet werden. Man kann das zwar dringlich machen, aber bis die Mühlen der Bürokratie bei zwei

Behörden im Gleichtakt mahlen ..." Robert stolperte und fluchte.

„Echt jetzt? Ich dachte, die kommen heute noch. Wie lang sollen wir denn da angebunden lassen? Und was, wenn wir Frank haben? Wir können die beiden doch nicht bis Montag lagern."

„Wenn wir das Geständnis von Frank haben, wird das schneller gehen. Aber dazu müssen wir ihn erstmal bringen."

Sie waren hinter dem Haus angekommen und lugten durch die Rüschengardinen der Fenster. Aber außer einer Einrichtung, die wie in einem Heimatmuseum aussah, gab es nichts Spannendes zu sehen.

„Weißt du was? Wir könnten an der Fassade raufklettern, so kaputt wie die ist." Mathilda sah an der Wand hoch zu den Fenstern im oberen Stockwerk. „Da oben wird seine Wohnung sein."

Robert schüttelte den Kopf. „Und dann? Willst du winken? Viel zu gefährlich. Er müsste bald ausgeschlafen sein und wird von allein raus kommen. Im Hof erwarten wir ihn, dann sind wir im Vorteil und nutzen die Überraschung für uns. Hier können wir nicht einfach rein marschieren. Schade. Ich hatte gehofft, dass wir uns was zu Essen aus der Küche stehlen könnten." Er stellte sich auf einen Mauervorsprung und sah noch einmal hinein. „Ich glaub, ich seh die Speisekammer."

Sie gingen weiter zur Haupteinfahrt. Das große Tor war verschlossen.

„Ok, also so leicht kommt man hier doch nicht rein." Robert rüttelte vorsichtig an dem modernen Schloss.

„Natürlich nicht. Du kannst solche Hunde nicht rumlaufen lassen. Die fressen die Nachbarskinder." Mathilda hatte sich schon wieder auf den Weg zurück zum hinteren Durchgang gemacht. „Komm, ich hab Obstbäume gesehen."

Saftige Birnen, rote Äpfel goldene Mirabellen leuchteten ihnen entgegen. Und Pflaumen.

„Ich glaub, ich kann hier nichts essen, hier liegt doch Alex begraben." Mathilda zögerte.

Aber Robert war nicht zu halten. „Du hast doch gehört, der liegt dort hinten unter dem Pflaumenbaum. Das heißt, wir können die Äpfel und Birnen hier vorne essen."

„Und wenn er sich vertan hat und ihn unter dem Pflaumenbaum hier vergraben hat?"

Robert hörte schon nicht mehr zu. Er hatte sich eine der Bohnenstangen genommen, die in Bündeln an den Bäumen lehnten, und schlug damit das Obst von den Ästen, spuckte Kerne und wurmstichige Stellen aus. Mathildas Hunger siegte und auch sie griff zu.

Auf dem Hof suchten sie eine Stelle, von der aus sie alles gut überblicken konnten, aber nicht gesehen wurden. Robert sah kurz nach dem Gefangenen.

Und erlebte eine unangenehme Überraschung. Vadim war fort.

Er hatte sich befreit und aus dem Staub gemacht. Seine Fesseln lagen noch neben dem Lieferwagen. Robert schlug mit seiner Eisenstange voller Wut gegen das Auto. Dann hob er die Reste auf und sah sie sich genauer an. „Er hat sie durchgescheuert. Na toll."

„Du wolltest ihn doch sowieso laufen lassen." Mathilda suchte weiter den Hof nach einer geeigneten Stelle ab.

„Ja stimmt." Er lief zu ihr. „Was wir hier machen, ist doch totaler Quatsch. Wahrscheinlich hockt Frank da oben hinter den Gardinen und beobachtet uns schon die ganze Zeit. Wir nehmen die Autoschlüssel von den beiden

Karren mit und warten hinter der Mauer." Robert kletterte schnaufend auf den Fahrersitz und zog den Schlüssel ab, Mathilda den aus dem Dacia.

„Mich wundert's, dass das Ding nicht mit einer Kurbel angeworfen wird. Der müsste doch jeden Moment auseinanderfallen, wenn der Motor gestartet wird." Sie stieg wieder aus und ging mit Robert zum Ausgang.

26.

Und plötzlich spürte sie, dass etwas nicht stimmte.

Die Hühner gackerten nicht mehr. Sie fühlte sich beobachtet. Ein Hauch von Zigarrenrauch lag in der Luft. Robert neben ihr erstarrte ebenfalls.

Sie drehten sich um. Zehn Meter entfernt stand Frank. Grinsend. Mit einem Zigarillo im Mundwinkel und einem Jagdgewehr im Arm.

„Peter!" Strahlend ging Mathilda auf ihn zu.

Er lachte. „Echt jetzt?"

Betreten senkte Mathilda den Kopf und trat wieder zurück zu Robert.

„Zwerg, lass die Stange fallen! Und keine Mätzchen, sonst lass ich die Hunde raus." Er kam näher mit der Waffe im Anschlag. Robert legte die Stange ganz langsam dicht neben sich. Aus dem Augenwinkel sah Mathilda, dass er eine Fußspitze darunter schob.

„Ok, wie habt ihr mich gefunden. Woher wusstet ihr, dass ich hierher fahre?" Er hatte die Oberlippe hochgezogen, wie ein wütender Hund, was seinem Gesichtsausdruck eine Mischung aus Brutalität und Irrsinn verlieh. Die wirren Haare hingen ihm über die Augen und sein Blick flackerte unstet zwischen Mathilda und Robert hin und her. Sie suchte in seinem Gesicht nach dem Mann, der die Schmetterlinge hatte tanzen lassen, fand aber nichts.

Sie zuckte die Schultern. „Ich hatte die Adresse von dem Betrieb hier. Das weißt du doch." Ihre Stimme klang nicht ganz so gelassen, wie sie sich das wünschte.

Robert schwieg, also musste Mathilda weiter antworten. „Funkel hatte gesagt, dass du hier im Betrieb sein solltest, also sind wir davon ausgegangen, dass du auch wieder zurückfährst."

Frank schleuderte die Haarsträhnen zur Seite, drehte sich um und ging auf das Scheunentor zu. „Gut, ihr habt es so gewollt."

„Der Wagen hatte einen Sender!" Robert hatte sich also doch entschlossen etwas zu sagen.

„Ah, natürlich. Die Frau Schnüfflerin. Hätte ich mir ja denken können. Das heißt, dass ich hier bin, ist ein paar Leuten zu viel bekannt." Er wippte auf den Fußspitzen und sah sich um. „Also, ihr Loser. Wo ist euer Auto?"

Mathilda drehte sich um und wollte wieder zu dem Durchgang gehen.

„Stopp!"

Sie hielt.

„Wenn ich den Hunden sage, wo ist das Bällchen, dann rennen sie los und bringen es mir. Wenn ich euch frage, wo das Auto ist, dann erwarte ich einfach nur eine Antwort."

„Dahinten, im Wald." Robert deutete in die Richtung, aus der sie gekommen waren.

„Gut, und was mach ich mit euch beiden? Eigentlich brauch ich euch ja nicht mehr. Hm." Er hatte sich wieder im Griff, der kurze Moment Irrsinn und Unsicherheit war gewichen. Jetzt erinnerte er an den coolen Schurken, der den Westernhelden bedroht.

„Was sollen wir dir schon tun? Wir geben dir den Autoschlüssel und du haust einfach ab. Genug Geld hast du ja dabei." Mathilda schluckte. Sie konnte das Gewehr nicht mehr aus den Augen lassen. Genauso wenig wie seine Hände, die es hielten. Seine schönen Hände, mit denen er ihren Körper zum Glühen gebracht hatte. Und mit denen er sie jetzt töten würde.

Frank sah sie mit schräg gelegtem Kopf an. „Gute Idee. Aber du bist die einzige Zeugin für Funkels kleinen Unfall. Also, nein. Andere Ideen?"

Robert räusperte sich. „Ich geh mal davon aus, dass du Funkel nicht töten wolltest, sondern nur das Geld wolltest. Richtig? Dann ist das kein Mord, nur schwere Körperverletzung mit Todesfolge. Du bekämst nur ein paar Jahre Gefängnis."

„Gefängnis? Ich soll ins Gefängnis?" Er lachte und schüttelte ungläubig den Kopf. „Bisschen zu viel Met getrunken, hm?"

„Du hast 60.000 Euro. Damit kommt man nicht weit."

„Ah, du meinst, ich soll das Geld lieber in einen guten Anwalt, wie dich, investieren und dann meine Zeit im Bau absitzen, um anschließend ein guter Mensch zu werden? Hm, lass mich mal überlegen. Nein, auch keine gute Idee."

Er schwenkte die Waffe wie einen Spazierstock hin und her. „Ich könnte noch ein bisschen Spaß mit euch beiden haben und hinter euch her schießen, aber das passiert nur in schlechten Filmen, damit die Leute abhauen können." Er hob das Gewehr an und zielte auf Mathilda. „Nein, sorry, ich muss euch loswerden. Du hängst sonst wie ein Terrier an meinem Bein. Das könnte hinderlich für mein neues Leben werden."

Panik stieg in ihr hoch, während sie versuchte, einen klaren Gedanken zu fassen und ihre Chancen zu überdenken.

Sie hatten keine mehr.

Sie dachte an Ulla, an ihre Eltern, wie ihr Vater missbilligend den Kopf schüttelte und an ihren Bruder, der sie auslachte, an die Kater und Charles. Sie bohrte ihre Fingernägel in die Hand, um sich wieder unter Kontrolle zu bringen. Hektisch sah sie sich um.

Robert rührte sich nicht. Er schien erstarrt.

Schweiß lief ihr die Stirn runter, in die Augen, aber sie wagte nicht, sich zu rühren. In einem Film musste jetzt die Kavallerie herangaloppieren oder die KSK aus dem Hubschrauber springen. Das konnte doch alles nicht sein! Sie schnappte nach Luft und wollte etwas sagen. Egal was, um aufzuhalten, was als Nächstes passieren würde.

„Du kannst doch nicht ...!" Sie hob die Hände und wollte einen Schritt auf ihn zu gehen. Aber er hob den Lauf langsam an und zielte auf sie, sah ihr grinsend in die Augen und spannte den Hahn mit einem Klicken, das so klang wie Fingernägel auf einer Schiefertafel. „Frank bitte, denk doch an ..."

In der Sekunde schleuderte Robert mit dem Fuß die Stange hoch, fing sie auf, preschte an ihr vorbei, zwei Schritte nach vorn und schlug mit Wucht von unten gegen den Gewehrlauf. Im gleichen Moment fiel der Schuss.

Die Hühner gackerten hysterisch, die Hunde fingen an zu bellen und Mathilda sackte fast zu Boden. Aber sie stürzte sich auf Frank, hebelte die Waffe aus seinen Händen und warf ihn um.

„Du hast auf mich geschossen!" Ihre Stimme klang kratzig und wie mit Watte gedämpft. Durch den lauten

Knall fühlte sich ihr Gehör an wie nach einem dreistündigen Metal-Konzert direkt vor den Boxen.

Sie sah Robert an. „Er hat ...!" Ihre Stimme versagte.

„Ja."

Mathilda sah zu dem Mann am Boden unter ihren Knien und schlug ihn ins Gesicht. Erst einmal, dann immer wieder und immer fester.

„Hör auf." Robert hielt ihre Hand, als sie erneut ausholen wollte. „Beruhig dich."

Sie hörte ihn nur wie von Ferne, ließ aber von ihrem Opfer ab. Keuchend hockte sie über ihm und konnte sich nur schwer beherrschen, ihr Knie nicht in die weichen Stellen zu schlagen, bei denen es richtig weh tat. „Du Mistkerl. Du wolltest mich abknallen. Das wird dir noch leidtun, glaub mir."

Frank stöhnte und lachte dann hustend. „Echt jetzt? Was willst du denn machen? Mich am nächsten Baum aufknüpfen? Oder der Polizei übergeben? Du kannst mir gar nichts beweisen. Ich weiß von nichts."

Robert kniete sich neben ihn. „Gut, dann nehmen wir dich eben mit."

Aber Mathilda schüttelte grinsend den Kopf. „Nein. Frank wird uns gleich die ganze Geschichte erzählen und du kannst sie aufnehmen. Pack hier den Arm. Wenn er sich bewegt, hochziehen. Ein Stückchen reicht."

Robert nahm auf Franks Rücken Platz. Mathilda rannte über den Hof zu dem grünen Dacia und zerrte an dem Kofferraum, bis er aufsprang. „Siehst du das hier? Entweder, du gibst uns jetzt Antworten, oder du gibst sie hier aus dem Kofferraum heraus. Und wenn ich mich recht erinnere, findest du das nicht so gut, oder? Du hast Klaustrophobie vom Feinsten. Ist eng hier drin und wie viel Luft du bekommst, weiß ich nicht so genau. Das Ding steht in der Sonne. Dürfte ziemlich warm werden."

„Willst du mich da reinbeamen?" Franks Stimme klang belustigt. „Komm, lass gut sein. Wir werden uns schon einigen, ok?" Er machte Anstalten aufzustehen, aber Robert zog seinen Arm etwas hoch.

„Nenn mich nochmal Zwerg und du kannst dich von deinem Schultergelenk verabschieden."

„Du Scheiß-Zwe...! Willst du mir den Arm auskugeln? Ahhh, aufhören!"

Robert ließ wieder locker. „Komm mal her, Mathilda. Wenn er sich wehrt, bekommen wir ihn zu zweit wirklich nicht da rein. Aber das haben wir gleich."

Sie tauschten erneut die Plätze und Robert holte die Wäscheleinenreste, mit denen sie Vadim verschnürt hatten. Sie reichten aus, um Franks Hände zusammen zu binden, ebenso seine Fußknöchel und Knie.

„Und jetzt?" Mathilda klopfte sich den Staub von der Hose und sah auf den vor ihr liegenden Mann.

Robert ging zu dem alten Auto, öffnete die Fahrertür, löste die Handbremse und schob den Wagen auf Frank zu. Langsam rollte er näher, bis dessen Füße zwischen den Vorderrädern steckten.

„Das funktioniert nicht. Rundrum ist ja alles offen." Mathilda zweifelte an Roberts Versuch.

Er schob ein bisschen weiter und Frank lag zur Hälfte unter dem Motorblock. Langsam dämmerte ihm, was passierte. Er fing an, flacher und hektischer zu atmen, und versuchte, nach vorn zu robben, aber Robert schob schneller und nur noch Franks Kopf schaute raus. „Das könnt ihr nicht machen! Lasst mich raus!" Er rang nach Luft und zerrte an den Fesseln.

„Würde ich auch so sehen, wenn ich nicht dabei gewesen wäre, als du Funkel umgebracht hast. Und was war da noch? Ach ja, eben hast du auf mich geschossen", sagte Mathilda.

„Ich wollte dich nicht erschießen, ich habe daneben gezielt!" Frank konnte kaum noch reden, er atmete immer hektischer. Sie sah ihm fasziniert zu. Bis jetzt hatte sie noch nicht gewusst, dass Klaustrophobie solche Auswirkungen haben konnte.

Sein rotes Gesicht sah ungesund aus, aber Robert ließ den Wagen über ihn rollen, so dass er ganz vom Blech bedeckt war und nur noch sein röchelnder Atem zu hören war. „Hast du nicht. Du hast auf ihren Kopf gezielt. Willst du jetzt reden?" Er schob den Wagen ein kleines Stück zurück.

Mit geschlossenen Augen lag Frank im Staub und atmete schwer.

„Komm schon, wir haben nicht ewig Zeit. Dahinten kommt ein Gewitter." Robert griff wieder nach dem Auto und schob ein bisschen.

„Stopp! Ich hab Funkel umgebracht, nicht Mathilda."

27.

Mathilda zerrte ihn ein Stück zur Seite, drehte ihn auf den Rücken und lehnte ihn sitzend an das Auto.

„Warte, das möchte ich genauer haben und aufnehmen. Einen Moment Geduld." Mathilda band seine beiden Hände auf dem Rücken zusammen, bis hinauf zu den Ellenbogen. Selbst ein Entfesselungskünstler hätte Schwierigkeiten gehabt, da wieder raus zu kommen.

Robert zückte sein Handy, stellte es ein und nickte ihm zu.

„Gut, wir sind in Rumänien, du bist gefesselt, damit du nicht verschwinden kannst oder uns angreifst. Vor einer halben Stunde hast du auf uns geschossen. Ist das alles richtig?"

Frank nickte.

„Ich brauch das etwas genauer!" Robert klang nun ganz anders als Mathilda ihn kannte. Seine Stimme war tief und energisch, sie duldete keinen Widerspruch.

„Ja, das ist richtig."

„Wo hast du Funkel kennengelernt?"

Frank schloss die Augen und ließ den Kopf zurücksinken. „Funkel war dabei, als ich den Streit mit einem Typ in einer Bar hatte."

„Streit? Das nennst du einen Streit? Der Mann sitzt im Rollstuhl!" Mathilda sprang auf.

„Jaja, schon gut. Ich hab mich vergessen an dem Abend. Zuviel getrunken. Jedenfalls war Funkel auch da, hat mir geholfen abzuhauen und hat mir den Job hier angeboten.

Wenn die Bullen mich erwischt hätten, wär ich lang in den Knast gewandert. Hier konnte ich ein bisschen Gras über die Sache wachsen lassen. Klassische Win-win-Situation.

Er hatte einen Dummen gefunden, der sich um den Laden hier kümmert. Außerdem hat es mir hier gefallen, die Bräute sind schnell zu haben, die Typen trinkfest und keiner schaut so genau hin, was der andere macht."

„Gut." Robert hielt Mathilda zurück, die schon wieder kurz vor dem Überkochen stand. „Nächste Frage. Warum bist du nach Deutschland gekommen?"

„Vadim kam plötzlich mit ner Leiche an und ich hatte Schiss, dass hier die Polizei auftaucht und dumme Fragen stellt. Ich wollte da einfach nichts mit zu tun haben.

Also bin ich zum Laden gefahren und hab ihn um Geld angehauen, um mich abzuseilen. Ging ja sowieso nicht ewig so weiter. Funkel war ein alter Sack und wenn er abgenippelt wär, hätte ich kein Startkapital gehabt. Ich wollte Kohle, um mir hier irgendwo was Eigenes aufzubauen. Chinchillazucht oder so. Die Viecher bringen richtig was."

„Wir wissen, dass Alex erschossen wurde. Wer ist das gewesen?"

„Weiß ich nicht. Hatte ein ordentliches Loch in der Brust. War aber keine von Funkels Knarren, die funktionieren alle nicht. Damit er sie aufhängen darf in seinem Büro, musste er sie alle blockieren lassen. Hat ihn ne Stange Geld gekostet."

„Hatte Alex sonst noch Verletzungen?"

„Sah ein bisschen angeschlagen aus im Gesicht. Kann aber auch sein, dass er einfach n hässlicher Vogel war. So genau hab ich mir den nicht angesehen. Ich wollte den nur loswerden und zu Funkel."

„Warum hast du Funkel nicht einfach angerufen?" Mathilda sah ihn erstaunt an.

„Damit er mir was überweist?" Er sah sie verächtlich an. „Denk mal nach, bevor du redest. Ich musste ihn überraschen und ein bisschen Druck machen. Sonst hätte der Geizknochen nichts rausgerückt."

„Dann kommen wir jetzt zu besagtem Vormittag. Was ist da passiert?" Robert hielt das Handy noch ein bisschen näher, aber Frank schwieg. Mathilda deutete auf den Dacia und machte eine Handbewegung, als ob sie ihn schieben würde.

Er schluckte und holte tief Luft. „Also ich war da und hab mit ihm gesprochen."

„Genauer bitte, mit Namen, Datum und Ort."

„Meine Güte. Ich war vorgestern im Laden von Funkel und habe dort mit ihm persönlich gesprochen. Ich wollte Geld von ihm, weil ich abhauen wollte. Er hat mir zu wenig gegeben, ich hab ihn zur Seite geschoben …"

„Zur Seite geschoben?"

„Ich hab ihn mit einem Gegenstand zur Seite geschoben …"

„Alter, mir reichts gleich, sag die Wahrheit!"

„Ich habe eine seiner Waffen von der Wand genommen und ihn damit geschlagen. Ich wollte ihn seitlich am Kopf treffen, damit er ohnmächtig wird, hab ihn aber am Hals erwischt. Irgendeine scharfe Kante hat ihm die Schlagader aufgerissen. War ein Versehen."

„Ein Versehen? Du hast das einzige Gewehr mit Bajonett genommen."

„Jaja, schon gut. Dann hab ich mir die Kohle aus dem Tresor genommen und bin abgehauen."

„Nein, du bist nicht einfach abgehauen, du Mistkerl."

„Ok, ich hab vorher noch mein Betthäschen Mathilda Rosenbaum auf ihn geschubst. Damit es so aussieht, als ob sie ihn um die Ecke gebracht hätte."

Robert schaltete das Handy aus. „Gut, das sollte reichen."

„Was?" Mathilda sprang empört auf. „Das nehmen wir nochmal auf! Das mit dem Betthäschen kann ja wohl nicht drin bleiben." Sie trat ihn gegen den Oberschenkel.

„Lass das du Schlampe!" Frank riss an den Fesseln und starrte sie wütend an.

Robert tippte auf seinem Handy und ignorierte die beiden. „So, das ist jetzt bei Sam und bei deinem Bruder. Jetzt sollte das mit der Polizei etwas schneller funktionieren. Solang bewahren wir ihn hier auf. Gehen wir rein, das Gewitter ist gleich hier."

Mathilda hatte gar nicht gemerkt, dass der Wind aufgefrischt war und der Himmel sich immer mehr verdunkelte. Staubteufel flogen über den Hof und die Hühner hatten sich in einem offenen Verschlag verkrochen. In der Ferne grollte schon Donner. In der Scheune kläfften die Hunde.

Sie zerrten Frank über den Hof und schoben ihn durch die angelehnte Haustür. Drin roch es nach Holzfeuer und Kernseife. Sie betraten die Wohnküche und setzten ihren Gefangenen auf einen der Holzstühle. Robert zog sämtliche Schubladen auf.

„Was suchst du?" Mathilda verschnürte Frank an dem Stuhl.

„Irgendwas … ah hier. Das ist doch perfekt." Robert zog ein Bündel Kabelbinder heraus. „Damit kann man jemanden absolut sicher fesseln. Nicht dass der Herr noch auf dumme Gedanken kommt."

Frank fluchte leise, als Robert ihm zusätzlich zu der Wäscheleine um jedes Handgelenk einen Kabelbinder legte, die mit einander verschlang und zusätzlich seine Daumen und Mittelfinger miteinander fesselte. Die Füße band er über den Knöcheln an je ein Stuhlbein.

„Du weißt, was du tust." Das war keine Frage, sondern eine Feststellung von Mathilda.

„Ja, bei den Burgspielen machen wir auch Gefangene. Da lernt man so einiges."

„Da lernt man wohl auch, mit Eisenstangen gegen Gewehre zu schlagen. Das war cool. Du hast mich gerettet."

Robert grinste. „Hätte ich noch irgendeine Chance bei Ulla, wenn ich ohne dich nach Hause käme?"

„Nein, nicht wirklich. Woher wusstest du, wann der richtige Moment ist, zuzuschlagen?" Mathilda machte es sich auf der Eckbank gemütlich.

„Schau mich an. Ich könnte ein Standardwerk über Mobbing schreiben, für jede Altersklasse. Der Zwerg, der Winzling, aber stinkreich. Taschengeld, Schuhe, Jacke, Uhr, Füller. Sie wollten alles. Da lernt man, an minimalsten Bewegungen abzulesen, wann der Gegner handelt. Und man lernt, sich effektiv zu wehren." Robert betrachtete nachdenklich seine Fingernägel.

„Und du hast immer das Überraschungsmoment auf deiner Seite, weil man dich unterschätzt. Hab ich ja auch schon gemacht."

„Ja, hast du. Mehrmals. Ist aber nicht schlimm, damit hab ich immer wieder beim Schwertkampf gewonnen, bis sich's rumgesprochen hat. Bei mir auf der Burg gibt's neben den Schaukämpfen auch echte, mit Schutzkleidung. Ich hab einen speziell für mich geschmiedeten Zweihänder.

Aber meine stärkste Disziplin ist das Kampfschwert. Und das Turnier. Ich bin gespannt, wie Lancelot sich macht."

„Wer ist Lancelot?"

„Sams Ex-Pferd. In den Papieren steht tatsächlich, dass der Zosse Rüdiger heißt. Aber mal ernsthaft. Kannst du dir vorstellen, wie ich auf den Turnierplatz reite und mit Rüdiger angekündigt werde? Der edle Ritter Robert von Gernsheimer mit seinem tapferen Schlachtross Rüdiger. Der einzige Vorteil wäre, dass meine Gegner vor Lachen aus dem Sattel fallen."

Mathilda kicherte. „Ok, Lancelot klingt spektakulärer."

Frank bewegte sich unruhig. „Ich hab Hunger, ich muss pissen und wir sollten nochmal über alles reden."

Mathilda stand auf und zog ihn mitsamt dem Stuhl aus der Küche.

„Ey, was wird das hier?" Er zerrte wieder an den Fesseln, aber ohne Ergebnis.

Im Flur stellte sie ihn vor eine Wand, kippte ihn mitsamt dem Stuhl nach vorne und öffnete seine Hose. „Dann mal los. Immer schön an die Wand."

„Du kannst doch nicht ..."

„Doch ich kann. Ist ja nicht das erste Mal, dass ich dein Pinselchen anfasse. Du glaubst doch wohl nicht, dass wir dich deswegen losbinden. Also ..."

Er hatte einen kirschroten Kopf, als sie ihn in die Küche zurückschob. Mathilda wusch sich die Hände und setzte sich wieder. „Was war das noch? Reden? Essen?"

„Wir könnten halbe-halbe machen. Ihr nehmt die eine Hälfte von der Kohle und lasst mich laufen. Mein Geständnis habt ihr jetzt. Ehrlich man, was wollt ihr noch von mir?"

Mathilda ging raus in den Flur und kam mit einer alten Wollsocke wieder rein. „Wenn die so schmeckt, wie sie riecht, willst du sie nicht im Mund haben. Glaub mir. Aber nützt dir nichts." Und damit schob sie dem heftig sich wehrenden Frank die Socke in den Mund.

Mathilda drehte seinen Stuhl zur Wand und setzte sich zu Robert an den Tisch.

„Wir sollten Sam vor Irene warnen. Wenn er so begeistert von ihr war, trifft er sie nachher nochmal. Wer weiß." Robert tippte auf sein Handy. „Hey, Alter, wo bist du?" Er sah zur Decke und lauschte der Antwort. Dann zuckte sein Blick zu Mathilda. „Verschwinde da. Sofort! Alex ist erschossen worden und die Kürschnerin kommt als Täterin immer noch in Frage."

Pause.

„Willi kann keine Kugeln fangen. Und es ist egal, wie kultiviert sie ist. Ich bin auch kultiviert, aber im äußersten Notfall kenn ich keine Verwandten." Er sah Frank an, der den Kopf Richtung Wand hängen ließ. „Lass dir was einfallen und ruf an, wenn du wieder zu Hause bist."

Er legte auf. „Verdammt, er ist bei ihr. Kultiviert! Was für ein Schwachsinn."

Mathilda rutschte auf ihrer Bank herum. „Ich muss nach Hause. Zu Herrn Schulz, sonst macht der noch irgendwelchen Unsinn."

Robert ließ sich mit geschlossenen Augen zurücksinken. „Natürlich. Du musst jetzt bei diesem Unwetter mitten in der Nacht nach Deutschland fahren. 16 Stunden. Um Sam zu retten. Mädchen, der ist in 16 Stunden entweder zu Hause oder hängt als Trophäe ausgestopft an ihrer Wand."

28.

Die Polizei kam schneller, als sie erwartet hatten. Sie sprachen mit den Männern und die nahmen Frank mit.

Er hatte vorher wieder versucht, den Knebel loszuwerden. Vermutlich wollte er mit ihnen verhandeln. Ihnen das gestohlene Geld anbieten und vielleicht auch mit weiterem locken.

Mathilda lehnte sich an den Türrahmen und schaute ihm nach, wie er durch den strömenden Regen zum Mannschaftswagen geführt wurde.

„Alles ok?" Robert war zu ihr gegangen.

Sie schüttelte den Kopf. „Nein, eigentlich nicht." Sie ließen sich am Küchentisch nieder und köpften eine Flasche Schnaps, aus dem Vorratsschrank. „Ich will nicht sagen, dass ich mich vergewaltigt fühle, aber ich fühl mich missbraucht, benutzt. Ich war mit einem Mann im Bett, mit dem ich das nicht wollte. Ich wollte Peter. Aber nicht Frank, der ist widerlich und in meiner Erinnerung sind die beiden jetzt eins. Weißt du, was ich meine?"

Robert nickte nachdenklich. „Ja, ich kann es mir vorstellen. Geht manchmal Paaren so, die sich auseinandergelebt haben. Plötzlich hat einer das Gefühl, mit einem Fremden zusammen zu leben."

Mathilda starrte aus dem Fenster. Die Straße stand jetzt unter Wasser und die Bäume bogen sich in den Sturmböen. Sie griff nach Roberts Handy und versuchte Sam zu erreichen. Vergeblich.

„Sollen wir versuchen zu fahren?" Robert sah sie an und schob sein Schnapsglas weg.

„Nein, lieber ein paar Stunden schlafen und dann früh los. Da draußen kommen wir nicht weit. Wir bekommen den Wagen doch noch nicht mal aus dem Wald."

Sie griff erneut zum Handy. „Ulla? Ich bin's. Ja, er ist weg. Die Polizei hat ihn geholt. Alex haben wir auch gefunden.

Was?

Nein, er lebt nicht mehr. Hör mal, ich erzähl dir das alles später und sehr ausführlich. Aber könntest du mir jetzt bitte einen Gefallen tun? Fahr doch mal bei Irene von Hasenbruch vorbei, ich schreib dir gleich ihre Adresse. Nein, nicht klingeln, einfach nur mal vorbeifahren.

Herr Schulz ist bei ihr und wir sind uns nicht sicher, ob sie nicht die Mörderin von Alex ist. Ich mach mir Sorgen um ihn. Er ist solchen Situationen nicht gewachsen. Ja, danke. Bis Später."

An Schlaf war nicht zu denken, bevor sie nicht wussten, dass es Sam und Ulla gut ging. Mathilda erforschte sämtliche Räume des Hauses. In einem hatte Frank gewohnt. Sie warf nur einen langen nachdenklichen Blick rein, auf seine Sachen, die über einem Stuhl hingen, den Zeitschriftenstapel neben dem Bett und den Laptop auf dem Tisch. Es juckte sie in den Fingern, den Computer einzuschalten, ließ ihn aber unberührt. Die Polizei würde das Zimmer sicher gern selbst auf den Kopf stellen.

Die anderen Räume waren ein unbewohntes Schlafzimmer, mit riesigen, staubig grauen Federbetten und die gute Stube mit Kohleofen und einem sehr modernen Fernseher. Robert stand in der Wohnküche immer noch am Fenster und sah hinaus in den Regen. Mathilda war sich sicher, dass er gern eine Zigarette gehabt hätte, um seine Nervosität zu verqualmen.

Eine Ewigkeit später klingelte das Telefon. Ulla. Robert stellte es laut, damit sie beide hören konnten, was sie sagte.

„Ich hab ihn gefunden."

Mathilda beugte sich aufgeregt über das Gerät. „Geht's ihm gut?"

„Wie man's nimmt. Irene hat ihm nichts getan, da war er nur ein paar Minuten. Dann ist er nach Hause gefahren und hat sich mit einer Flasche Calvados die Lichter gelöscht. Als ich ihn gefunden hab, hat er schon kaum mehr einen graden Satz rausgebracht, aber ich denke, ich kenn die Geschichte jetzt."

„Welche Geschichte denn?" Robert schob Mathilda ein bisschen zurück.

„Tja, Cornelia hat ihn am Nachmittag vor die Wahl gestellt, entweder der Job oder sie. Es muss wohl heftig gescheppert haben. Sie hat ihm vorgeworfen, sich mit Leuten wie dir und diesem Zuhälter abzugeben, aber unfähig zu sein, ihr Bild zu finden. Und wenn er das schon nicht findet, dann soll er sich wenigstens einen anderen Job suchen. Einen, der besser zu ihm und ihr passt. Und er hat sich entschieden."

Mathilda rutschte wieder vor. „Wofür?"

„Für den Job."

Sie sank auf den Stuhl zurück und atmete erleichtert aus. „Bist du noch bei ihm?"

„Ja, ich schlaf heute Nacht auf der Couch. Das meiste hat er zwar der Kloschüssel übergeben, aber ich will in der Nähe bleiben. Er liebt sie, aber er sagt, er habe das Gefühl, dass sie ihn nicht liebt. Zumindest nicht so, wie er ist. Sie will jemand anderen aus ihm machen. Und das macht ihn so fertig."

Robert nickte nachdenklich. „Ich war mit einer Frau verheiratet, die einen großen Mann wollte."

„Und die hatte Hoffnung, dass du das noch werden würdest? Nicht so richtig schlau, oder?"

„Nein, das war sie nicht. Sie dachte, sie nimmt mein Geld und sucht sich einen hochgewachsenen Tennistrainer fürs restliche Vergnügen. Und der Plan ging nicht auf." Robert lachte in sich hinein.

„Herr Schulz wird drüber wegkommen. Er hat was Besseres verdient als diese Pissnelke. Komm, wir schlafen jetzt ein bisschen und fahren dann nach Hause."

Am nächsten Morgen strahlte die Sonne vom hohen Himmel, als hätte es das Unwetter nie gegeben. Nur ein paar abgebrochene Äste auf dem Hof erinnerten an die Sturmböen. Die Polizei stand erneut vor der Tür und wollte wissen, wo sie Alex ausgraben mussten. Robert erzählte auf Englisch, was sie von Vadim erfahren hatten, und wies auf den Sack mit den Kleidern hin, der in der Scheune lag. Zusammen mit den Hunden .

„Die Tiere brauchen Wasser." Mathilda sah sich auf dem Hof suchend um.

„Da werden sich die Polizisten schon drum kümmern."

Mathilda sah ihn zweifelnd an. „Das glaubst du doch wohl selbst nicht. In Osteuropa hat man etwas andere Vorstellungen von Tierschutz als bei uns und speziell, als ich sie habe."

Robert verdrehte die Augen. „Und? Was willst du jetzt machen? Willst du sie mitnehmen? Du weißt schon noch, dass die nicht ins Auto passen, oder? Die sind so groß wie Ponys."

„Hast du eine Anhängerkupplung?"

„Mathilda, bitte! Nein, ich hab keine Anhängerkupplung."

„Doch hast du. Lüg nicht. Du hängst deinen Pferdeanhänger daran. Komm, wir schauen mal, wo wir einen Hänger für die beiden auftreiben."

„Warum Mathilda? Warum? Die beiden werden woanders unterkommen. Irgendein Bauernhof oder Schafhirte wird dankbar sein, so gute Wachhunde zu bekommen!"

„Ja, das wäre schön, aber so wird es nicht sein. Die Polizisten wollen gleich die Scheune öffnen, dann werden sie von den beiden angegriffen. Was glaubst du, was die dann machen? Einen rumänischen Hundeflüsterer hinzuziehen? Ich verrate dir was. Sie werden die beiden erschießen. Und das lass ich nicht zu. So, jetzt gib auf und warte hier auf mich."

Sie machte sich auf den Weg in Richtung Obstwiese, wo die Polizisten das Gelände weiträumig absperrten, und fragte, ob sie jemanden wüssten, der ihnen einen geeigneten Hänger verkaufen würde.

Zufrieden kam sie wieder zu Robert zurück, der auf einer Bank in der Sonne auf sie gewartet hatte. „Du machst mich fertig. Wie sollen wir die beiden denn da reinbekommen?"

„Lass das meine Sorge sein."

Kurze Zeit später kam ein Bauer mit einem Trecker, an dem ein Hänger für Kälber und Schafe befestigt war. Robert bezahlte grummelnd und zog das klapprige Gestell zum Scheunentor. Mathilda legte eine dicke Lage Stroh hinein und eine Wolldecke aus dem Haus.

„Du hast vergessen, ihnen einen Fernseher reinzustellen. Damit sie sich auf der Fahrt nicht langweilen."

Mathilda warf ihm nur einen langen Blick zu, dann schoben sie den Hänger so vor das Tor, dass sie es einen Spalt öffnen konnten. Die Idee war, dass die Hunde sofort auf die Ladefläche sprangen.

Das taten sie aber nicht.

Bellend, knurrend und randalierend versuchten sie, an beiden Seiten vorbei zu springen, und Mathilda hatte Mühe, das Tor festzuhalten. Robert sah ihr grinsend aus sicherer Entfernung zu. Schließlich hatte er ein Einsehen, stellte sich hinter das Gefährt und zog die Plane ein kleines Stück hoch. Als er eine Hand reinsteckte und ein bisschen wedelte, rannten die beiden sofort mit gefletschten Zähnen darauf zu.

Mathilda schlug die hintere Klappe zu und zog die dicke Plane runter. Die Hunde waren drin.

„Glaubst du, die Bretter halten das aus?" Robert betrachtete skeptisch das wackelnde Objekt. Mathilda griff nach der Achse und rüttelte ein bisschen. Sofort war Ruhe.

„Ja, das hält. Wenn wir erstmal fahren, werden die beiden Schiss haben und sich hinlegen. Hoffe ich zumindest."

Robert holte das Auto, während Mathilda Hundefutter und Wasser einpackte. Sie warf den beiden mehr Futter in den Hänger, als die zwei in einer Woche hätten fressen können. Wer satt ist, ist friedlicher. Sie hörten bald nur noch Schnaufen und Schmatzen.

Roberts Auto war bedeckt von heruntergewehten Blättern und kleinen Ästen, aber unbeschädigt. Die Straße war schlammig und ausgewaschen, sah aber befahrbar aus.

Mathilda fiel eine Beule in Robert Jacke vorne auf. „Und was hast du mitgehen lassen?"

Er zog den Reißverschluss ein Stückchen auf und das weiße Katzenkind streckte verschlafen seinen Kopf heraus. „In der Burg sind zu viele Mäuse. Da hat sie was zu tun. Ich nenne sie Franka."

Sie konnten nur langsam nach Hause fahren, da der Hänger bei schnellerem Tempo in seine Einzelteile auseinandergeflogen wäre.

„Willst du die beiden nicht nehmen und die Burg bewachen lassen? Ich finde, sie sehen sehr mittelalterlich aus." Mathilda wagte es nicht, Robert anzusehen.

„Klar, dann könnten wir sie gegen Bären oder Bodybuilder kämpfen lassen. Vergiss es. Das sind deine und du siehst zu, wo du sie unterbringst. Außerdem schuldest du mir 500 Euronen für den Hänger. Den kann ich nicht gebrauchen."

Sie seufzte. „Na gut. Wie geht es jetzt eigentlich mit dem Auftrag weiter? Wir wissen immer noch nicht, wer Alex umgebracht hat ..."

„... was nicht Bestandteil des Auftrags war."

„Jaja, schon gut. Aber wir wissen auch noch nicht, wo das Geld herkam."

Robert nickte. „Stimmt schon. Wir müssen jetzt erstmal abwarten, ob jemand den Laden erbt oder ob Inge ihn bekommen kann. Mehr will sie ja nicht. Eure Rechnung bis dahin muss sie bezahlen, keine Sorge."

„Und was ist mit Alex?"

„Der ist tot. Und wer das verursacht hat, klärt die Polizei. Dafür sind sie da."

Mathilda sah schweigend aus dem Fenster. Es blieben noch so einige Fragen offen. Woher stammte das Geld, was war mit den leeren Schachteln in Funkels Büro? Was passierte jetzt mit den von ihr präparierten Muffs? Bekam sie Gehalt für die Zeit, die sie dort gearbeitet hatte? Das wollte sie dem Tierschutzverein spenden.

29.

In der Nacht fuhren sie abwechselnd. Mathilda hatte ein schlechtes Gewissen, weil sie die Hunde nicht rauslassen konnte. Aber da mussten die beiden durch. Sie versprach, ihnen ein perfektes Zuhause zu suchen.

Ulla rief zwischendurch an und erzählte von Sam. „Er ist wieder wach und fit, aber nach wie vor am Boden zerstört. Ich hab ihm vorsorglich hier bei uns einquartiert, damit er Gesellschaft hat, der Arme.

Dein Bruder will übrigens wissen, wann du zurückkommst. Einfach so aus der Haft verschwinden geht natürlich nicht. Außerdem wurde Schmelz festgenommen und behauptet steif und fest, dass Funkel Alex erschossen hat. Mit welcher Waffe weiß er nicht und wo die sein soll auch nicht. Tja, da kann niemand widersprechen, erst recht nicht Funkel. Gar nicht mal so blöd. Was meinst du? Könnte er es wirklich gewesen sein?"

„Nein, glaub ich nicht. Funkel wäre sofort umgefallen nach dem Schuss, weil er kein Blut sehen kann. Das war Schmelz oder jemand anderer. Sag ihm, ich bin morgen wieder da. Ich brauch noch ein bisschen Zeit. Ich hab ... ähm .... da was mitgebracht."

„Tiere." Ulla fragte nicht. Sie stellte nur fest.

„Ja, zwei Kangals. Die armen Hunde sind völlig traumatisiert und verstört."

„Stimmt nicht!" Robert rief so laut dazwischen, dass Mathilda zusammen zuckte. „Die sind bösartig. Aber ich wollte sie trotzdem mitnehmen, damit die Polizei sie nicht tötet." Dann grinste er sie selbstzufrieden an und widmete sich wieder dem Fahren.

„Ach ja. Wie auch immer. Wir haben die beiden dabei und die brauchen was zum Bewachen. Aber keine Wohnung, die nehmen sie auseinander." Mathilda räusperte sich.

„Kein Problem. Ich kenn einen Schäfer, der schon mal eine unschöne Begegnung mit Wölfen hatte. Der freut sich über die beiden."

Ein Problem weniger.

„Hier ist Michael."

„Oh, du redest wieder mit mir? Das passt gut. Ich wollte mich bei dir bedanken, weil du mir geholfen hast. Das war echt ..."

„Ich würde nicht mit dir reden, wenn ich eine andere Chance hätte. Aber du musst mit mir in den Laden kommen. Wir finden die Tatwaffe nicht, mit der Alexander Hampel erschossen wurde." Mathildas Bruder klang, als müsse er sich mit der Mafia verbünden, um ein Kapitalverbrechen in Italien aufzuklären.

„Bearbeitest du jetzt den Fall?"

„Nein. Aber ich helfe trotzdem. Also, wann kannst du da sein?"

Mathilda machte sich sofort auf den Weg. Sie konnte sich ausmalen, wie es ihm ergangen, war, nachdem sie ihn niedergeschlagen hatte und abgehauen war. Die Kollegen hatten ihm mit Sicherheit keine ruhige Minute mehr gelassen.

Auch war sie gespannt, wie es mit dem Laden weiter lief. Dass der Fall noch nicht geklärt war, war für sie schwer zu verkraften.

„Und? Eine Idee?" Michael war immer noch sauer, aber jetzt wollte er etwas von ihr, also riss er sich zusammen.

Mathilda ging suchend durch die Räume. Im Büro blieb sie vor der Wand mit den Waffen stehen. „Da fehlt eine. So eine Lange glaub ich. Die hing da, an der Seite."

Michael trat näher und betrachtete die Wand genau. „Stimmt, da hing vorher was. Ich sag den Kollegen Bescheid, dass sie bei Funkel und am besten auch bei Knötel suchen sollen. Sonst noch was?"

Sie gingen weiter, in den Keller und öffneten die Kühlschränke.

„Da stand ein Kanister mit Schießpulver." Mathilda wies auf die Stelle und zeigte ihm auf ihrem Handy das Foto, das sie davon gemacht hatte.

„Sehr gut, schick mir das mal zu. Bitte." Langsam wurde ihr Bruder ein bisschen freundlicher.

„Habt ihr ihn in Verdacht?" Mathilda war näher gekommen.

„Ich weiß es nicht. Er ist ein Kläffer und hochgradig aggressiv. Irgendwas hat er zu verbergen, aber die Kollegen kommen nicht an ihn ran. Kennst du seinen Schwachpunkt? Wo man noch ansetzen könnte?"

„Sein größter Schwachpunkt war Funkel und der ist tot. Wenn man dem zu nahe kam, ist er ausgerastet. Die Kürschnerin sagte, er sei auf der Suche nach einer reichen Frau, aber das glaub ich nicht so richtig. Der steht wirklich auf diesen Pelzkram. Er hat gern mit reichen Leuten zu tun, von denen er glaubt, sie seinen wichtig. Wofür auch immer."

„Gut, das geb ich dann mal weiter. Sonst noch was? Was ist mit diesem Bruno Krapp? Er kam am Nachmittag, als wir noch die Spuren im Büro sicherten. Ist fast Amok gelaufen, als er von Funkels Tod hörte."

„Funkels Intimus. Harmlos, wenn du mich fragst, solang man keine vier Beine und ein Fell hat. Er importiert Pelze und verkauft sie an die Kürschnerwerkstätten im Umfeld. Hat ihn jeden Tag besucht und mit ihm getrunken. Lebt in der Vergangenheit. Vielleicht ein Zeuge. Wir hatten noch vor, uns näher mit ihm zu beschäftigen, sind aber noch nicht dazu gekommen."

„Ok, notiert. Sonst noch irgendwas, was du vergessen hast zu erzählen? Wenn ich dich beim Ermitteln in dem Fall erwisch, ist es aus zwischen uns."

„Nein, sonst weiß ich nichts. Grüß Mama und Papa von mir. Haben sie sich inzwischen mit meiner Berufswahl abgefunden?"

Michael legte den Kopf zur Seite. „Na, was glaubst du denn? Hat Erster Kriminalhauptkommissar ad Rosenbaum sich damit abgefunden, dass sein eigen Fleisch und Blut Detektivin spielt? Nein, hat er nicht. Und er sorgt dafür, dass es auch sonst niemand in seinem Umfeld tut. Mama würde dich schon gern mal wieder sehen, aber dann lässt er sich scheiden. Ist dir der Job echt so viel wert, dass du darunter die ganze Familie leiden muss?"

„Es ist mir viel wert, dass ich mach, was ich will. Ich bin erwachsen, das hat er zu akzeptieren. Ich mach das doch nicht, um ihn zu ärgern, sondern weil es das ist, was ich machen will. Das ist mein Traumjob. Verstehst du? Und jetzt verdreh hier mal nichts. Ich lass die Familie nicht leiden. Das macht Papa."

Sam hatte sich Ulla angeschlossen und übte sich jeden Morgen mit ihr gemeinsam in den unterschiedlichsten Yoga-Positionen. Mathilda bemühte sich, nicht auf seine Beinkleider zu achten, die an ausgeleierte lange Unterhosen erinnerten.

Obwohl er gern wegen Ulla dabei gewesen wäre, beschloss Robert, dass dort mitzumachen, keine Option für ihn war. Für gewöhnlich ließ er sich von seinem Handycap nicht einschränken, aber das ging dann doch über seine Fähigkeiten hinaus.

„Wie geht es der fiesen Inge?" Ulla hatte ihn zwar immer noch nicht erhört, sich aber trotzdem in ein hautenges Kleid geworfen, als Mathilda Robert zum Frühstück eingeladen hatte.

„Sie ist kurz vor dem Nervenzusammenbruch, aber auf dem Weg der Besserung. Die Polizei lässt sie Anfang nächster Woche in den Laden und sie hat Angst, dass die Kunden nicht mehr kommen, nach den ganzen Vorfällen."

„Wem gehört die Butze denn jetzt?" Mathilda biss in ihr Brötchen und hielt mit einer Hand Eddi davon ab, Rührei von ihrem Teller zu angeln.

„Eine Cousine von ihm ist ausfindig gemacht worden, die alles erbt. Sie ist auch willig zu verkaufen und sie haben sich sogar geeinigt. Ich hatte das Vergnügen, den Kaufvertrag aufzusetzen." Er tupfte sich den Mund mit einer Servierte ab und trank einen Schluck Kaffee.

Sam starrte auf den Teller vor sich und sagte nichts. Das nutzte Ben, sprang auf seinen Schoß, holte noch in der Bewegung eine Scheibe Käse von dessen Brotscheibe und rannte damit in den Garten. Alles in einem einzigen Bewegungsablauf. Eddi hinterher. Willi wollte auch, war aber zu seinem großen Bedauern an der Leine. Charles verkroch sich unter Ullas Stuhl.

Das holte Sam aus seiner Lethargie. „Was ist mit Charles? Ich dachte, er könnte sich jetzt behaupten." Er streichelte Willi und gab ihm ein eigenes Stück Käse.

„Ein paar Tage ging es mit Büchsenmilch, Ei und Vanillezucker, aber inzwischen nur noch mit Alkohol. Und den gibt es nicht jeden Tag und schon gar nicht vor dem Abendessen. Das schädigt seine Leber und das soziale Miteinander hier im Haus. Er wird zu einem richtigen Ekelpaket. Neuerdings schnappt er sogar nach mir. Seitdem hab ich seine Ration halbiert."

Mathilda stand seufzend auf. Sie hatte sich schon für den Arbeitstag angezogen, alle Tattoos mit Make-up überdeckt und eine Kanne Tee bereitet.

„Was machst du heute?" Ulla sah sie neugierig an.

„Den schönen Holger mal wieder beschatten. Er ist erneut auf der Pirsch. Seine Gattin ist verzweifelt und mich hat der Arbeitsalltag wieder."

„Klingt, als ob du das bedauerst." Robert sah sie erstaunt an.

„Nein! Alles ist besser, als Pelze verkaufen. Aber ich hab das Gefühl, den Fall nicht gelöst zu haben. Ich wollte Alex finden, das hab ich, aber ich will auch wissen, wer ihn auf dem Gewissen hat. Ich glaub, dass die Polizei da auf der falschen Fährte ist. Die meinen immer noch, dass Funkel es war."

„Und was glauben Sie?" Sam fütterte Willi weiter mit Käsescheiben.

„Ich weiß es nicht, das ist ja mein Problem. Und jetzt hören Sie endlich auf, den Hund mit französischem Käse vollzustopfen."

30.

Sie fuhr hinter dem schönen Holger her und bemühte sich redlich, ihn aufmerksam zu beobachten. Er fuhr aus der Stadt heraus aufs Land, in seiner Begleitung zwei Anzugträger, offensichtlich Kunden, die er sehr umsorgte. Mathilda konnte sich beim besten Willen nicht vorstellen, was er mit den beiden wollte.

Er hielt auf dem Parkplatz vor einem weitläufigen Fachwerkbauernhof, der idyllisch zwischen Feldern und Weiden lag.

Mathilda fotografierte alles von der gegenüberliegenden Straßenseite aus. Auch den Eingang konnte sie durch das Teleobjektiv der Kamera gut erkennen. Er war verschlossen und wurde erst von innen geöffnet, als der schöne Holger sich bemerkbar gemacht hatte.

Kopfschüttelnd rief sie Sam an und schilderte ihm ihre Beobachtung.

Der war gleich im Bilde. „Das ist ein Themen-Bordell."

„Das ist ein was, bitte?"

„Kennen Sie Themen-Hotels? Da sind die Zimmer oder aber auch das ganze Haus nach einem Thema eingerichtet. Der neuste Trend und das Etablissement, vor dem Sie stehen, hat das Thema Bauernhof. Es gehört übrigens einem alten Bekannten von Ihnen. Dem Banker. Jetzt können Sie sich auch vorstellen, was der geneigte Kunde im Stall vorfindet."

Mathilda beendete das Gespräch und machte es sich bequem. Das konnte dann ja dauern. In so einen Laden ging man schließlich nicht für die schnelle Nummer.

Die Herbstsonne schien über die abgeernteten Felder und die letzten Äpfel hingen noch an den Bäumen, trotzdem war es empfindlich kalt geworden. Sie beschloss, einen kleinen Spaziergang zu machen, obwohl ein eisiger Wind pfiff.

Ein Feldweg führte in Sichtweite des Hofes zwischen zwei Weiden mit Kühen entlang. Dann kreuzte ein anderer Weg, der hinter dem Haupthaus entlanglief. Was für ein Zufall.

Mathilda schlenderte in die Richtung und sah sich unauffällig um. Die Fenster des Hauses waren geschlossen, die dunklen Vorhängen zugezogen und in der Luft lag ein leichter Geruch nach Chlorreiniger. Man schien auf Hygiene Wert zu legen.

Hinter einer Hecke standen mehrere Müllcontainer an der Hauswand aufgereiht, daneben Säcke mit Einwegverpackungen und Getränkekisten mit leeren Flaschen.

Sie schlich sich näher an die Müllecke heran und öffnete die erste Tonne. Verschlossene Plastiktüten, zerrissene Strumpfhosen, volle Kaffeefilter und ein fleckiges Kissen. Dazwischen benutzte Kondome.

Der Geruch war genauso eklig, wie bei jeder anderen Mülltonne auch. Sie ging weiter, eine Matratze und einige Bretter lehnten an einer Wand, zum Abholen bereit, ein ehemals schwarzes Nachtschränkchen mit heraushängender Schublade stand davor und dahinter?

Dahinter lagen weiße Kartons. Genau die weißen Kartons, in denen sonst die Muffs waren.

Mathilda wurde es trotz der Kälte ganz heiß, ihr Atem ging schneller. Stimmen näherten sich dem Müllplatz. Sie zog rasch ihren Schal ab, packte damit eins und lief den Weg zurück. In das Wolltuch gewickelt fiel der Karton nicht auf.

Sie sah aus wie eine ganz gewöhnliche Spaziergängerin und der Mann, der mit einer Mülltüte um die Ecke kam, beachtete sie nicht weiter. Trotzdem war sie froh, als sie ihr Auto endlich erreicht hatte.

Dann fiel ihr Blick auf den Parkplatz. Sie hatte den schönen Holger verloren. Der Spaziergang und die Durchsuchung hatten wohl doch etwas länger gedauert, als er brauchte, um mit seinen Kunden den Bauernhof zu besuchen.

Sie fuhr zurück ins Büro und präsentierte Sam ihren Fund.

„Frau Rosenbaum, das ist ja sehr schön, aber wir bearbeiten den Fall nicht mehr. Soll heißen, wir bekommen kein Geld mehr dafür. Anders als bei dem notorischen Fremdgänger Holger Schmidt. Das ist ein Dauerauftrag und solche Menschen ernähren uns."

„Ich kann nicht anders. Der Fall ist eben nicht abgeschlossen. Wir wissen immer noch nicht, wo das Geld herkam und wer denn letztendlich der Mörder ist. Also los. Sagen Sie ‚Wunderbar Frau Rosenbaum' und kochen Sie mir einen doppelten Espresso. Dann kann ich den Schreibtischstuhl entern und mein geplantes Tattoo entwerfen. Das Nächste soll ein Hammerhai werden. Auf der Wade."

Sam seufzte, sagte nichts, räumte aber den bequemen Stuhl, der diesen Namen gar nicht verdienten, sondern Thron genannt werden sollte.

„Ich schau mir die Kisten mal an und lass sie untersuchen. Hatten wir zwar schon, brachte nichts, aber wenn Sie drauf bestehen, bitte schön." Er nahm ein Taschentuch und klappte die Schachtel auf, um einen gelangweilten Blick hinein zuwerfen. Mathilda bemerkte, dass der Blick etwas länger dauerte und er die Augenbrauen zusammenzog.

„Was gefunden? Ich hab schon geguckt, die ist ebenfalls leer. Wie die aus dem Büro."

„Für den ungeübten Blick ja, aber in der Ecke ist eine kleine Ablagerung. Das sollten wir uns genauer ansehen." Jetzt hatte das Jagdfieber ihn wieder gepackt. Er schob Mathilda beiseite und zog aus einer der Schreibtischschubladen ein leeres Tütchen. Vorsichtig kratzte er mit einem Cutter an der Ablagerung und bugsierte das abgefallene Pulver in die Tüte. Eine kleine Probe nahm er mit der Fingerspitze auf und leckte daran.

„Wenn mich nicht alles täuscht, Kokain."

Mathilda bekam große Augen und sank in den sanft wippenden Stuhl zurück. „Daher kommt das Geld? Die haben Drogen in den Schachteln geschmuggelt? Das gibts doch nicht!"

„Tja, das könnte so gewesen sein. Und würde Herrn Funkels nicht nachvollziehbaren Geldsegen erklären. Könnte natürlich auch nur Zufall sein."

„Dann hat der Banker Alex auf dem Gewissen?"

„Nicht unbedingt, aber vielleicht. Geben Sie das lieber an Ihren Herrn Bruder weiter. Es ist ein Beweisstück."

„Echt?" Mathilda sah enttäuscht auf die Schachtel. „Können wir nicht erst ein bisschen weiter ermitteln?"

„Das wissen Sie doch. Es ist nicht mehr unser Fall. Es ist verboten und Sache der Polizei. Ich rufe ihn sofort an. Und Robert, das wird ihn auch interessieren. Er kommt gleich mit Frau Funkel vorbei."

„Warum das denn? Ich hatte gehofft, die Frau loszusein."

„Sie ist eine zufriedene Kundin und wird noch zufriedener sein, wenn wir ihr erzählen, aus welcher Quelle ihre Abfindung stammt."

„Muss sie das Geld eigentlich zurückgeben?"

„Keine Ahnung. Legen Sie doch bitte die Unterlagen bereit. Oder besser noch, lassen Sie mich dorthin, Sie werden sie nicht alle finden." Und zack, saß er wieder auf dem Thron.

Mathildas Bruder kam noch vor den beiden anderen und packte den Karton ein. „Wir hatten eine Abmachung."

„Ich hab nichts gemacht! Ich schwöre, bin nur spazieren gegangen."

„Hinter einem Puff. Ist die Luft da besser oder die Landschaft besonders schön?"

„Ein Kunde von mir war da drin und ich musste warten, bis er wieder raus kam. Ehrlich!"

„Na gut. Erzählst du mir jetzt auch noch die ganze Geschichte? Was es mit der Kiste auf sich hat?"

„Ja mit allen Details, aber dafür will ich auch was von dir."

Michaels Schläfenader schwoll an und er sah aus, als ob er sich jeden Moment in den Hulk verwandeln würde. „Was?"

„Wer hat Alex umgebracht? Und was ist mit Knötel?"

Ihr Bruder atmete ein paar Mal tief durch. „Das darf ich dir nicht erzählen."

„Bitte! Ich halte dicht, wie eine Kühlschranktür. Versprochen."

„Na gut. Funkel hat Alexander Hampel erschossen. Das Blut im Laden stammte tatsächlich von ihm. Und Knötel hat er für sein Schweigen den Laden versprochen."

„Nein!"

„Doch. Sobald er selbst irgendwann in ferner Zukunft mal in den Ruhestand geht und mit dem kleinen Zusatz, dass er ihn nicht erbt, sollte Funkel eines unnatürlichen Todes sterben. Damit wollte er wohl verhindern, dass Knötel schneller an sein Erbe kommt, als die Natur das vorgesehen hat. Es gibt einen Vertrag. Steht zwar nichts von dem Mord drin, aber dass Knötel unentgeltlich der Nachfolger wird bei Ruhestand und/oder natürlichem Tod."

„Und das glaubst du?"

„Was soll ich denn machen? Dem Fall mein Leben widmen? Weißt du, was wir sonst noch zu tun haben? Noch ein bisschen mehr als Leuten in den Puff zu folgen."

„Aber warum? Hat Knötel das auch gesagt? Warum hat er Alex erschossen?"

„Weil er drohte, alles kurz und klein zu schlagen, die Buchhaltungsordner mitnehmen und Funkel vermöbeln wollte."

„Ach und da griff Funkel in aller Seelenruhe hinter sich, nahm eine Waffe, lud sie und erschoss ihn. Glaubst du auch noch an den Weihnachtsmann? Was ist mit Irene von Hasenbruch?"

„Wir haben von den Kollegen aus Rumänien das Projektil bekommen, mit dem Hampel erschossen wurde und mit den Waffen von Frau von Hasenbruch verglichen. Mit denen, die auf sie zugelassen waren und mit denen ihres Vaters, die sie immer noch hat. Passt nicht. Passt überhaupt nicht. Das Projektil gehört eindeutig zu einer sehr alten Waffe.

Ich nehm jetzt mal die Kiste hier mit. Schätze mal, dass ihr schon wisst, was drin ist, sonst hättest du mich nicht angerufen."

„Ja, Herr Schulz glaubt, es sei Koks. Meistens hat er Recht bei solchen Sachen."

Sie erzählte ihm dann noch alles, was sie vom Banker wusste und was sie gesehen hatte.

Michael nickte und ging zur Tür. „Gut, wer weiß, vielleicht ergibt sich dadurch ja doch noch was Neues. Womöglich sind der Zuhälter und Alexander Hampel aufeinandergetroffen. Könnte ja sein. Und der fackelt nicht lang."

„Du kennst ihn?" Mathilda war erstaunt. „Du hast mit Rotlicht und so doch gar nichts zu tun."

„Doch im Moment schon. Schießen ist eigentlich nicht seine Methode. Er ist mehr ein Freund des Messers. Aber da ist er vermutlich flexibler, als wir dachten."

31.

Endlich wieder ein gemütlicher Abend auf der Couch. Heute ermittelte Sherlock Holmes in der Neuzeitversion, gespielt von einem Mann mit unglaublichen Wangenknochen und einem Blick zum Dahinschmelzen. Außerdem ausgestattet mit einem Verstand, der ihm vermutlich beim ersten Betreten des Pelzgeschäftes gesagt hätte, wer der Mörder war und wo das Geld herkam. Dazu passten Popcorn und Weißbier.

Nach zwei Folgen hintereinander schaltete Ulla den Fernseher aus. „Für den würd ich glatt mein Yoga aufgeben."

Mathilda sah sie von der Seite an. „Und für Robert nicht? Der Arme geht echt schon auf dem Zahnfleisch."

Ulla wiegte den Kopf nachdenklich hin und her. „Weißt du, das ist was anderes. Mit ihm könnte es was Ernstes sein und da muss er sich halt anstrengen. Aber dass er mit der Queen verwandt ist, hat schon was. Ich hab dem Club davon erzählt, die sind fast ausgerastet. Und du? Weißt du, was mit Frank ist?"

Mathilda nickte. „Sitzt in Untersuchungshaft. Ich muss demnächst meine Aussage machen. Aber er leugnet wohl nicht, sollte keine Probleme mehr geben. Ich bekomm noch Ärger, weil ich aus der Haft abgehauen bin. Robert vertritt mich."

„Ein Glück. Er ist schon ein echter Schatz." Verträumt schloss sie für einen Moment die Augen. Dann setzte sie sich wieder auf. „Glaubst du, dass Funkel Alex erschossen hat?"

Mathilda schüttelte den Kopf. „Niemals." Sie stopfte sich eine Handvoll Popcorn in den Mund. „Aber wie wir das beweisen wollen, weiß ich auch nicht. Herr Schulz hat keine Lust mehr, sich weiter um den Fall zu kümmern. Robert sagt, das sei nicht mehr unsere Sache. Aber ich muss das wissen! Das macht mich echt fertig. Weißt du? Das ist wie Hunger, so ne Fressattacke, aber eine die tagelang anhält."

„Tut mir echt leid für dich. Und jetzt kauft die fiese Inge auch noch den Laden von Heriberts Cousine. Stört dich nicht, dass sie gewonnen hat? In dem Punkt bist du mir etwas zu entspannt."

„Keine Sorge, ich hab ihr eine kleine Überraschung hinterlassen. Lass es mal kälter werden, dann sehen wir, wer gewonnen hat."

„Muss ich Angst haben?" Ulla sah sie alarmiert von der Seite an.

„Nur wenn du dir einen Muff zulegen willst."

Robert kam in Begleitung von Inge Funkel ins Büro. Sie brachten Pflaumenkuchen mit und lauschten gebannt den neuesten Erkenntnissen, inklusive der taufrischen Information, dass das Geld, nach dem Mathilda fahnden sollte, vermutlich aus Drogenschmuggel in Verbindung mit dem Banker stammte.

„Das kann ja wohl nicht wahr sein. Dieser alte Trottel. Aber man soll ja nichts Schlechtes über die Toten sagen."

Inge Funkel schien ein bisschen eingeschnappt und zog dem kleinen Hund das Pelzmäntelchen aus. „Wenn Sie mir das rechtzeitig gesagt hätten, wäre der Laden schon längst meiner. Die Information kommt ein bisschen zu spät, finden Sie nicht?"

„Wir haben den Mörder Ihres Geliebten, wir haben die Geldquelle, was wollen Sie denn noch?" Mathilda hielt es kaum mehr auf dem Stuhl.

„Ist ja schon gut. Das war doch keine Kritik, meine Liebe. Aber ich musste jetzt nochmal ziemlich viel bezahlen, um mein Geschäft endlich wieder zu bekommen. Sagen Sie mal Frau Rosenbaum, hätten Sie zufällig Interesse daran, für ein oder zwei Tage in der Woche für mich dort zu arbeiten? Natürlich nur in dem eleganten Outfit, nicht wie jetzt."

Mathilda war sprachlos und Robert konnte sich kaum mehr beherrschen, nicht laut loszulachen.

„Wir sind mit Arbeitsaufträgen gut ausgelastet Frau Funkel." Sam gelang es, ernst zu bleiben. „Die Presse hat über den Fall Ihres Ex-Gatten und verstorbenen Liebhabers ausgiebig berichtet, und wir werden mit vielfältigen Anfragen bedacht. Oder, Frau Rosenbaum? Würden Sie lieber die Branche wechseln?"

Mathilda wurde von einem Hustenanfall heimgesucht und schüttelte den Kopf.

„Schade, der Wetterwechsel treibt die Kundschaft ins Geschäft. Die meisten wollen zwar nur die Muffs, aber warum nicht. Ich werde bald Neue bestellen müssen."

Robert legte eine Mappe auf den Tisch. „Funkel hatte tatsächlich Schmelz als Erben eingesetzt, vorausgesetzt, er stirbt eines natürlichen Todes. Hat ihm wohl nicht ganz über den Weg getraut."

„Ja sicher." Mathilda hatte sich wieder im Griff. „Er hat ja mitbekommen, wie aggro der ist."

„Das stimmt. Herr Schmelz war von höchst aufbrausendem Temperament."

„Was Sie mir am Anfang nicht gesagt haben, aber sei es drum. Was macht er jetzt eigentlich?" Mathilda kochte sich einen Espresso.

„Er arbeitet bei Bruno Krapp und wird mit einer Bewährungsstrafe davon kommen, da er nicht vorbestraft ist." Robert ließ sich von Mathilda in die Bedienung der Kaffeemaschine einweisen.

„Ja, und er will für Geld und gute Worte nicht ins Geschäft zurückkommen. Ich hab es probiert. Ich frag mich, was Bruno ihm bietet, dass er bei ihm bleibt."

„Warum denn bei Bruno Krapp? Er ist doch Verkäufer für Mode, dachte ich. Komisch." Mathilda runzelte die Stirn, aber Inge Funkel zuckte nur mit den Schultern.

„Ich hab ja immer schon gesagt, dass Pelz für ihn so eine Art Fetisch ist. Heribert wollte mir nie glauben. Aber das hätte Knötel bei mir auch haben können, solang er die Ware nicht verschmutzt. Vielleicht ist er bei Bruno ungestörter."

Sam nahm sich die Mappe und blätterte darin. Er las aufmerksam Blatt für Blatt, dann hielt er inne. „Moment, hier stimmt doch was nicht."

Die drei sahen ihn an.

„Unsere eigene geheime Informationsquelle sagte uns, Herr Funkel habe Herrn Knötel für sein Schweigen mit der Geschäftsnachfolge belohnt. Für sein Schweigen, nachdem er Alex erschossen hatte."

„Ja und?" Roberts Augenbrauen rutschten Richtung Haaransatz.

„Aber das Datum des Vertrags ist genau einen Tag vor dem Mord."

Alle sahen sich schweigend an.

„Ja und was schließen Sie jetzt daraus? Betrifft mich das?" Inge Funkel wollte die anderen für sich denken lassen und nahm dem kleinen Hund den Griff ihrer Handtasche aus der Schnauze, den er gerade zerkaute.

Mathilda rührte ihre drei Löffel Zucker in den Espresso, Sam starrte weiter auf das Schriftstück und Robert kritzelte Kringel auf das Blatt Papier, das vor ihm lag.

„Knötel arbeitete für Funkel und sollte für sein Schweigen den Laden bekommen. Jetzt arbeitet Knötel für Bruno Krapp und will auf keinen Fall zurückkommen, obwohl das gar nicht seine Branche ist."

„Warum interessiert euch das noch? Also, ich bezahl nicht für eure Schnüffelei, dass das mal klar ist." Inge tippte mit den langen Fingernägeln einen Walzer-Rhythmus auf den Tisch.

„Dann hat Knötel die Unternehmensnachfolge für sein Schweigen zu den Drogengeschäften bekommen. Davon wusste er ja definitiv." Mathilda ignorierte sie und grübelte weiter.

„Oder er war finanziell an der Sache beteiligt. Warum er die Nachfolge bekam und was er für das Schweigen zu dem Mord erhielt, wenn er überhaupt etwas bekam und nicht doch selbst der Mörder ist, ist schon wieder komplett offen. Verdammt, das findet aber auch kein Ende!" Robert spielte weiter mit der Kaffeemaschine und verbrannte sich die Finger.

„Aber wir sind deswegen doch gar nicht hier! Robert! Ich leide! Ich habe Fragen!" Inge wollte schon eine Zigarette aus ihrer Tasche ziehen, aber Sams freundliches Kopfschütteln hielt sie davon ab.

Robert nahm sich etwas Eis aus dem Kühlschrank und bestrich damit seine verbrühte Hand. „Jaja, schon gut. Es geht um eine Beschattung. Inge hat einen neuen Kavalier.

Er hat ihr einen Heiratsantrag gemacht, aber sie kennen sich erst ein paar Wochen und da ..."

„... ich liebe ihn, aber ich trau ihm nicht. Sie wissen ja sicher, wie das ist. Ich hätte gern, dass sie sein Umfeld und seine Vergangenheit ein bisschen durchleuchten. Er ist etwas jünger als ich ..."

„Zwanzig Jahre, um genau zu sein."

„Ja, aber das sieht man uns nicht an. Er ist Student."

„Aber auf Nachfrage weiß er nicht so richtig, was er studiert."

„Natürlich weiß er das. Er studiert irgendwas mit Computern. Wir verstehen das nur nicht. Wie gesagt, ein paar Hintergrundinformationen wären schön, bevor wir vor den Traualtar treten."

Mathilda sah Robert an und suchte in seinem Blick einen Hinweis darauf, ob das ein Scherz war. Aber er hob nur leicht die Schultern und nickte.

„Gut Frau Funkel, dann fassen wir mal alles zusammen, was Sie über ihn wissen und was Sie wissen wollen. Kommen Sie doch hier rüber. Robert, ihr beide könnt ja solange nach nebenan gehen." Sam setzte sich hinter den Schreibtisch. Inge nahm sich einen Stuhl und rückte sehr nah neben ihn.

Mathilda und Robert gingen und schlossen die Tür hinter sich. „Inge ist echt der Knaller. Aber egal. Was jetzt? Ich kann so kurz vor der Lösung nicht aufhören. Ich muss wissen, was mit Knötel ist. Und Bruno Krapp. Irgendwie sagt mir mein Gefühl, dass da was nicht stimmt."

Robert streckte sich und ging zum Fenster. „Kann ich gut verstehen. Was willst du machen? Knötel besuchen? Ihm auf den Zahn fühlen?"

Mathilda nickte nur und startete den Computer, der auf dem Schreibtisch vor dem Fenster stand. „Ok, Knötel parkt vor Krapps Lager. Sein Sender funktioniert noch. Willst du mitkommen?"

„Auf jeden Fall!" Robert zog schon seine Jacke an und kramte nach dem Autoschlüssel. Mathilda nahm ein paar Sachen aus dem Schrank und sie gingen zusammen zu seinem Auto.

„Hier, ich steck mir das an und du nimmst das Ding hier. Meins ist ein Sender und du kannst mich hiermit hören. Wenn irgendwas ist, komm rein."

„In den Filmen haben sie immer so riesige ausgebaute Übertragungswagen mit viel Technik drin. Das hier wirkt ein bisschen jämmerlich." Robert sah enttäuscht auf das Headset vor sich.

„Die Riesentechnik war vor ein paar Jahren nötig. Sieht außerdem im Film besser aus. Aber glaub mir, es funktioniert. Ich kann dich hierüber hören." Sie hielt ein bohnengroßes Hörgerät hoch. „Und du sprichst hier rein." Sie zeigte auf eine Verdickung an dem Headset.

Robert parkte in der Nähe eines Firmengebäudes aus der Gründerzeit mit dunkler Sandsteinfassade und hohen Fenstern. „Willst du da einfach reinmarschieren?"

Mathilda war schon dabei, sich zu verkabeln. „Ja sicher, was denn sonst. Ich will ihn doch überraschen. Wenn es geht, sogar beide."

„Und was wirst du sagen?"

„Keine Ahnung, ich improvisiere. Das kann ich am besten."

Sie stieg aus und rannte über die Straße. Ein beißender Wind fegte hinter ihr her und blies ihr die Haare ins Gesicht. Schnell stellte sie sich in den Eingangsbereich und studierte die Firmenschilder. Außer Krapp gab es noch ein Fotostudio, im Hof eine Schrauberwerkstatt und Proberäume für Rockbands.

Die verglaste Tür ließ sich aufdrücken und Mathilda stand in einem düsteren Flur, der eine Mischung aus glorreicher Vergangenheit und trauriger Gegenwart zeigte. Die mit Linoleum beklebten Treppen waren ausgetreten, die Handläufe abgegriffen. Sie ging ein paar Stufen hoch und stand in einer Eingangshalle mit Aufzügen und einem leeren Raum für einen Hausmeister.

Mathilda ging die breite Treppe nach oben und strich über das schöne schmiedeeiserne Geländer. Im ersten Stock war Krapps Pelzlager, aufwändig gesichert durch eine Stahltür mit mehreren Schlössern. Mathilda zog, ohne zu klopfen, an dem Türknauf, der eine Löwentatze aus Messing darstellte und die Tür schwang auf. Solange die Herren anwesend waren, hielten sie es wohl nicht für nötig abzuschließen.

Knötel stand mitten in einem großen, hellen Raum, der ein bisschen wie ein Teppichgeschäft mit sehr kleinen Teppichen aussah. Felle von Tieren aller Art hingen an langen Kleiderstangen oder lagen gestapelt auf großen Tischen.

An einer Wand war ein Löwenfell mit präpariertem Kopf, und daneben ein Zebrafell angebracht. Außerdem noch kleine Felle, die Mathilda nicht sofort erkannte. Dazwischen mehrere Schwarz-Weiß-Fotos von Großwild-Jagden und Tierherden in Afrika. Zwischen den Tischen stand Knötel, mit dem Rücken zur Tür.

„Herr Knötel? Hallo, kennen Sie mich noch?"

Erschrocken fuhr er herum.

„Sie? Sie wagen sich hierher?"

„Ja warum denn nicht?" Mathilda blieb in sicherer Entfernung stehen.

„Sie haben uns alle belogen!" Er lief purpurrot an und kam einen Schritt auf sie zu.

„Hey, immer langsam. Ich will mich doch nur kurz mit Ihnen unterhalten. Können wir uns irgendwo setzen?"

„Raus. Sofort!" Seine Stimme überschlug sich und er griff nach einer Schere.

„Gut, ich kann auch wieder gehen. Und der Polizei erzählen, dass die Vereinbarung zwischen Ihnen und Funkel zu alt ist, um sich auf den Mord an Alex zu beziehen."

Knötel blieb wie versteinert stehen.

„Schon besser. Also. Lassen Sie mich mal raten. Sie haben die Firmennachfolge für Ihr Schweigen zu den Drogengeschäften bekommen."

Knötel schloss die Augen.

„Immer raus damit, wenn ich nicht frage, fragen die Herren in Blau."

„Sie können mir nichts beweisen."

„Muss ich auch nicht. Aber Sie müssen beweisen, dass Sie Alexander Hampel nicht erschossen haben, sondern dass es Funkel war. Das glaub ich nämlich nicht. Und die Polizei auch nicht mehr."

„Sie sind eine kleine miese Schnüfflerin und mit Ihnen spricht kein Polizist."

„Oh doch, das tun sie. Mein Bruder ist bei dem Verein. Übrigens auch mein Vater." Was ihr Vater wohl dazu sagen würde, dass sie ihn als Druckmittel für ihre eigenen Ermittlungen einsetzte? Er würde vermutlich zum ersten Mal in seinem Leben gegen das Gesetz verstoßen und sie ...

Mathilda riss sich zusammen und konzentrierte sich wieder auf Knötel. „Wir tauschen uns immer aus. Er hat mir auch erzählt, dass Irene es nicht gewesen sein kann, da ihre Waffen nicht zum Projektil passen. Und dass ein antikes Gewehr aus Funkels Büro verschwunden ist."

„Es war nicht Irene, es war Funkel."

„Funkel kann kein Blut sehen, ich war dabei, als er umfiel, schon vergessen? Der hat niemanden erschossen. Ja, er hatte eine scharfe Waffe an der Wand. Aber doch nur zum Drohen. Hören Sie doch auf, mich für dumm zu verkaufen!"

Knötel fing an zu zittern und sank auf einen Hocker. „Also gut. Wir brauchten das Geld, um die Alte auszubezahlen. Sonst wäre alles verloren gewesen."

„Schon klar. Und da kam der Banker, der einen Drogenkurier brauchte, gerade recht."

Knötel nickte nur und stützte sich auf dem Tisch ab. „Ja, er hatte mitbekommen, dass Funkel in Schwierigkeiten steckte. Was wollen Sie jetzt von mir? Wollen Sie mich erpressen? Ich hab nichts."

„Ich will endlich wissen, wer Alexander Hampel erschossen hat. Der Banker? Sie? Ich weiß, dass Sie sich nicht beherrschen können und deswegen in Behandlung sind. Keine guten Karten." Mathilda verschränkte die Arme vor der Brust und wartete.

Knötel atmete schwer, dann ging sein Blick zu einer Holztür mit einem Messingschild, auf dem in schnörkeliger Schrift Büro stand und sein Kopf zuckte in die Richtung.

„Krapp?" Mathilda riss die Augen auf.

Knötel nickte und verbarg das Gesicht in den Händen.

„Ist er da?"

Knötel nickte wieder.

„Hat er die Waffe?" Ihre Stimme war nur noch ein Flüstern.

Knötel nickte ein weiteres Mal und nahm die Hände wieder runter.

„Er wusste, dass eine Einzige dieser Sammlerdinger funktionierte und immer geladen war. Der Chef hatte Angst vor einem Raubüberfall und vor den Tierschützern. Das gab ihm ein gutes Gefühl, auch wenn er wirklich nie geschossen hätte."

Er sank über den Tisch und stützte die Stirn auf seine Faust.

„Was wurde Ihnen für Ihr Schweigen versprochen?"

Er machte eine Geste, die den Raum umfasste. „Wieder die Firma, sobald er aufhört. Er fand eh keinen Nachfolger. War billig für ihn. Und ich hätte endlich mein eigenes Geschäft gehabt."

„Haben Sie jetzt nicht?"

Er schüttelte den Kopf und sah auf die Tischplatte. „Nur, wenn er nicht auffliegt."

Er sah Mathilda an. „Was wollen Sie für Ihr Schweigen? Sie lieben doch Pelze. Könnte ich Sie mit einer Decke überreden, uns nicht zu verraten? Aus Schneeleopard oder Silberfuchs?"

Mathilda schüttelte den Kopf. „Nur wenn Sie mich damit ersticken. Aber eine interessante Info. Schneeleoparden sind geschützt, sie sind vom Aussterben bedroht. Der Handel ist schon seit Jahren verboten. Ich fürchte, sie reden sich gerade um Kopf und Kragen."

Er sah sie erstaunt an. „Dann mögen Sie gar keine Pelze?"

„Nur, solange das Tier noch drin steckt und lebt."

Plötzlich flog die Bürotür auf. Bruno Krapp!

Überrascht, Mathilda anzutreffen, blieb er stehen. „Frau Rose, richtig? Wie schön, Sie zu sehen. Sind Sie auf der Suche nach einer neuen Stelle?"

Knötel lachte freudlos. „Die Frau heißt Rosenbaum und ist Privatdetektivin. Ich hab Ihnen doch von ihr erzählt.

Schon wieder vergessen? Wir alle dachten zuerst, sie hätte Herrn Funkel umgebracht. Können Sie sich nicht mehr erinnern?"

Krapps Gesichtszüge verhärteten sich. „Scheren Sie sich zum Teufel! Sie haben hier nichts verloren! Knötel, werfen Sie diese Person raus!" Er wedelte mit der Hand nach ihr, als wolle er eine Fliege verscheuchen. Womit auch säuerlicher Rotweindunst in ihre Richtung waberte.

„Ich suche den Mörder von Alexander Hampel." Mathilda blieb, mit vor der Brust verschränken Armen stehen und sah Krapp angriffslustig an.

„Wer soll das sein? Ich habe diesen Namen noch nie gehört!"

„Das ist der Mann, den Sie erschossen haben."

Hinter ihr ging die Tür auf und Robert kam herein.

Krapps Blick ging zwischen ihnen hin und her. „Was soll das?"

„Gestatten? Gernsheimer. Frau Funkels und Frau Rosenbaums Anwalt. Ich habe alles mitgehört." Er stellte sich neben Mathilda, stemmte die Hände in die Hüften und sah sich um. „Ja, der letzte seiner Art."

Dann wandte er sich an Krapp. „Warum? Warum haben Sie diesen jungen Mann erschossen?"

Krapps Unterlippe zitterte und er ballte die Hände in den Taschen seines Kittels zu Fäusten. „Der? Der war ein Krimineller! Er kam ins Geschäft, warf die Kleiderständer um, wollte alles zerstören. Heribert wollte ihn aufhalten, aber dieses Subjekt ist auf Heribert losgegangen und hat ihn zu Boden geworfen, hat ihn getreten wie einen Hund. Einen alten Mann, verstehen Sie? Da musste ich doch handeln. Dieser Feigling hier ..." Er deutete auf Knötel, „... hat ihm ja nicht Einhalt geboten."

Knötel wollte etwas sagen, wurde aber von Robert mit einer Geste zum Schweigen gebracht. „Warum ist der Mann auf Herrn Funkel losgegangen?"

„Wegen Inge, diesem Miststück! Die wollte alles an sich reißen und mit neumodischem Gelump vollstopfen, mit diesem gefärbten und gefälschten Zeugs. Schauen Sie sich doch an, was aus den Modellen geworden ist! Plunder, nichts als Plunder!" Spucketröpfchen stoben umher, während er sich immer mehr in Wut steigerte.

„Wo ist die Eleganz geblieben, die Grandezza, mit der man solche Kreationen trägt? Alles weg." Er schlug mit der Hand auf die Tischplatte und sah aus dem Fenster. „Der Pelz ist jetzt ein Wegwerfartikel, wie die ganzen billigen Klamotten aus den Warenhäusern. Das, junger Mann, das verletzt die Würde des Tiers, das uns den Pelz gegeben hat."

Er sah Knötel an, der zurückzuckte vor so viel Wortgewalt. Dann fuhr er an Mathilda gewandt fort. „Und die Würde der Frauen. Früher trugen Damen den Pelz, jetzt nur noch Weiber. Es war eine Ehre, ein solches Stück geschenkt zu bekommen und was machen sie jetzt? Sie kaufen ihn sich selbst, wenn ihnen danach ist."

Keiner sagte etwas, nachdem er geendet hatte. Mathilda fiel zwar zur Würde des Tieres eine Menge ein, aber selbst sie sah, dass das der falsche Zeitpunkt wäre, eine flammende Rede zu halten.

Robert räusperte sich. „Ich hab die Polizei verständigt, sie wird gleich hier sein. Verabschieden Sie sich schon mal."

Es war kein großer Moment für Mathilda. Der alte Mann sackte zusammen, drehte sich um und blickte auf sein Lebenswerk. Fast hätte man ihn bedauern können, aber er sah auf die Felle Hunderter toter Tiere.

Michael kam zusammen mit seinen Kollegen und Mathilda und er trafen sich nur kurz auf der Treppe. Sie nickte ihm zu und ging raus, während Robert noch blieb, um zusammen zu fassen, was Krapp ihnen gesagt hatte.

Sie fuhren schweigend zurück ins Büro. Dort erzählten sie Sam, was passiert war. „Was für ein trostloses Lebensende. Er ist fünfundsiebzig und wird seinen Lebensabend im Gefängnis verbringen."

„Zurecht, er hat Alex erschossen, nur damit er weiter nachmittags mit Funkel einen picheln konnte." Mathilda war unversöhnlich. Die vielen Felle hatten ihr zugesetzt und ihr Mitleid mit Krapp auf den Nullpunkt gebracht.

„Na ja, nicht nur. Wenn Alex Funkel angegriffen hat, war das auch ein bisschen Notwehr. Sein Boxtrainer und sein Arbeitgeber werden aussagen, dass Alex unbeherrscht war. Vielleicht bewahrt das Krapp vor einer allzulangen Haft.

Jetzt ist der Fall abgeschlossen. Habt ihr wirklich so viel zu tun?" Robert setzte sich mit einem Seufzer auf den Fünftausend-Euro-Stuhl und wippte ein wenig. „Oh mein Gott, so einen brauch ich auch." Er drückte auf einen der Knöpfe an der Seite und die Massagefunktion walkte seinen Rücken durch.

„Ja, haben wir. Hier ist nämlich ein neuer größerer Fall, bei dem wir beide zum Einsatz kommen werden, Frau Rosenbaum. Es handelt sich um mysteriöse Vorfälle in einer Kurklinik. Sie werden dort als Mitarbeiterin eingeschleust und ich als Patient!"

Wenige Wochen später in der Presse:

Wolfsangriffe verhindert

Zwei Herdenschutzhunde verteidigten am Wochenende erfolgreich ihre Schafherde gegen den Angriff eines örtlichen Wolfsrudels. Dabei wurde einer der Wölfe getötet und zwei weitere so schwer verletzt, dass sie von dem zuständigen Förster erschossen werden mussten.

Leider nehmen die Hunde, von der Rasse Kangal, ihre Aufgabe so ernst, dass inzwischen auch der Schäfer seine Herde nicht mehr besuchen kann. Sie wird von den Hunden selbstständig betreut und zu geeigneten Weideplätzen in der Umgebung geführt.

Den Schafen geht es gut. Noch ist unklar, wie sie unter diesen Umständen im Frühjahr geschoren werden sollen.

Traditionsunternehmen geschlossen

Nach wiederholten Schadensersatzklagen unzufriedener Kunden musste das Traditions-Pelzgeschäft Funkel endgültig seine Pforten schließen. Ihre beliebten Pelzmuffs, die im vergangenen Jahr einen regelrechten Boom hatten, führten in letzter Zeit häufig zu schweren Hautreizungen. Untersuchungen haben neben einer unbekannten Substanz eine nicht unerhebliche Menge Kolibakterien gefunden, was auf eine Verschmutzung mit Fäkalien hinweist.

Die Inhaberin des Geschäfts, Inge Funkel, bot zwar kostenlosen Umtausch an, aber die Vorfälle zerstörten das Vertrauen in das Pelzgeschäft und so war das Ende des Unternehmens nicht mehr aufzuhalten. Inge Funkel stand für ein Gespräch nicht zur Verfügung, da sie sich in den Flitterwochen befindet. Ihre Stellvertreterin, Irene von Hasenbruch, wollte sich vor der Presse nicht äußern.

Wollen Sie wissen, wie es mit den Detektiven weiter geht? Dann senden Sie mir eine Email an „mail@becker-books.com" und ich halte Sie über „Lieblingsmörder" auf dem Laufenden.

Außerdem freue ich mich über eine Rezension im Internet beim Händler Ihres Vertrauens.

Danke!

„Wenn die erste Idee für ein Buch heranreift, ist es die Familie und sind es Freunde, die sich immer wieder nicht nur eine Zusammenfassung nach der anderen anhören, Versionen lesen und an der Gestaltung mitarbeiten.

Lieber Kurt, vielen Dank für Deine Anmerkungen und Anregungen bei den zahllosen Leseproben, Abschnitten und für das schöne Cover.
Liebe Alli, vielen Dank für Deine zahlreichen Anmerkungen als Testleserin.
Liebe Doris, liebe Susanne vielen Dank für Eure Hilfe bei der Korrektur der ersten Fassung und liebe Andrea für den allerletzten Durchgang!

Darüber hinaus möchte ich mich bei Stefan Waldscheidt für das deutliche Plottgutachten und bei Hans-Peter Roentgen für das fachmännische Lektorat bedanken.“